GARRAS

LIS VILAS BOAS

Rocco

Copyright © 2024 by Lis Vilas Boas

Edição publicada mediante acordo com a Agência Magh.

Imagens de abertura de capítulo: Freepik

Direitos desta edição reservados à
EDITORA ROCCO LTDA.
Rua Evaristo da Veiga, 65 – 11º andar
Passeio Corporate – Torre 1
20031-040 – Rio de Janeiro - RJ
Tel.: (21) 3525-2000 – Fax: (21) 3525-2001
rocco@rocco.com.br|www.rocco.com.br

Printed in Brazil/Impresso no Brasil

Preparação de originais
MANU VELOSO

CIP-BRASIL. CATALOGAÇÃO NA PUBLICAÇÃO
SINDICATO NACIONAL DOS EDITORES DE LIVROS, RJ

V752g

    Vilas Boas, Lis
    Garras / Lis Vilas Boas. - 1. ed. - Rio de Janeiro : Rocco, 2024.

    ISBN 978-65-5532-480-8
    ISBN 978-65-5595-303-9 (recurso eletrônico)

    1. Ficção brasileira. I. Título.

24-93081   CDD: 869.3
                               CDU: 82-3(81)

Gabriela Faray Ferreira Lopes - Bibliotecária - CRB-7/6643

Este livro e todos os lobisomens nele contidos
são para Fernanda, Jana e Marina.

PROPOSTA

O perfume chegou antes, veio com gosto de complicação e notas acentuadas de dinheiro. Por cima do fedor de charuto, álcool, urina e suor que só um grupo de lobisomens sem nada a perder poderia gerar, o cheiro de humana rica se fincou como um gancho de açougueiro nas narinas de Edgar e de todos os outros no bar da cachaçaria.

Quando a porta rangeu, ele não olhou para cima, disposto a não tornar seu o problema que certamente havia acabado de entrar. Os passos se aproximaram em uma cadência lenta, silenciando aos poucos o burburinho sussurrado do salão. Edgar continuou sem olhar — era necessário um pouco mais do que o som de saltos femininos para desviar a atenção que mantinha firme no fundo do copo. Mas então a mala bateu no chão com um baque seco no piso de madeira.

— Meu nome é Diana de Coeur e eu vim comprar um marido.

Puta merda.

No instante em que espiou a cena, Edgar se arrependeu de não ter se virado imediatamente. Todos os machos no salão já tinham visto primeiro — a mulher ou o dinheiro, dependendo de quem olhava. Ele se concentrou na mulher, porque uma mala com notas saindo pela abertura não era exatamente uma ocorrência comum, mas era o tipo de coisa que ele podia roubar. Já a mulher, não; e não por qualquer moral que Edgar pudesse ter — ele não tinha. O problema era que Diana de Coeur era a verdadeira ladra da situação e maldito fosse ele se não tivesse sido roubado também, como todos os outros.

Ela usava uma saia cinza combinando com o paletó da mesma cor, um lenço xadrez amarrado no pescoço no mesmo tom do batom cor de vinho. Os cabelos pretos eram curtos e faziam uma curva no pescoço, seguindo a moda mais recente. As luvas eram de camurça preta. A pessoa só se vestia daquela forma em Averrio em duas situações: ou estava visitando ou morava na parte alta, onde dava para fingir que não vivia na terra abandonada e quente que era Vera Cruz.

Um formigamento no pescoço informou a Edgar que os irmãos o encaravam. Tinham visto primeiro o dinheiro, ele não precisava perguntar para saber. Levou o charuto à boca, preferindo observar por detrás da fumaça. Logo um lobo recém-saído da puberdade se habilitou.

— Ô, dona, isso aqui é um bar de lobisomem.

Ela ergueu uma sobrancelha para o filhote que tinha falado e o rapaz engoliu em seco.

— Lobisomens de alcateia? Estou invadindo o território de alguma loba? — A mulher perguntou como quem já sabia a resposta, e não tinha como não saber. Nenhum engomado de alcateia se deixaria ser visto naquela parte da cidade.

Os rapazes se remexeram e, como Edgar sabia que aconteceria, aos poucos as cabeças se virando para trás fizeram a recém-chegada reparar no canto do bar, onde deveria estar só Edgar, o charuto e o copo. Sem a eletricidade que eriçou os pelos de seu braço quando seus olhares se encontraram. Detestou que sua boca tivesse se enchido de saliva, como se ele fosse um filhote, e manteve a expressão neutra enquanto absorvia todas as pequenas mudanças na mulher. Pupilas dilatando, pulsação acelerando. Uma presa com medo ou uma predadora prestes a dar o bote?

— Alcateia? — perguntou ela, colocando ênfase na palavra ao inclinar a cabeça para o lado. A ironia veio por baixo, na vibração da voz nítida.

— Todos lobos livres por aqui, madame. Alcateia é um pouco monárquico demais pra essa parte da cidade — respondeu Edgar. — Esse é o território da Matilha Lacarez.

A mulher se aproximou com passos lentos e determinados, deixando sem olhar para trás a maleta com o dinheiro escapando. Quanto mais perto ela chegava, mais forte ficava o cheiro de problema, com toques de sangue humano e de magia residual também. Ela apoiou as mãos na mesa de Edgar como se não tivesse medo de invadir o espaço de um lobo adulto e carrancudo, chefe de uma gangue de contrabando.

— Então estão à venda.

Edgar não recuou, mas precisou se conter para não avançar também.

Um grunhido do outro lado do salão foi suficiente para fazer cadeiras se arrastarem e os lobos deixarem o bar, sem demora, sem reclamação. Diana de Coeur, para seu crédito, não moveu um músculo nem desviou o olhar. A fera dentro dele rosnou com interesse, mas Edgar a manteve sob controle.

Os irmãos se aproximaram, parando um de cada lado. Guido cheirava a poeira e sangue, os suspensórios pendurados abaixo da cintura; tinha saído do ringue. Heitor também estava desalinhado, mas os odores delatavam outro tipo de atividade. Que imagem deviam formar para a humana. Guido abriu uma garrafa, retirando a rolha com a boca.

— Tudo tá à venda por um preço, mas é a primeira vez que eu vejo uma madame tão desesperada pra se casar que faz a burrada de trazer uma mala cheia de dinheiro até aqui — disse Guido, a voz saindo meio abafada por causa da rolha entre os dentes. Ele colocou três novos copos na mesa e serviu os quatro. — Uma dose? Da nossa própria Cachaçaria Afiada.

Ela não deu indícios de que pegaria o copo, mas reparou na garrafa com o rótulo de uma pata cheia de garras.

— Lobos de negócios, então.

Edgar tirou o charuto da boca e soprou a fumaça no rosto dela. Nenhuma reação.

— Todo tipo de negócios, e eu não acho que a madame sabe o que vai encontrar no pacote, se insistir em comprar um marido por aqui.

— Por quê? Lobisomens de matilha têm algum tipo de código sobre não se casar com humanas?

— E é isso que você é?

— O que diz o seu nariz?

— Que você é problema.

Um problema que ele não se importaria de pressionar contra o balcão e farejar mais de perto, o que era apenas um detalhe insignificante.

— Por que não ouve minha proposta primeiro, antes de decidir o que eu sou?

A energia mal contida dos irmãos se tornou quase uma presença física no bar — eles queriam a mala de dinheiro e quaisquer outros recursos que a mulher pudesse oferecer. Talvez não tivessem escutado direito a parte do marido. O pior, contudo, era que Edgar também estava curioso.

— Fala, então.

Diana de Coeur sorriu, um movimento deliberado que deu novos contornos aos seus lábios e fez brotar mais ideias ruins em um único segundo do que Edgar elaborara nos últimos anos.

Puta merda.

Diana foi até a maleta de dinheiro e a levou para a mesa. Tirou a arma do último modelo da fábrica e a colocou entre os copos, onde ela brilhou ainda mais com a luz refratada. Nenhum dos três pareceu se impressionar.

— Balas de prata? — perguntou o mais novo.

— Não.

— Então por que a dona acha que é uma ameaça?

— Não é uma ameaça, é parte do acordo. As balas são de verbena. — E, com aquela única palavra, obteve a atenção que queria. — Dinheiro e armas são parte do pagamento pelo serviço.

Os lobisomens se entreolharam em sincronia e se voltaram para ela de novo. O do meio se inclinou para trás na cadeira e o jeito como a encarou podia ser um ótimo indício ou uma dica de que estaria morta em poucos minutos — com criaturas assim, era sempre difícil saber.

— Entendo que nos últimos anos o partido sobrenatural tem feito um esforço para vender a imagem de lobo civilizado... — Edgar estalou a língua nos dentes e balançou a cabeça devagar.

— Nós, os Lacarez, vestimos ternos porque gostamos, mas não

somos civilizados. Se quer a nossa força, ela vem com pelos, dentes e sangue.

— Mais tarde nós vamos discutir isso que vocês chamam de ternos, um assunto para depois. Mas não, não tenho problema com nenhuma das três opções, desde que não deixem rastros. Vocês vão usar armas não registradas da fábrica.

— Ah... de Coeur. Armas de Coeur... — O lobo do meio indicou a arma com o queixo. Diana vinha se perguntando quanto tempo demoraria para que eles fizessem a conexão com o nome.

— Posso?

— Eu tenho certeza de que não está pedindo permissão, mas aprecio os modos.

O mais alto e mais largo rosnou antes de tomar um gole do copo dele e do que tinha servido para ela. Aviso entendido, mas não o suficiente para que ela se acovardasse. Um dos poucos benefícios de crescer amaldiçoada era saber identificar as ameaças reais e, embora Diana soubesse que todos os três poderiam lhe rasgar a garganta, era o lobo do meio que detinha a autoridade.

Edgar Lacarez. Um bandido temido na periferia de Averrio e desconhecido na elite, um lobisomem que andava de terno — ou um arremedo de terno —, o monstro perfeito para uma vingança.

Ele manuseou a arma sem hesitação nem pressa, abriu o cano e conferiu a bala fina e transparente com o extrato de verbena dentro. Cheirou com atenção e depois passou o objeto para o mais novo.

— E posso saber quem é essa vítima boa demais pra morrer nas garras de um lobo?

— Seus futuros cunhados.

Diana finalmente conseguiu uma reação espontânea. O queixo do mais novo caiu e ele derrubou cinzas de charuto no próprio copo, a arma esquecida. O mais velho passou a mão pelos cabelos, encarando o do meio. Edgar conteve o espasmo de um sorriso, os olhos faiscando naquele lampejo prateado que escondia a lua cheia por trás.

Ela aproveitou o momento; precisava continuar demonstrando autoridade. Forçou o estalo seco do salto alto no piso até o outro lado do balcão do bar e pegou a coisa mais próxima de uma taça que encontrou. A garrafa empoeirada de vinho duvidoso em uma prateleira foi a próxima.

— Esse é um serviço com muitas... complicações. — A rolha fez um som satisfatório ao sair. Diana viu as orelhas deles reagindo, apesar dos corpos rígidos. — Preciso de um assassino eficaz, que tenha meus interesses em mente.

— E por que não contrata só o serviço? — perguntou Edgar.

— Complicações.

— A gente precisa saber mais do que isso antes de se comprometer — disse o mais velho. — Você falou a palavra "marido", não falou?

— Casamento pra um lobo... — O mais novo cruzou os braços. — Existem rituais que só podem...

Um rosnado curto calou o caçula e sobressaltou o mais velho, e os dois se resignaram a deixar Edgar Lacarez conduzir a conversa. Ela sorriu antes de provar um gole do vinho. Não era tão ruim quanto parecia, o que talvez fosse um sinal de que o plano também não era tão insano quanto imaginava.

— Entendo que os senhores tenham preocupações. Entendo que uma humana não é exatamente o que lobos preferem. Mas acredito que seja uma ótima oportunidade para todos os envolvidos. Pelo menos, para os que continuarem vivos. Por isso, não vou pedir uma resposta agora. Me encontrem amanhã e verão como posso mudar a vida de vocês.

Edgar se levantou, um movimento deliberado que alongou sua altura, a ponta da pirâmide que os três compunham. Diana bebericou mais do vinho, esperando. Ele sumiu numa explosão de movimento, surgindo tão próximo quanto o balcão entre os dois permitia, com dentes afiados à mostra e até os cabelos parecendo mais encrespados.

Diana estava verdadeiramente perto da morte, uma das poucas vezes em sua vida. A sensação era mais do que interessante, talvez pudesse até se acostumar com ela. Deu de ombros.

— Suponho que vou ter que me habituar a esse comportamento depois do casamento.

— E eu suponho que a dona não bata bem da cabeça.

— Venha se encontrar comigo amanhã. Fique com a mala de dinheiro e com a arma, em sinal de boa-fé. Teste a bala em algum vampiro inimigo, não precisa se preocupar em ser rastreado. Amanhã eu explico tudo o que vocês podem ganhar... e me dar em troca.

— Por que não agora?

— Porque agora eu só posso falar, mas amanhã eu posso provar, e prefiro esperar um dia para fechar um negócio certeiro do que me apressar com um duvidoso. Afinal... quem me garante que os Lacarez vão dar conta do serviço?

— A dona nem teria vindo até aqui se pensasse o contrário.

— Vai precisar me chamar de Diana, se quiser convencer minha família de que está perdidamente apaixonado por mim.

— Já decidiu então que vou ser eu o noivo?

— Hmm... — Ela o observou de cima a baixo, tanto quanto o balcão permitia. Apontou um dedo para Edgar e prosseguiu para os irmãos, mais atrás. — Inteligente, charmoso, bonito... Não tenho preferência, podem escolher quem vai se casar comigo.

Talvez ele pudesse farejar a mentira na voz dela. O mais novo lhe ofereceu um sorriso convencido, o mais velho pareceu não saber o que fazer com o elogio, mas ele — o irmão que realmente lhe interessava — não reagiu. O silêncio se prolongou, se agarrou a seus ouvidos enquanto Diana se forçava a manter a respiração regular. Não havia opções muito melhores do que aquela; o plano dos lobos era o mais arriscado e com maior chance de sucesso no curto espaço de tempo que tinha até o pai voltar. A doença repentina o havia obrigado a viajar para se tratar com discrição longe dos olhos da sociedade — e dos inimigos. Outra oportunidade de agir fora das vistas dele não surgiria tão cedo.

— Onde eu te encontro?

Diana sorriu, usando o triunfo para mascarar o alívio.

— Siga meu cheiro, não é pra isso que seu nariz serve?

CERCO

A garrafa deixada aberta sobre o balcão continuava intocada. Guido e Heitor tinham seguido com suas noites, deixando Edgar encarando o escárnio do vinho aberto com uma taça marcada de batom ao lado. O perfume preenchia o ambiente, se recusava a ir embora. A madrugada passou e deu lugar aos raios de sol, refletindo as partículas de poeira e os odores perturbadoramente interessantes para o lobo, não importava que ele tivesse consumido quase um charuto inteiro tentando limpar o olfato.

O bar da cachaçaria normalmente cheirava a cachorro e álcool misturado com terra e lama. De manhã, não havia movimento, mas assim que os clientes usuais entrassem perceberiam que a visitante tinha ficado tempo suficiente para marcar o recinto, e aí começariam a especular. Por isso, Edgar pegou a garrafa e virou o conteúdo na pia — ninguém mais ia beber aquela merda. O problema era a taça. O contorno da boca fazia um sorriso zombeteiro no vidro, como se o pigmento soubesse que ele teria problemas para expulsar da mente a imagem dos goles sedutores.

— De quem é esse cheiro?

Com um suspiro, o lobisomem pegou a taça e a jogou na pia também antes que a garota tivesse algo com que alimentar a imaginação fértil. O barulho do vidro quebrando foi muito satisfatório, dando aos sentidos algo mais a processar além do que parecia ter se enganchado nariz adentro.

Não é pra isso que seu nariz serve? A petulância daquela voz soou tão nítida como se a mulher estivesse ali de novo. Talvez fosse mesmo uma bruxa, apesar daquela quantidade mínima de magia residual que farejara.

— É um perfume bem bom!

Melina entrou descalça, saltitando com os cabelos desgrenhados. O sorriso banguela carregava tanta presunção quanto possível no espaço vago entre os dentinhos, e as roupas sujas de lama contavam o resto da história. Alguém andara brigando nos canais.

— Você não tem escola essa hora?

— Tenho.

— E...?

— Eu briguei com um garoto das matilhas do bairro dos tecidos. Ele disse que a matilha da cachaçaria não tinha loba pra me ensinar bons modos. — Ela deu de ombros, fazendo uma ótima imitação de Edgar quando fingia indiferença. — Eu saí antes dos professores me levarem pra palmatória por perturbar a ordem.

Ele não podia argumentar contra isso com uma filha da lua. E a imitação tinha sido mesmo muito boa, assim como o fingimento.

— E Raul?

— Ele me deixou guardando as caixas nos canais mais rasos. Daí umas fadas quiseram vir espiar o que tinha dentro e...

— Fadas? Nos canais?

— Sim! Várias mesmo! — O sorriso voltou com tudo, com orgulho e expectativa. — Acabei com elas! Vim aqui contar depois que eu coloquei as caixas na barcaça que chegou. O carregamento já tá a caminho do contato do outro lado da baía. Dei conta de tudo.

Fadas eram minúsculas trambiqueiras de primeira mão, ludibriando com palavras e luzes, e não eram dadas a se meter em disputas nos canais. Não seria uma luta difícil para um filhote, mas Edgar não tiraria o mérito de uma órfã querendo crescer na vida. Saiu de trás do balcão e jogou uma moeda para Melina.

— Se me disser onde estão os dois trastes que eu chamo de irmãos, tem mais.

— Heitor eu não vi, o cheiro dele tá saindo do bairro, mas Guido tá no ringue.

— Claro... — Ele jogou mais uma moeda, depois outra. — Fica de olho aqui no bar enquanto eu vou ver se o cabeça-dura ainda tá inteiro.

— Tá bom! De quem você tinha dito mesmo que é esse cheiro?

— Não disse.

Melina sorriu, dando de ombros, admitindo a tentativa derrotada.

O ringue era um círculo torto desenhado no chão com pó de erva tranca-tudo — apostadores preferiam a garantia de que os lutadores não pudessem fugir. Guido controlava o centro, como sempre; não gostava de ser encurralado e a maioria das criaturas daquela parte da cidade sabia que era mais perigoso colocá-lo contra a parede do que aceitar ficar na defensiva.

Meia dúzia de gatos pingados estavam ao redor, observando. Humanos, todos. Agentes de famílias ricas fazendo relatórios sobre em quem valeria a pena apostar na próxima noite de rinha, dali a duas semanas. Edgar passou por trás deles, assimilando os cheiros. Parte alta da cidade, a maioria, alguns burgueses aqui e ali, até encontrar uma dissonância na sinfonia do dinheiro. Um deles tinha cheiro de monstro, mas não era um. O careca vestia roupas alinhadas, estava com as mãos bem enfiadas nos bolsos das calças e exalava cheiro de suor e cordas de linho; o aroma de carniça delatava que estivera na presença de sanguessugas, e um traço residual de penas indicava nefilins.

Edgar parou ao lado do estranho, sem nem olhar para o irmão brigando no centro do círculo. Encarou o careca abertamente, deixou a essência do lobo se expandir e o preencher até que mesmo a criatura mais tapada percebesse a ameaça. Humanos, em geral, eram muito tapados quando queriam.

O homem franziu a testa sem se virar, os olhos fixos nos movimentos no ringue. Edgar acendeu um charuto, ofereceu o fogo no fósforo e foi recusado sem que o homem deixasse de observar a luta. Por um momento, o lobo se deliciou com aquela afronta, com uma presa que não se fingia de morta, com algo mais com que se distrair além do maldito perfume com tons de carmim. Fez um sinal de cabeça e os rapazes da matilha esperando no fundo do galpão se aproximaram com avidez mal contida. Ao se ver cercado, o desgraçado suspirou.

— Eu não vim procurando confusão...

E, ainda assim, continuava voltado para o ringue. Edgar agarrou um de seus punhos e forçou o homem a tirar a mão de dentro do bolso. Os dedos eram nodosos, inchados, marcas de ataduras e luvas trançando a pele.

— Veio espiar meu irmão enquanto treina os concorrentes dele? Isso parece a definição de confusão pra mim, mas vou deixar você explicar isso pros rapazes no galpão ao lado.

— Eu não... — Mais um suspiro, esse bem mais resignado. Homens do ringue costumavam ser bastante realistas. — Como você soube?

Em vez de responder, Edgar soprou uma baforada de fumo no rosto redondo e lustroso com o suor que tinha começado a brotar. O careca retesou os ombros e se deixou levar pelo círculo de lobos. O odor residual de vampiro ofendia o nariz de todos e o incomodava.

Primeiro, fadas nos canais, e agora um humano descaradamente espiando para os vampiros. Edgar sorriu para os poucos apostadores que tinham parado a fim de observar a interação, sua energia lupina borbulhando o suficiente para que todos se voltassem depressa para a luta, como se nada tivesse acontecido.

O irmão parecia ter se cansado de brigar com o oponente, um lobo jovem de alguma matilha do outro lado da cidade. O garoto tinha velocidade, tentava se aproveitar das brechas. Não era uma estratégia ruim, só não era suficiente para dar conta de toda a energia reprimida que Guido era capaz de guardar. Muitos anos atrás, quando ainda era bem mais jovem e mais inocente, inocente a ponto de achar que as rinhas podiam salvar a matilha, Edgar já tinha sido o garoto no ringue tentando e não conseguindo ter mais energia do que Guido — tentando impressioná-lo também, outra coisa que pertencia ao passado. A vida tinha se encarregado de muitas mudanças na família Lacarez, e Edgar, em troca, havia se encarregado de proteger todos eles.

Ele assistiu ao garoto ir ao chão e ser sensato o bastante para dar três batidinhas no solo. Sob os murmúrios dos agentes, Guido se ajoelhou e deu alguns tapinhas no ombro do oponente.

Ainda precisa de mais uns anos para eu estar velho o suficiente pra perder pra você, garoto.

— Ainda precisa de mais uns anos para eu estar velho o suficiente pra perder pra você, garoto — disse Guido, com muito mais pelos na cara e indícios de rugas do que quando dissera as mesmas palavras para Edgar. Então ele se levantou e encontrou o olhar do irmão. Exibiu um sorriso de lado, convencido.

Edgar deu um chute no círculo de ervas para quebrar o feitiço que os continha e deixou o treinador ir correndo até o moleque. Ele esperou o irmão terminar de se vangloriar; era melhor quando Guido acreditava naquilo, pois o mantinha afastado dos pensamentos sombrios que o acompanhavam.

— Dignos senhores, espero que tenham gostado do que viram, e isso foi só um aperitivo. — Edgar abriu as mãos para os agentes. — Não se esqueçam. Essa semana, na lua crescente, apostem no Lobo Faminto. Aceitaremos apostas de todos os volumes nos fundos da Cachaçaria Afiada até o pôr do sol do dia da rinha.

Se alguém ouviu os gemidos vindos do depósito atrás do galpão, não demonstrou. Todos saíram murmurando entre si e comparando anotações.

Esperaram até o local esvaziar. Guido usava a própria camisa para secar o suor do rosto e do pescoço, o olhar carregando a inquietação do lobo dentro dele, ainda longe de ter colocado toda a energia para fora.

— Sabemos quem você vai enfrentar na próxima?

— Os rapazes dizem que andam vendo muita movimentação no galpão dos faunos, mas os chifrudos estão sempre agitados por qualquer coisa... Não sei... Raul disse que os nefilins têm organizado as próprias rinhas, então pode ser um lutador de algum desses lugares novos. Pode ser que o careca seja de lá.

— Ah, você reparou nele.

Guido bufou, se enfiou na camisa suja e subiu os suspensórios antes de puxar um pente do bolso e alinhar os cabelos para trás.

— A gente já sabia que isso ia acontecer quando as fábricas começaram a demitir. Muitos lutadores novos, desesperados. — Ele passou o pente na barba também, aos poucos vestindo a pele de lobo civilizado. Sujo, porém civilizado. — Quando os rapazes terminarem com ele, vamos saber.

Guido concluiu a fala com um gole de uma garrafinha tirada do bolso do paletó jogado por cima da cadeira. O cheiro da safra amadeirada, a cachaça de verdade com a receita da família, invadiu as narinas de Edgar com ardência, memória e preocupação. *Preciso de você alerta. Cedo demais no dia. Você não tem outra luta de tarde? De noite chega um carregamento novo.* Os avisos usuais passaram por Edgar como mariposas ao redor do fogo, todos fadados a morrer queimados caso entrasse naquela discussão de novo. Então se manteve no assunto, fingindo que não seria mais fácil caçar o irmão pelo miasma de álcool do que pelo próprio odor.

— Alguma coisa não cheira bem e não tô falando só do seu rabo suado. — Edgar desviou de um soco e colocou o charuto na mão de Guido, o tabaco menos danoso ao corpo e mais útil a um lobisomem. — Ele cheirava a sanguessuga.

— Humanos têm gostos estranhos.

— Sanguessugas não costum...

— Edgar! Edgar! — A voz de Melina veio esbaforida do lado de fora.

Os irmãos trocaram um olhar e foram correndo. Toparam com a menina na porta.

— A polícia! No bar!

— Impossível — resmungou Guido.

— Estão querendo que o Raul pague uma multa!

Eles encontraram três soldados da polícia fazendo a ronda dentro do bar, abrindo armários e olhando embaixo das mesas. Um sargento tinha os braços cruzados para Raul, que estava atrás do balcão com o charuto na boca e a cara de quem tinha visto baratas na cozinha, mas tinha preguiça demais para bater o pé e espantá-las.

— Bom dia, senhores — disse Guido.

Pararam um de cada lado do sargento. Não era um dos conhecidos, mas trazia na mão uma faca de prata, deixando claro que sabia onde estava.

— O alvará dessa espelunca está vencido.

Era um rapaz jovem, alto e que fedia a loções caras, do tipo que os humanos pensavam ser úteis para mascarar o cheiro. Tudo impecavelmente alinhado, desde o uniforme até os cabelos penteados para o lado, possivelmente os cílios também. O lobo quis fechar as mandíbulas sobre aquela garganta, o queixo empinado facilitando bastante o acesso — bastaria um movimento. Quanto mais arrogantes, mais prazerosa a mordida, o estalo reverberando por todos os ossos até ser suprimido pelos sons de outros dilaceramentos. Um Edgar mais jovem teria sido indulgente com a fera arranhando sob a pele.

Por trás do policial, Raul ergueu uma das sobrancelhas grossas, dizendo com o olhar que estava velho demais para policiais honestos convencidos do poder da justiça. O lobo grisalho por trás de suas pupilas estava mal-humorado e cansado. Edgar se perguntava se algum dia chegaria naquele nível de contenção do monstro, se chegaria à idade do tio com vigor suficiente para ajudar os parentes ou mesmo se chegaria até lá. Manter boas relações com a polícia invariavelmente era um pré-requisito para tal objetivo.

— Sargento, você deve ter se enganado... nosso alvará nunca vence. — Guido sorriu, mostrando os dentes.

— Podemos explicar onde, exatamente, o senhor vai encontrar a nossa autorização na delegacia enquanto servimos um gole da melhor cachaça dessa parte de Averrio — completou Edgar, fazendo um sinal para Raul puxar alguns copos.

— Essa é a parte mais suja de Averrio, não vou tomar nenhum mijo produzido aqui. E, se você quiser, *eu* posso explicar como a sua autorização evaporou da delegacia de polícia e terá que ser renovada, como manda a lei para todo estabelecimento comercial.

— Burocracia, claro, um mal necessário... Quanto?

A pergunta podia ter sido feita com mais sutileza, se o caixa cada vez mais vazio não pesasse tanto. O pagamento do mês já estava na delegacia, mas, se havia uma nova chefia, novos negócios precisavam ser combinados. O sargento sorriu com os cantos da boca retorcidos. Parecia a um segundo de cuspir no chão.

— Eu não tenho preço e, se tivesse, não faria negócios com um cachorro vira-lata. O pessoal da estação me passou a sua ficha. Murmúrios, boatos... dizem que sua mãe foi uma cadela importante, de nome grande que enche a boca... até que levantou o rabo pra um cão vadio dos canais...

— Não ouse falar dela — sibilou Guido, os ombros crescendo.

— Você acha que uma ordem de bafo de cachaça coloca medo em alguém? — disse o sargento. — Não precisam nem servir as doses nos copos, um homem pode ficar bêbado só de te ouvir falar. Não tão bêbado quanto você, talvez, mas...

Edgar levantou a mão ao mesmo tempo que o peito de Guido se inflou. Era sempre uma aposta, mais cedo ou mais tarde perderia; um lobisomem como ele jamais poderia ser contido para sempre. Naquele dia, porém, a Lua lhe sorriu, e o irmão recuou, aceitando sua autoridade.

— Quanto? — repetiu, segurando o rosnado na garganta.

— Eu já disse que não faço negócios com vira-latas.

— Talvez não, mas o seu chefe faz. E o chefe do seu chefe. E se formos um pouco mais longe, o chefe dele também, até a gente chegar na porra do prefeito. Não tem uma única alma nessa cidade que não esteja disposta a fazer negócios com cães vadios porque, no fim do dia... — Farejou o ar ao redor do sargento, o nariz se contorcendo com o cheiro de carniça. Mais um envolvido com sanguessugas. Humanos não tinham um pingo de juízo. — No fim do dia, só cães vadios dão conta dos ratos infestando a cidade. Não sei quem é o defunto que te mandou vir aqui, mas com certeza até ele tá disposto a fazer negócios comigo, nem que seja pra evitar problemas. Então por que você não vai embora daqui e entrega um recado meu para ele?

O sargento riu, alto e forçado. Então bateu a mão no balcão, deixando um papel com o carimbo da prefeitura.

— O seu tempo de negócios, vira-lata, tá muito perto do fim. Polícia nova, territórios novos, é só questão de tempo até você perceber que a parte baixa tem um novo dono, e ele não anda em matilhas. — Ele deu duas batidinhas sobre o papel. — Dois dias pra pagar essa multa e dar entrada no alvará renovado, ou essa espelunca vai fechar.

Saíram batendo os coturnos, derrubando algumas cadeiras no caminho. Melina estivera espiando por trás da porta. Assim que os policiais sumiram, Edgar lhe fez um sinal com a cabeça para segui-los. A garota saiu correndo; a prática da caçada lhe faria bem e a pouparia de ouvir a conversa que se seguiria.

— Que porra foi essa? — rugiu Guido. — Como é que você deixa esse merdinha perfumado sair daqui inteiro?

Edgar suspirou e ergueu a sobrancelha para Raul, que terminou de servir as doses que o sargento recusara.

— Isso vai se espalhar na vizinhança, e daqui a pouco vão começar as incursões no território! Vão pensar que os Lacarez afrouxaram!

Ele virou uma dose, deixando a ardência queimar o lobo.

— Ele sabia que você não tava aqui. — Raul pegou um cotoco de charuto abandonado no balcão e o acendeu. — Entraram com o papel quando tava só Melina, e ela deixou eles sozinhos e foi correndo me chamar. Eu tava virando a esquina.

— E ainda por cima um covarde! Você deixou um covarde sair sem nem amarrotar a droga do uniforme!

O valor no papel era o triplo do acordo que tinham com o delegado e, se o maldito tinha assinado aquela multa, alguém o havia convencido de que valia a pena comprar a briga. Se pagassem, ficariam sem dinheiro em caixa.

— O último carregamento não cobre isso, e não sei se o próximo vai dar conta. A mercadoria não tem sido vendida do outro lado da baía — disse Raul, e soprou a fumaça para cima.

Edgar levantou a cabeça.

— Sentiu o cheiro de sanguessuga também?

— Vocês dois estão me ouvindo? — Guido bateu a mão no balcão, os copos tremendo em resposta. — Vão ficar aí conversando como duas senhoras tomando chá enquanto aqueles uniformes cagam em cima da nossa autoridade sobre o território?

— Isso não é uma invasão qualquer, garoto. É um movimento organizado — respondeu Raul. — A gente não tá conseguindo escoar tudo porque temos concorrência.

— Mais um motivo pra gente ir atrás deles...

— E o quê? Dar motivo pra polícia vir em peso até aqui? — Edgar apertou o balcão.

— Eles sempre entenderam o recado.

— Quando a gente tinha dinheiro pra pagar. Quando eles sabiam que não tinha mais ninguém no mercado. Mas agora os desgraçados vão dificultar a nossa vida e depois lidar com quem sobreviver à disputa. Isso se já não se venderam pra esse tal novo dono.

Guido arfou, mas o lobo recuou mais um pouco.

— Quem você acha que é? — perguntou Raul.

— Nenhum dos velhos conhecidos... mas ando sentindo muito cheiro de decomposição ultimamente. Só hoje, teve o espião no ringue e agora esse aí. Melina falou de fadas nos canais...

— E essa multa? A gente vai pagar? — Guido puxou o papel e xingou quando viu o valor. Tomou o copo da mão de Raul e virou uma dose.

Uma boa pergunta. Pagar era aceitar a comida de rabo; não pagar era convidar uma ofensiva mais forte, e não tinham dinheiro suficiente para sustentar a polícia e todos da matilha.

— Naquela maleta... deve ter o suficiente — comentou Guido.

— Não.

A resposta saiu cortante o bastante para que Raul se empertigasse.

— Essa tal maleta tem a ver com o perfume caro que empesteou o bar?

Pelo menos ele não era o único a sentir aquela merda.

— Ninguém toca naquele dinheiro até eu ter certeza de que a maluca não vai trazer mais confusão.

— Que maluca?

— Diana de Coeur — falou Guido, enchendo a boca, forçando o "r" no final, como os sobrenomes das famílias vindas de além-mar exigiam. Edgar fingiu não notar o próprio incômodo ao ouvir o nome na voz dele.

Inteligente, charmoso, bonito... Não tenho preferência, podem escolher quem vai se casar comigo. A mentira estivera clara no cheiro e nos sons do corpo baixo de formas perfeitas, e, no entanto, fora tão perturbadora quanto se fosse verdade.

— De Coeur? Da fábrica? Do clã de caçadores mais antigo e mais filho da puta de Averrio? Eu fico fora uma noite e vocês moleques me roubam uma mala de dinheiro de uma princesa da parte alta?

Edgar agradeceu mentalmente a Raul pelo lembrete.

— Não roubamos nada, não fizemos nada. Pra variar. E não vamos mexer nesse dinheiro.

E definitivamente não vamos seguir o rastro de Diana de Coeur, disse ele ao lobo que fincava as garras em seus pulmões a cada partícula daquele cheiro de perfume carmim.

3

VIRA-LATA

Ele não apareceu no dia seguinte nem no próximo. Diana encarou o calendário sobre a mesa e contou as semanas restantes para o retorno do velho. Quase dois meses, e com duas luas cheias pelo caminho — isso se o tratamento não progredisse bem; havia a chance de ele chegar mais cedo.

A doença havia sido um golpe de sorte pelo qual nenhum dos filhos ansiosos para se livrar das rédeas curtas do pai tinha ousado esperar, e também um lembrete de que era possível. Todos eles estavam havia anos em busca de uma forma de contornar a maldição, e todos tinham se espalhado para colocar planos em ação no instante em que se viram sem supervisão do patriarca do clã. Ela precisava no mínimo estar noiva e com um irmão a menos antes que Argento de Coeur voltasse para cair em sua armadilha. Se conseguisse se casar antes, seria melhor ainda.

Seu escritório ficava nos fundos da fábrica, um insulto transformado em privilégio porque pelo menos tinha a vista para as águas da baía e quase ninguém da família ia até lá bisbilhotar como andava o departamento de adornos e encaixotamentos. Desistindo de trabalhar, ela empurrou a papelada para o lado e tirou o baralho do bolso da saia. O céu estrelado do verso das cartas pareceu zombar de sua impaciência por um instante.

— Foi você quem me disse para procurar um lobo e me casar com ele — falou para o baralho, incapaz de conter o tom acusatório. — Se o feitiço de casamento é a minha única salvação, pode me ajudar em vez de zombar de mim?

Tão logo começou a embaralhar, a energia de divertimento das cartas se transformou sob as suas mãos. Apesar de bem-humorado, o oráculo tinha uma personalidade prática, o que talvez fosse o segredo do sucesso daquela parceria que já durava tantos anos. Ainda era o mesmo de quando aprendera a ler as cartas, e Diana jamais considerara arrumar outro.

Cortou, girou, misturou, inverteu. Deixou os dedos guiarem o movimento, seguirem o fluxo e invocarem o último fiapo de magia que ainda lhe restava.

Onde eu posso encontrá-lo?

Aparecer na cachaçaria uma segunda vez seria sinal de fraqueza, então, nos últimos dias, fizera questão de andar por lugares bastante públicos que ligassem os bairros até o terreno da fábrica ou a mansão no Alto da Cidade. O rastro estava lá, mas aparentemente os lobos Lacarez não haviam considerado que valia a pena segui-lo. Restava a ela ir à caça.

Embaralhou até que o movimento já não fosse mais pensamento, até sentir as cartas inflando no espaço entre as mãos, como se ela estivesse enchendo um balão, até a magia da mensagem do oráculo não poder mais ser contida.

— Seja direto comigo. Não tenho tempo para metáforas — sussurrou para o monte, recebendo um formigar indignado em resposta, e suspirou. — Por favor.

Separou cinco pilhas de cartas e se preparou para descobrir o que precisava. Ou receber um recado malcriado. Tudo era possível. Virou a primeira do monte do meio e a colocou no centro, a que lhe diria *quem*. Valete de Rosas.

— Um sedutor? É o mais novo?

O gosto de decepção no fundo da garganta foi difícil de ignorar. Vinha evitando usar nomes, mas o baralho sabia muito bem qual dos três ela estivera mentalizando no momento da pergunta. O olhar insondável de Edgar Lacarez era o olho do furacão de seus pensamentos mais rebeldes.

Puxou a carta do monte mais à esquerda, o *como*, e a posicionou acima do Valete antes de virá-la. O Nó.

— Eu sei, eu sei, ninguém disse que ia ser fácil...

Voltou-se para uma das pilhas mais centrais, puxando sem pensar muito. Era a carta do *quando*. Ás de Escudo. Seria em breve, então. A quarta carta diria *onde* e, assim que a puxou do monte mais à direita, foi soterrada por uma onda de frustração. O Dez de Diamantes, que mostrava dez senhoras lindamente sentadas e tomando chá ao redor de um diabete de dez chifres.

— Você não pode estar falando sério.

Tinha pedido uma mensagem direta e fora o que recebera. O convite ainda estava largado no canto da mesa; nem o abrira porque sabia ser só uma formalidade. Pegou o envelope perfumado que havia sido entregue naquela manhã. Chá das 16h, na Casa das Boas Damas, o clube humano mais cobiçado da parte alta. "Um encontro de almas caridosas para mudar Averrio!", dizia o papel em letras douradas. Olhou de esguelha para o baralho.

— Você tem certeza?

Puxou a quinta carta do único monte intocado até então. Xingou alto o baralho, a elite de Averrio, o pai, os irmãos e os lobos Lacarez, mas recolheu as cartas e guardou o oráculo no saquinho de seda. Quando a Vela surgia, não havia argumentação.

— Desculpa me intrometer, mas a senhora nunca vai nesses eventos...

— Vê, Gianni, o quanto eu estou comprometida com esse plano?

O motorista murmurou alguma coisa, balançando a cabeça. Diana conteve um sorriso.

— Pode falar em voz alta.

— A senhora vai me desculpar, eu sei que o oráculo nunca te enganou antes... mas tomar chá com as madames? Vai ser um dia feliz quando eu vir a senhora andando por cima daqueles chapéus emplumados.

O sorriso que ofereceu a ele dessa vez foi mais genuíno, menos resignado. Gianni era possivelmente o velhinho mais rancoroso do mundo e, por sorte, trabalhava para ela.

— Para isso... eu preciso pegar um lobo, e um lobo estará no clube.

— Se a senhora diz.

O oráculo tinha dito, era quase a mesma coisa.

O carro parou na frente do prédio branco de dois andares, que reluzia como uma pérola num colar de edifícios igualmente brancos e imaculados ao redor da Praça XIV, que ficava no limiar do bairro Alto da Cidade. Diana desceu do carro ajeitando as luvas. Já se deixara iludir pela falsa delicadeza das pessoas nascidas abastadas — mas agora sabia que, com suas origens não tão impecáveis, ela era a mancha, o grão de poeira a ser removido com muito cuidado do linho claro para não deixar um risco de imperfeição.

O chá no clube era um evento semanal. Todas as mulheres humanas de boa família do Alto compareciam, e as chances de ela encontrar algumas das pessoas que mais odiava só não eram maiores porque boa parte delas se chamava de Coeur e não voltaria à cidade pelo próximo mês. Inspirou fundo, se preparou para dar um passo na direção das portas... e parou.

Uma janela se abriu na lateral do segundo andar do prédio e dela saiu Heitor Lacarez, apenas de calças. Pega de surpresa, Diana olhou em volta, procurando por mais testemunhas. Ninguém mais prestava atenção no beco onde o rapaz aterrissou com a facilidade que nenhum ser humano teria. Ele sorriu para cima. Da janela, uma mulher cheia de curvas e pele retinta se inclinou, sorrindo de volta. Os cachos estavam desgrenhados e a roupa desalinhada, por isso Diana demorou alguns segundos para reconhecer quem era. Selene Veronis.

Se alguém os visse, o escândalo estaria formado, e os planos de Diana também poderiam estar arruinados. Correndo para trás de uma coluna do prédio ao lado, Diana observou um par de sapatos masculinos ser jogado. Em seguida, vieram a camisa, o colete, o paletó e a boina. Por último, veio pela janela um envelope pardo dobrado ao meio, bem cheio. Este, Selene jogou bem mais longe dele, com um sorriso travesso.

Como ele parecia distraído em oferecer um pequeno show para Selene, dançando enquanto se vestia, Diana correu antes que se dessem conta de sua presença e agarrou o envelope do chão. Heitor se sobressaltou e rosnou ao se virar, relaxando logo em seguida.

— Ah, é você. Que sorte. — Heitor suspirou enquanto terminava de se vestir.

Um sorriso brotou nos lábios de Diana. Ela contou por alto as notas que encontrou dentro do envelope; aquela era uma oportunidade boa demais para deixar passar.

— Sim, a minha. E de Selene, suponho. — Virando-se para cima, Diana dirigiu um sorriso para a janela, de repente coberta pela cortina. — Seria bem problemático, não seria, se alguém soubesse que a filha do prefeito anda... envolvida em atividades com pouco uso de roupas? Ela sabe o que você é?

Ele esfregou os olhos, os ombros caindo. Diana sorriu. *Obrigada, Mistérios, pelo aviso.*

— É uma longa história.

— Imagino. Provavelmente melhor do que as conversas desse chá interminável. Vamos.

— Ei, ei, calma aí. — Ele se colocou na frente dela. — Eu não vou a lugar nenhum com você. Agora, me dá meu dinheiro.

— Ah, que pena. Mas tudo bem... eu tenho mesmo que comparecer ao chá da tarde. Faz tempo que não venho e tenho muito pra contar. Acho que também preciso me inteirar das novas políticas do clube, porque não sabia que agora permitíamos lobisomens vadios da parte baixa de Averrio... Vou perguntar para Selene. Diga a seus irmãos que eu mandei lembranças.

Com um grunhido, Heitor se colocou de novo na frente dela quando Diana fez menção de contorná-lo. Ela não fazia ideia do que o levara até ali, muito menos até a saia de Selena Veronis, mas devia ser sério. Ele moveu o queixo na direção do envelope surrado que ainda estava em suas mãos antes de puxar um charuto pela metade de dentro do paletó.

— Posso pelo menos ter meu dinheiro de volta? Suei muito por ele.

Falta de roupas. Um encontro escondido. Um envelope de dinheiro. Era impossível não rir abertamente, a história ficava cada vez melhor. Tinha saído à caça de um lobo e conseguira possivelmente uma pessoa para chantagear. Não era a única moça manchando as lindas paredes brancas do Alto, afinal de contas.

— Vamos fazer o seguinte: eu devolvo o seu suado dinheirinho. — Ela balançou o envelope na frente dele, mas puxou de volta quando Heitor estendeu a mão. — E, por enquanto, vou guardar o segredo da sua cliente. Ela deve ser a mais valiosa, não? Eu já tinha ouvido falar que algumas madames do Alto tinham um gosto peculiar... Acho que alguns maridos ficariam felizes de saber quem figura nas fantasias de suas esposas e filhas.

O lobisomem cruzou os braços. Apesar de parecer pouco inclinado a responder, uma energia nervosa agitava o ar ao redor dele. Diana quase conseguia enxergar a aura do lobo se eriçando.

— Leve seus irmãos até o Cassino Manolita esta noite para uma reunião de negócios e você vai ver muito mais dinheiro do que tem nesse envelope. Além de não precisar nunca mais se preocupar com maridos ciumentos.

— Eu não posso garantir nada, mesmo se eles forem.

— Dê seu jeito. Se não aparecer lá com eles, eu garanto que amanhã a polícia de Averrio vai estar atrás de um lobisomem gigolô no bairro das destilarias.

Numa noite normal, eles estariam fazendo a operação de caixa. Separando o dinheiro de cada um, o dinheiro para repassar aos fornecedores, o dinheiro para as contas da cachaçaria, o dinheiro de Mimi. Naquela noite específica, não havia nada a não ser lamber feridas e fazer contas difíceis.

O confronto com os nefilins horas atrás havia sido mais sangrento do que o normal; todos eles ainda tinham manchas de sangue dourado e ouvidos ressoando com gritos melodiosos de dor. A proteção ao território nunca vinha sem custos, e o ideal era que estes fossem arcados apenas pelos idiotas que tentavam a sorte contra a operação da matilha.

Os três estavam sentados na mesa do canto do bar, uma garrafa da Cachaça Afiada no centro, enquanto Raul fumava um cotoco de charuto atrás do balcão e contava as penas douradas arrancadas dos nefilins para serem revendidas no mercado ilegal. Guido provavelmente não deveria beber mais naquela noite e Heitor talvez tivesse camas para esquentar. Cabia a Edgar manter o juízo; a eterna sina do irmão do meio.

— Problema número um: é o segundo mês seguido que a operação de contrabando dá prejuízo; os fornecedores não vão ser pacientes por muito mais tempo. — Ele começou a listar. — Problema número dois: algum desgraçado tá tentando contrabandear no nosso território.

— Puta merda — disse Heitor.

— Problema número três: a boa polícia de Averrio, por incrível que pareça, está tentando ser boa de verdade e não está aceitando propina para renovar o alvará da cachaçaria.

— Ou já tá vendida pra um sanguessuga — resmungou Guido com o charuto na boca.

— Problema número quatro: o dinheiro reserva acabou, só tem o que tá nessa mesa ou no caixa do bar.

Em silêncio, contemplaram a lista recitada. Heitor tirou um envelope do bolso interno e o jogou em cima da mesa. Guido lhe deu tapinhas nas costas e puxou algumas notas amassadas da calça. Edgar balançou a cabeça.

— Socos e fodas podem custear uma noite, mas não vão manter a matilha.

— Tem a maleta, também — disse Guido.

Edgar não esperava que os irmãos tivessem se esquecido dela, só não estava pronto para o assalto à memória sensorial. Era como se ela ainda estivesse do outro lado do balcão, remexendo em bebidas tão velhas que ninguém tinha coragem de tocar, o perfume invadindo todos os cantinhos do ambiente quase como uma loba marcando território. Dias haviam se passado e a desgraçada continuava ali à espreita, quase como a lua cheia.

— Na verdade, também temos o problema número cinco. — Heitor por fim cedeu e foi quem arrancou a rolha da garrafa com os dentes. — A maluca da maleta sabe o que eu faço e sabe de pelo menos uma das minhas clientes. Eu não preciso dizer que a minha carcaça vai virar tapete na sala de algum ricaço se ela espalhar o que sabe por aí. Ela exigiu que a gente vá ao Manolita hoje... fazer negócios.

— Mas você também é um idiota descuidado — resmungou Guido, e puxou a garrafa, não se dando ao trabalho de usar o copo.

— Não, não! Eu já atendi Selene naquele clube milhares de vezes e ninguém nunca olha ali. Essa mulher tem alguma coisa estranha.

Com certeza Edgar sabia alguns outros adjetivos mais adequados do que "estranha" para Diana de Coeur, e não se arriscaria a dizer nenhum deles em voz alta na presença dos irmãos. O presente que ela lhes deixara pesava no coldre, um lembrete de que, de certa forma, já aceitara um tipo de pagamento, de que talvez já estivesse devendo um serviço. Vinha carregando a arma pela cidade, esperando uma oportunidade de testar as balas de verbena — ou era isso que gostava de dizer a si mesmo para fingir que Diana não perturbava seus pensamentos.

— Ela, sei lá... sabia. Sabia que ia me encontrar ali.

— De repente uma cliente te recomendou. Vai ver foi assim que ela chegou na gente. — Guido deu de ombros. — As mulheres fofocam.

— Mas do meu serviço ela não sabia. Senti o cheiro, ela não tava mentindo. Como também não tava brincando quando disse que a gente tinha que ir hoje. Se a gente não for, ela vai colocar a polícia atrás da gente.

— A polícia já tá atrás da gente! Se bobear, foi ela quem mandou o sargento aqui no outro dia. Não tem nem o que pensar. A gente usa a porra do dinheiro que ela deixou, aparece lá na lua cheia, deixa ela assustada e acabou-se o problema.

Edgar ouviu o vai e vem dos irmãos discutindo, em parte ainda repassando o encontro — invasão — de noites atrás, em parte ciente do olhar atento de Raul em sua nuca. Era uma cena comum em qualquer família com três irmãos de idade próxima, mais ainda em uma matilha de lobos vadios encurralados. Quando isso acontecia, alguém tinha que bater na mesa.

— Ninguém vai encostar na maleta enquanto eu não tiver certeza de que um bando de riquinho metido a caçador não vai atravessar aquela porta. — Ele se levantou e puxou o paletó. — Coloquem uma roupa decente, nós vamos ao cassino. Vocês vão vender essas penas antes que comecem a feder, e eu vou botar essa madame da parte alta pra correr antes que ela volte aqui com um anel de noivado.

Tarde demais, percebeu o que disse; foi denunciado pelo cheiro e pelos batimentos cardíacos. Os dois idiotas se encararam, cheios de entendimento. Raul soprou fumaça com frustração.

— Não gostou da proposta de casamento, Ed? — Heitor sorriu por trás do copo. — Foi muito romântico, levando em consideração que ela não é nem uma loba.

— Ahhh. — Guido apontou a boca da garrafa na direção de Edgar. — Ele não gostou que a proposta foi pra qualquer um de nós. Eu e você somos o bonito e o charmoso...

— Acho que eu era o bonito e você, o charmoso.

— Tanto faz. Ed era só o inteligente.

— E não podemos esquecer que ela foi praticamente atrás de mim, lá no clube. Já me viu sem camisa e tudo.

Edgar acendeu o charuto e deixou os dois falando sozinhos, ciente do aviso no olhar de Raul e mais consciente ainda do aperto na boca do estômago, a curiosidade faminta do lobo querendo seguir um rastro de perfume.

Foram a pé, caminhando pelo meio da rua para que fossem vistos — era parte do negócio. Era tarde o suficiente para o desfile dos bêbados e cedo o suficiente para o início do turno dos padeiros. Aqui e ali, uma fada cortava o ar zunindo, tingindo de pó dourado a lama da periferia por alguns instantes. Caminharam lado a lado, a fumaça de charuto uma cortina sobre os rostos, porque as pessoas sabiam que aquele era território Lacarez e sabiam que não deviam ficar no caminho.

Cruzariam outros territórios até o centro da cidade, um lembrete do quão confinada era aquela vida na sarjeta. Umas três matilhas disputavam os bairros baixos, sem contar sanguessugas, nefilins e faunos — todo mundo queria um pedacinho de dignidade, um espaço para conseguir olhar para as estrelas. Edgar também olhava para cima, mas em vez das estrelas via a parte alta da cidade, onde as alcateias e outros clãs sobrenaturais se sentavam com famílias humanas abastadas e fingiam que eram todos iguais enquanto pisavam em cima dos destroços das brigas da metade inferior. As possibilidades para o futuro se desenhavam na fumaça e evaporavam na noite quente cheia de maresia.

O Cassino de Manolita era um dos poucos lugares de Averrio onde de tudo um pouco era encontrado, considerando raças, moedas e comidas; não se pagava nada para entrar a não ser o dinheiro que se perdia — ou se fazia outras pessoas perderem. Era também o único território verdadeiramente neutro da cidade.

Edgar apontou um dedo primeiro para Guido e depois para Heitor assim que chegaram.

— Nada de bebida, nada de seduções, nada de brigas. Vocês cuidam das penas, e depois a gente se encontra no bar do cassino.

O primeiro corredor era um caminho vermelho, tapetes e paredes, um prenúncio do luxo brega a ser encontrado lá dentro. Burgueses e novos ricos eram os frequentadores mais comuns, e algumas vezes jovens do alto iam se aventurar, achando que estavam desbravando a parte mais selvagem da cidade.

Entre a música alta e o barulho das roletas, o olfato se tornava o sentido principal. Edgar ignorou os cheiros típicos se misturando enquanto procurava o rastro. Monstros, dinheiro, luxúria, os irmãos. Então encontrou o aroma de complicação de salto alto e batom vermelho-sangue.

Todos os sentidos foram inundados pela percepção da presença dela, o ambiente sumindo num túnel de instintos. Tomado pelo lobo de repente, Edgar seguiu o rastro às cegas, como um cachorro vadio atrás de comida, procurando por entre mesas de carteado e grupos barulhentos até parar no meio do salão, diante da visão amaldiçoada.

Aquele era mais o tipo de bar a que Diana de Coeur pertencia. Sentada na banqueta alta com as pernas cruzadas, as linhas do vestido preto se confundiam com os contornos das pernas até culminarem na curva afiada da ponta do sapato tão lustroso que refletia as luzes. Os cabelos curtos e escuros adornados com penas ainda mais escuras chamavam atenção para o pescoço à mostra, fonte do perfume infernal a cada batida do coração.

Ela estava apoiada no balcão, brincando com a azeitona num drinque transparente, o olhar perdido na direção do palco, onde uma banda tentava impor uma última dose de energia na madrugada. Madames barulhentas e mais do que entorpecidas faziam uma algazarra para o vocalista. Diana as observava com tédio e um pouco de desprezo, até ficar tensa de repente, se esticando em toda sua altura — não era muita, mas ele a admirou pelo esforço mesmo assim. Um trio de homens de terno preto numa mesa do outro lado do salão estava olhando para ela. Vampiros.

O prudente a se fazer era esperar, deixar que a maluca se virasse sozinha com as confusões que certamente ela mesma havia procurado. Edgar já tinha visto aquele filme antes, dezenas de vezes. Humana sozinha e bonita saía para afogar as mágoas e descobria do jeito mais difícil que a maioria das criaturas sobrenaturais andava em bando por um bom motivo. O problema não era dele.

Então os três sanguessugas se levantaram e, no primeiro passo dado na direção dela, Edgar também já estava em movimento, porque pelo jeito não tinha merdas suficientes para limpar na vida. Porque Diana permaneceu imóvel, encarando os três sem nenhuma indicação de nervosismo, os batimentos cardíacos muito mais calmos do que quando fizera a proposta na cachaçaria. Porque o lobo de repente decidiu que estavam invadindo seu território e isso não podia ser tolerado.

Eles a alcançaram primeiro.

— Eu sei quem você é — disse o mais alto.

— Que honra a sua — respondeu Diana.

Edgar lutou contra o repuxar de um sorriso no canto da boca, quase hipnotizado pela forma despreocupada como ela girou no banco com o drinque na mão para encarar o trio. Abusada demais para ser deixada à solta sem supervisão. Eles a encurralaram contra o balcão e, ainda assim, o corpo dela não a traiu com nenhum indício de medo.

— Meu patrão vai querer saber o que a senhora está fazendo aqui.

— Ora, eu...

O olhar dela finalmente encontrou o de Edgar, e só então ele se deu conta do quanto estivera ansiando por isso. Cercada de sanguessugas e a um piscar de olhos de morrer, o sorriso lento e convencido de Diana era ainda mais devastador. E, como se não bastasse a curva sedutora dos lábios carmim, os batimentos cardíacos dela dispararam, o perfume ficou mais acentuado. O corpo dela, que havia ignorado a presença dos três vampiros, se acendeu para ele.

— Eu estava esperando o meu noivo.

Edgar passou por entre dois deles, já com a mão estendida, uma satisfação sombria e descabida rugindo no peito. Diana entregou o drinque na mão do terceiro sanguessuga e aceitou o convite, deslizando do banco de encontro a Edgar como se fizessem aquilo todas as noites, como se passar o braço em volta da cintura dela e pressionar os corpos fosse um passo de dança já muito praticado. O lobo uivou com o triunfo da captura; o homem se sentiu capturado. O coração dela batia forte contra o dele, o perfume o único cheiro que ele conseguia distinguir, o tecido das luvas contra o terno arranhava o ouvido. Por um instante, existiam apenas os dois.

— Mas é só um vira-lata dos canais.

Internamente, Edgar agradeceu a todas as Luas pela interrupção. Estava perto demais de acariciar o rosto perfeitamente maquiado, de enfiar o nariz na curva do pescoço da mulher e inalar até não existir nenhum outro aroma no mundo. Encarou o vampiro que falara, e que ainda segurava o drinque abandonado. Não os conhecia e nem viu nenhuma marca que delatasse a que clã pertenciam, embora houvesse algo familiar ali.

— Nunca te disseram que mais vale um vira-lata vivo do que um rato de raça defunto?

Os sanguessugas não reagiram à provocação; pareciam espertos o suficiente para entender que não valia a pena a expulsão do cassino, que mantinha uma segurança bastante rígida — ministrada por armas de Coeur.

— Vamos, então, querido? Estou entediada.

Edgar ergueu uma sobrancelha para Diana, que sorriu. Manteve o braço na cintura dela quando partiram. Disse a si mesmo que era para sustentar a farsa, embora a verdade passasse perigosamente perto de simplesmente não conseguir tirar as mãos dela. O calor da pele se insinuava através do tecido solto do vestido, cantava para garras afiadas que lutavam para quebrar a superfície humana, mesmo sem lua.

Antes que se desse conta, ela guiou o caminho. Caminhou pelo salão com a calma de quem avaliava um banquete e acenou para algumas mulheres bem-vestidas que cochicharam quando eles passaram.

Quando estavam longe o suficiente, Edgar segurou o braço dela.

— Pronto, você já deu o seu show. Agora vamos encerrar isso aqui de uma vez por todas. Eu não vou tolerar ameaças a meus irmãos ou ao meu território. Se você continuar insistindo, eu vou ser obrigado a tomar medidas drásticas.

Diana o encarou, a cabeça pendendo para o lado.

— Por que você não quer nem ouvir minha proposta?

— Você acha que eu sou idiota? Pensou que era só chegar com uma mala de dinheiro pra eu sair correndo atrás de você, balançando o rabo?

— Achei que você era um lobo de negócios inteligente, que veria uma boa oportunidade.

— Eu não sei o que você acha que está fazendo, garota, mas isso não é um jogo. E, se fosse, você não teria a menor chance. Esse fiapo de magia que eu farejo em você não chega nem perto de ser páreo pros predadores que estão rondando esse salão. E não, seu sobrenome não basta como escudo na parte da cidade onde tá todo mundo tão fodido que não vai fazer diferença nenhuma ser perseguido por algum figurão da parte alta. Se você tá nos seus anos rebeldes, uma adolescência tardia, sei lá, não me importa, mas você não vai arrastar a minha família pras picuinhas da sua. Eu não tenho tempo pra uma menina mimada tentando se provar.

Diana não respirava, não piscava. Durante o discurso, o sorriso confiante havia desaparecido, substituído por uma máscara inexpressiva, como se alguém tivesse moldado um rosto de porcelana. As palavras pairaram no ar entre eles, flutuando com o perfume e o cheiro de charuto.

Sem desviar os olhos, ela lentamente roçou os dedos no paletó dele. O som da renda das luvas roçando no linho do terno invadiu os ouvidos e penetrou os órgãos de Edgar com sugestões impossíveis quando ela pressionou aquele ponto do peito. Talvez ela conseguisse sentir seu coração batendo mais forte do que devia.

— Eu vou te dar uma última chance. Me acompanhe até uma sala privativa agora ou esqueça a melhor oportunidade que você já teve de sair da parte *fodida* da cidade.

O palavrão na fala refinada fez coisas com o corpo dele, reações que precisou ignorar.

— Ou você vai arrumar algum outro trouxa?

— O vampiro disse, não disse? Você é só um vira-lata dos canais. Se não quiser balançar o rabo pra mim... eu pego outro.

As pontas dos dedos deslizaram do bolso para dentro do paletó, seguindo o caminho mais longo e tortuoso possível, deixando um rastro fantasma de carne dilacerada. Ela puxou o charuto que Edgar apagara antes de entrar, o colocou na boca e o acendeu com um isqueiro tirado de dentro do decote do vestido. A tragada se estendeu pelo tempo infinito de uma batida e meia de coração, até a cortina de fumaça com cheiro de tabaco e a sugestão do que seria o hálito dela enevoar visão e mente. Apenas o vermelho dos lábios de Diana atravessou a neblina quando ela lhe deu as costas e seguiu para o segundo andar do cassino — levando o charuto.

MALDIÇÕES

Ele a encontrou em uma sala com cheiro de pouco uso. Havia uma poltrona, onde ela estava sentada, em frente a uma mesinha pequena coberta por uma toalha preta com estrelas bordadas, além de outra poltrona vazia. Poeira e magia residual se acumulavam nos cantos do cômodo, mas Diana parecia à vontade com o charuto e um sorriso convencido na boca. Um homem baixo, de cabelos brancos e uniforme típico de motorista, estava abaixado ao lado dela, remexendo em um caixote de madeira.

— Esse é Gianni. Pode confiar nele — disse ela.

— Eu não decidi nem se posso confiar em *você*.

O velho fez uma mesura e saiu da sala, deixando o caixote aberto. Dentro, havia uma variedade de armas para enfrentar todo tipo de criaturas. Estacas, pistolas, adagas, vidros com líquidos malcheirosos. Edgar rodeou a cena, espiando o conteúdo. Na lateral, o símbolo de um coração perfurado por quatro lanças em vez de apenas uma, como no brasão da fábrica de Coeur.

— Você tem autorização para estar aqui? — perguntou ele.

— Eu trabalhei aqui alguns anos atrás, e o dono do cassino gostaria que eu voltasse, por isso me deixa usar o espaço. Mas isso não vem ao caso. Vamos discutir negócios.

— Não. Primeiro você vai me dizer *o que* você é.

— O que o seu nariz te diz?

— Sem jogos. Meu nariz me disse para perguntar. — Ele farejou o ar procurando pelo fiapo de magia que havia detectado na primeira noite. — Você tem cheiro de magia azeda. É só um fiapo... mas é magia.

Edgar se sentou de frente para ela, a mesa ao mesmo tempo uma pequena ponte e um abismo entre ele e a expressão amarga que surgiu e sumiu no rosto dela. Uma mão enluvada tamborilava os dedos, preenchendo o silêncio com baques altos demais para a audição lupina.

— Eu sou... difícil de explicar. A boa sociedade de Averrio não acha certo que eu seja considerada humana, e as bruxas não acham que tenho o direito de me chamar assim. Acho que sou o vazio entre essas duas coisas, e parei de me importar com isso há muito tempo. A verdade é que o cheiro que você fareja em mim é tudo o que sobrou. Um fiapo talvez seja uma boa definição. Eu só tenho isso e uma maldição de sangue.

— Por isso lobisomens, então.

A maior parte dos lobos não enxergava a vida sob a Lua como uma maldição, embora os estudiosos humanos tivessem popularizado aquele termo. Fosse como fosse, a condição lupina era transmitida de geração em geração, e servia tanto de espada quanto de escudo; feria e protegia o lobo e o homem na mesma medida, senhora absoluta do ser que a carregava. Por isso, as únicas criaturas no mundo completamente imunes a maldições eram lobisomens — a Lua não gostava de compartilhar seus servos com outras formas de magia.

Diana levou o charuto à boca. Ela sabia bem como fazer, que não devia encher os pulmões, e em vez disso brincou de soprar anéis de fumaça. Os lábios carmim formavam um círculo perfeito, uma provocação muda.

Puta merda.

— Era uma vez um caçador. Um caçador de uma linhagem antiga, traçada desde as invasões de Vera Cruz. Um caçador que gostava muito do que fazia, que sentia prazer em arrancar a pele do lobo mau e pendurar os chifres dos faunos abatidos. Um caçador que, quando teve sua profissão proibida, se viu sem propósito na vida.

— Não preciso saber da fundação de Vera Cruz nem da história dos de Coeur — resmungou Edgar.

— A maioria dos clãs de caça se juntou à polícia e a outras forças de segurança de Vera Cruz. O que mais um guerreiro podia fazer da vida? — continuou ela, ignorando a interrupção, balançando o charuto em movimentos circulares. — Mas esse caçador inteligente decidiu que não queria lutar as batalhas dos outros, que preferia lucrar com seu conhecimento armamentista, alimentando essas lutas que não eram dele. Quando a nova constituição foi assinada e a caça aos monstros proibida, o líder do clã de Coeur fundou uma fábrica de armas e, assim, a família prosperou.

— Esse seu discurso vai fazer sentido em algum momento?

— Não podendo caçar sob os olhos da lei, os muitos membros do clã acabaram direcionando a raiva para dentro. Começaram a brigar entre si e a tentar tomar o controle dos negócios à força... Isso aconteceu em todas as gerações, até nascer Argento de Coeur. Meu pai, o maior filho da puta da história dessa cidade.

De pais questionáveis Edgar entendia. A contragosto, se viu esperando pelo desfecho.

— Ele decidiu que era melhor não correr riscos quanto aos próprios filhos, que não queria ver seu poder ser tomado antes do tempo. Afinal de contas, se ele matou o próprio pai para assumir a fábrica... por que os filhos dele não fariam o mesmo? Paranoico, e precavido, o velho decidiu tomar uma providência. Ele contratou os serviços de uma bruxa especialista em maldições: Gisele do clã Carmim.

— Nunca ouvi falar dela — comentou Edgar.

— Nem teria por quê. Gisele não gostava de holofotes, e o velho Argento lhe deu todos os motivos do mundo para permanecer escondida. Ela era amante dele. E a minha mãe.

— Isso parece a porra de uma radionovela...

Diana riu, fazendo um movimento de concessão com a cabeça.

— Ela criou uma maldição de sangue especialmente para os de Coeur, um sortilégio de sacrifício que amarra todas as coisas mais preciosas que ele tem: seus herdeiros e a fábrica. Todo de Coeur vivo é vinculado a essa maldição desde então. Para herdar a fábrica e mantê-la funcionando, é preciso ser um de Coeur de sangue.

— Não vejo desvantagem nenhuma nisso.

— De fato, essa não é a parte que interessa aos herdeiros, é só uma garantia contra inimigos externos. E o verdadeiro objetivo era proteger meu pai de inimigos *internos*. A maldição também determina que nenhuma morte que não seja natural pode tocar o velho, pois tocará seus descendentes primeiro. Se alguém tentar matá-lo, algum descendente morre no lugar dele. Mas a maldição não prevê quem vai morrer, pode ser qualquer um. Isso significa que se um dos filhos tentar matá-lo...

— Pode acabar se matando... Pai do ano — concluiu Edgar. A história aos poucos ganhava contornos mais nítidos. — E a sua magia? Você não consegue desfazer isso?

O sorriso que ela abriu então foi o mais frio e mais aterrorizador até então.

— Gisele precisava de magia fresca e jovem para o feitiço, e precisava que a magia estivesse atrelada ao sangue do velho, sem colocar a vida dele ou dos filhos dele em risco. Foi só por isso que eles me tiveram. Ela engravidou para roubar a magia da filha, roubar de mim. Não foi genial da parte dela? Eu sou filha bastarda do velho Argento de Coeur, nasci para alimentar uma maldição e morrer no lugar dele, quando necessário.

Havia algo especialmente obscuro em Diana ali sozinha com ele numa sala abandonada do cassino, gesticulando com um charuto na mão. Algo que mexeu com a fera e a fez arranhar a pele por dentro. Ela não tinha medo do lobo porque convivia com monstros piores dentro de casa.

— Então, você não pode matar seu pai. Na verdade, é do seu interesse que ele fique bem protegido.

— Esse é o menor dos problemas. Assim como eu, meus irmãos estão por aí atrás de formas de contornar a maldição, tomar o controle do clã. Se algum deles descobrir como matar Argento com segurança, os outros serão sacrificados no lugar. É por isso que preciso me casar com um de vocês, para me proteger deles. Quanto ao meu pai... pretendo cuidar muito bem dele, mantê-lo em cárcere privado para que viva bastante vendo a fábrica nas mãos de monstros e o nome da família na lama.

— Capturar e prender o maior caçador vivo atualmente sem que ninguém desconfie disso?

— A parte da desconfiança e da sociedade é problema meu. Eu só preciso que vocês matem meus irmãos sem que o crime seja traçado até nós. Se matarmos meus irmãos primeiro, eu vou estar segura de quaisquer tentativas que eles façam de me matar ou matar meu pai, e será mais fácil segurar o velho. Ele vai ficar mais retraído sabendo que não tem tantas vidas extras para gastar.

— Você acha que, se casando comigo, vai estar imune a maldições.

Edgar balançou a cabeça. Lobisomens se casavam sob a benção da Lua nas noites de lua cheia; não havia vestidos e buquês.

— Não acho que vai funcionar. Os lobos não se casam da mesma forma que os humanos, e você provavelmente não sobreviveria ao ritual.

— Tenho bons motivos para acreditar que vai funcionar, sim. Sei que vocês têm seus próprios rituais de casamento, mas magia e sangue são universais, e existem outros rituais de matrimônio.

Ela levou a mão ao decote do vestido e tirou um papel dobrado, que ofereceu a Edgar. Ele leu rapidamente a lista de ingredientes para uma poção e as instruções cheias de símbolos antes de devolvê-lo com uma sobrancelha erguida.

— Eu não entendo de feitiços de bruxas, mas esse aí me parece bem complicado pra alguém que acabou de me dizer que não tem magia suficiente.

— Não tenho, de fato. Vamos precisar de uma bruxa. Mas isso saiu diretamente do grimório da minha mãe, e ela era poderosa. É um sortilégio antigo, de antes de ela se envolver com meu pai. E, de acordo com o livro, comprovadamente curou outras maldições. — Diana dobrou o papel e o guardou no mesmo lugar.

— É um feitiço de matrimônio com um lobisomem, abençoado pelos Mistérios, realizado por uma sacerdotisa treinada pelos clãs das bruxas. O feitiço vai juntar nosso sangue e criar um laço indissolúvel entre as nossas vidas, misturar o que me resta de magia e os seus poderes de lobisomem. Vamos fazer também uma união legal de cartório, é claro, para lidarmos com todas as posses materiais e contas do banco...

— Isso me tornaria também herdeiro da fábrica. Você não tem medo de que eu te mate depois, para ficar com tudo?

Diana riu e o encarou com aprovação.

— Gosto de como você pensa, e é claro que considerei isso. — Diana soprou a fumaça de lado, meneando a cabeça. — Mas, com o feitiço nos unindo, você vai estar magicamente conectado a mim. A perda de um laço mágico tem consequências graves; é como ter uma parte arrancada de si, e ninguém consegue prever o preço. Saúde, anos de vida, sanidade... depende do poder do vínculo, e esse não será frágil, vou garantir isso.

Um risco entre vários outros. Era quase uma ação desesperada, apesar da calma que Diana apresentava.

— Você estaria arriscando muito mais do que nós nesse seu plano. Quer se casar para ter cães de guarda e uma cura para a sua maldição, mas nunca poderemos testar de verdade se o feitiço funciona.

— E o que você sugere? Que eu passe a vida contando os dias até um dos muitos inimigos de meu pai resolver fazer uma tentativa? Ou esperando que ele morra de morte natural, para meu irmão mais velho herdar a fábrica?

Diana brincou mais um pouco com a fumaça e correu o olhar pela sala vazia quase como se a enxergasse cheia de objetos invisíveis para ele. A magia residual nos cantos cheirava um pouco como a dela.

— Você não tem como saber, está me conhecendo agora, mas eu nunca faço apostas para perder, porque não tenho nada a perder. Eu me preparei para esse momento por muitos anos e estou mais do que confiante nas nossas chances de sucesso. Então, na pior das hipóteses... se eu morrer, você vai herdar tudo que é meu. Dinheiro e um galpão lotado de armas extraviadas da fábrica. A maior fábrica de armas de Vera Cruz.

Ele balançou a cabeça devagar. *A própria família.* Diana lhe oferecia muito mais do que ele tinha imaginado, mas os riscos também eram muito maiores. Da última vez em que os Lacarez haviam enfrentado uma família da parte alta, o custo tinha sido alto demais. Quase ouvia a voz de Mimi rosnando para não deixar a ambição jogar a matilha em uma briga que não lhes dizia respeito.

— E então... o que me diz? — A pergunta veio com um estender de braço por cima da mesa, oferecendo o charuto de volta com uma marca de batom.

Edgar encarou Diana e se forçou a reconhecer que correr o risco talvez fosse bastante prazeroso, se o lobo não a matasse no primeiro arroubo de descontrole. Talvez por isso, ou talvez porque uma vez que colocava Mimi na cabeça não conseguia simplesmente calar a boca da velha, ele respondeu depois de pegar o charuto:

— Eu ainda preciso pensar mais sobre sua oferta.

Um segundo de frustração e pânico correu pelos olhos de Diana. Um instante de máscara rachada, de tique na sobrancelha e de respiração presa. Então ela deu de ombros e sorriu.

— Essa oferta tem um tempo limitado. Não posso esperar mais para você chegar à conclusão de que existem destinos muito piores por aí do que se casar por poder e dinheiro.

— Amanhã de noite Guido tem uma rinha marcada. Vai lá no armazém assistir. Pode ser interessante pra você decidir se quer mesmo criar laços inquebráveis com um lobisomem. Depois da luta eu dou a minha resposta.

Várias horas depois, Guido e Heitor o encontraram no bar, ocupando o mesmo banco onde Diana estivera sentada. Edgar encarava o charuto com marca de batom.

— O que é isso? — Guido perguntou.

— Uma proposta melhor do que eu imaginava.

— E por que você tá cheirando como se tivesse mergulhado numa piscina de perfume de Diana de Coeur? — Foi a vez de Heitor perguntar.

Porque eu sou um imbecil.

— Porque eu sou o inteligente.

5

HUMANA

O telefone da biblioteca da mansão tocou no final da tarde, assim que Diana terminou a leitura, e, graças ao oráculo, já sabia quem era. Deixou o som estridente ocupar o escritório da mansão, os toques se arrastarem e testarem a paciência da pessoa do outro lado da linha.

— Boa tarde, Armando.

Atendeu com tom de voz animado, sorrindo para a carta do Cavaleiro de Escudos. O desenho mostrava um homem de cabelos escuros empunhando uma espada com as duas mãos, o escudo esquecido no chão, prestes a ser apunhalado pelas costas. Lembrava muito seu irmão.

— O carregamento de armas para o campo está atrasado.

— Eu vou bem, e você?

— Esse negócio foi fechado há meses.

— Que bom que estão aproveitando as férias no campo. Com certeza o clima aí está bem mais agradável. Averrio anda bem quente, mais do que o normal.

— Eu não tenho tempo pros seus joguinhos. Diana.

— É mesmo? As contas de compras e buffets chegando aqui na fábrica contam outra história. Você não acha um pouco precipitado dar festas para comemorar a morte do velho?

O silêncio do outro lado da linha pintava uma cena já vista muitas vezes: seu irmão mais velho sentado na poltrona de couro — lugar que só tinha coragem de ocupar na ausência do pai —, apertando qualquer objeto que estivesse mais próximo para não descontar a raiva gritando. A raiva de Armando era corrosiva e Diana ainda a veria consumi-lo por dentro.

— Era só isso? — perguntou ela, com a voz mais doce que conseguiu.

— Você está querendo que eu vá aí resolver? O velho pode até achar que você leva jeito para os negócios, mas eu sei que você só quer se sentar numa cadeira importante e fingir que entende de alguma coisa.

— Sentar na cadeira do nosso pai, como você está fazendo nesse instante? Eu, pelo menos, tenho minhas próprias cadeiras.

— Diana...

— Foi bom você ter ligado, eu também tenho uma novidade.

— Duvido que eu esteja interessado.

— Albion está na cidade. Encontrei com algumas crias dele no cassino ontem.

Dessa vez o silêncio foi absoluto, sem nem o chiado de uma respiração impaciente. Isso ela não tinha precisado perguntar ao oráculo; a breve interação da noite anterior fora suficiente.

— Talvez você deva mesmo voltar para Averrio... e trazer Augusto junto. Assim podemos fazer uma grande reunião de irmãos. E, com papai longe para se tratar, quem sabe? Podemos até nos dar todos bem por uma noite, em vez de cada um tentar armar os próprios esquemas.

Ela não se surpreendeu quando o irmão desligou sem falar mais nada. Armando, Albion, Augusto e Diana — a ordem de nascimento não equivalia ao destaque que cada um possuía no coração do velho, supondo que ele tivesse um. Albion tinha sido o favorito e, embora cinco anos houvessem se passado, nenhum dos outros conseguira ocupar o espaço vago. Diana não disputava o afeto paterno; aprendera antes de todos que qualquer migalha de sentimento que ele pudesse ter não seria dada ao próprio sangue. Os de Coeur eram sempre os piores inimigos dos de Coeur, e, para o azar deles, a filha bastarda havia aprendido essa lição primeiro.

Janine chegou apressada, trazendo uma bandeja de chá com bolo. A segunda xícara chamou a atenção de Diana.

— Tenho visita?

— Eu sei como a senhora gosta de fazer parecer que sabia que as pessoas estavam vindo.

Normalmente, ela sabia, mas as cartas provavelmente tinham escolhido avisar da ligação em vez da visita.

— A senhorita Selene Veronis está lá embaixo para uma visita social.

— Hm... Mande-a subir, então.

— Ela parece um pouco ansiosa.

— Ela com certeza tem motivo.

Selene entrou com uma caixa da confeitaria mais cara da cidade, o que talvez não significasse muito, porque pertencia à mãe dela, mas receber qualquer coisa de uma Veronis era novidade. Ela deixou a caixa ao lado da bandeja, oferecendo o sorriso político herdado do pai.

— Ouvi dizer que os de doce de leite são seus preferidos.

Uma impossibilidade, claro, porque Diana não tinha amigos que soubessem seus sabores favoritos. Sorriu para Selene mesmo assim, sinalizando com a mão para que se sentasse. A visitante olhou discretamente o ambiente à volta, então Diana deixou o silêncio se esticar. O segredo para lidar com as madames de Averrio consistia em usar sua boa educação contra elas. A etiqueta ditava que a visita não fazia perguntas, a não ser para elogiar, não observava a não ser a convite da anfitriã e, certamente, não comentava o que estava pensando sobre ser recebida em uma biblioteca em vez de em uma sala de chá, como apropriado. Num dia melhor, Diana poderia ter feito essa pequena cortesia, servido chá com biscoitos na janela com vista para o mar da baía — se Selene tivesse vindo fazer uma visita de cortesia.

Filha do prefeito, melhor de sua turma, artista de muitos talentos e possivelmente a moça mais bonita da geração de debutantes a que as duas tinham pertencido. As vidas delas jamais haviam se esbarrado para além de frequentarem os mesmos lugares, com Selene no palco e Diana no canto escuro do salão. Ela não tinha nenhuma mágoa específica contra a menina perfeita da alta sociedade de Averrio, e parte de si morria de curiosidade sobre como alguém como ela, um belo dia, resolvera contratar serviços sexuais de um lobisomem.

Janine entrou com mais uma bandeja de biscoitos frescos e serviu o chá nas xícaras, comandando a orquestra de ruídos de porcelana. Quando ficaram sozinhas novamente, Diana ainda se manteve em silêncio, nem mesmo tomou uma xícara — a etiqueta ditava que a visita devia esperar um sinal do anfitrião. Por fim, Selene suspirou. Os cachos perfeitamente compostos junto ao pescoço balançaram quando ela retirou o chapéu combinando com o vestido e cruzou os braços, abandonando a máscara polida.

— Você é tão ruim quanto dizem que é?

Diana sorriu.

— Pode ser perigoso acreditar em tudo que dizem por aí. Às vezes, boatos terríveis circulam.

— Por que não me diz logo o que você quer, então?

— Essa é uma pergunta muito ampla. Eu quero muitas coisas e, sinceramente, não acho que você possa me dar nenhuma delas.

— Eu não acredito nisso.

— Acredite no que quiser, eu certamente não tenho obrigação nenhuma de te convencer.

Finalmente, pegou a própria xícara e cortou duas fatias de bolo. Selene não reagiu de imediato, acompanhando seus movimentos com desconfiança.

— Vamos começar de novo. Eu vim aqui para conversar.

— Sobre o quê? Não me lembro de termos assuntos em comum.

— Sobre o que você quer para guardar segredo. O que você viu... eu não sei exatamente... na verdade, não devo explicações, mas...

— Mas a nossa sociedade não pensaria assim, não é mesmo? Tome um gole de chá, querida.

Selene não fez como instruído, ficou firme, a encarando com frieza e desprezo, e de repente a menina perfeita não era tão perfeita assim. O prazer de ver a máscara ruindo se espalhou pelo corpo de Diana, aquecendo-a como chocolate derretido descendo pela garganta.

— O que você quer, Diana?

— Foi você quem veio me procurar, então por que não me diz o que *você* quer?

— Nossa, mas que pergunta ampla! Eu quero muitas coisas da vida! Quero não ter que olhar por cima do ombro a cada cinco minutos pra ver se tem algum abutre como você nas minhas costas, só esperando para me pegar cometendo um erro horrível, como servir o chá da forma errada. Quero fazer a voz da Sra. Liner ser menos aguda. Inclusive, quero poder apagar da sua mente o que você viu, mas, como isso não é possível, vamos começar com: quero saber por que você não veio me chantagear ainda.

— Fascinante.

— Condescendência não combina com você, Diana.

— E vitimismo não combina com você. Sinceramente, não me importo com quem você fode no escuro ou no andar de cima do clube. Me importo menos ainda com as durezas que você é obrigada a aguentar, pobre menina rica e modelo da sociedade. Se veio até aqui esperando pena e compreensão, sugiro repensar suas expectativas.

— Eu entendo que a sua vida não foi fácil, de verdade. Mas eu nunca participei de nada do que faziam com você.

— Também não fez nada para impedir, não é?

Selene inspirou fundo.

— Não, não fiz. — Seu tom era quase resignado. — Então agora eu devo ser punida por não ter sido uma boa pessoa?

— Punida? Eu não fiz nada contra você, não usei de forma alguma a informação preciosa que eu tenho.

— Mas vai, não vai? Não acredito nas coisas que dizem sobre você, apesar de sua mãe ter sido uma bruxa. Mas eu também não acredito que você seja inocente... não mais.

Diana suspirou, achando graça da frustração na voz dela.

— Está bem, Selene, vou ser sincera. Estou gostando desse jeito franco com que você está me tratando pela primeira vez na vida. Não fui até você por uma variedade de motivos, dos quais o mais importante é que eu não sei ainda o que pedir. De verdade. Dinheiro? Não preciso. Favores? Talvez, mas quais? O acaso me deu esse enorme presente de saber algo que não devia sobre a filha do prefeito, e eu não tive tempo ainda de decidir quanto vale a sua reputação. A minha sempre valeu tão pouco.

A expressão de Selene ganhou contornos de tensão e desespero. Era inteligente o suficiente para saber aonde Diana queria chegar. Pior do que o suborno era uma dívida sem prazo para ser quitada.

— Então, se acalme, tome seu chá, prove do bolo maravilhoso de Janine e viva sua vida normalmente. Aproveite seu gigolô. Quando eu souber o que quero de você, eu mando um bilhete.

Os ombros de Selene caíram um pouco, a pose elegante duramente conquistada ao longo dos anos destruída. Foi a primeira pessoa que Diana viu descer ao próprio nível, aumentando seu apetite por mais.

— E, para referência futura, morango é o meu sabor favorito.

O galpão estava cheio de burburinho. Bancos compridos de madeira formavam uma arquibancada ao redor do ringue. Nos cantos, garotos empurravam carrinhos, oferecendo comida e bebida ao público que perambulava antes de a luta começar.

Diana não era a única mulher no recinto, embora se sentisse como se fosse. Desde o instante em que colocou os pés para dentro, o olhar de Edgar não a deixou enquanto caminhava pelo espaço — tinha optado por ir bem-vestida, com um vestido melindroso do tipo que usaria no cassino, algo que macho nenhum ignoraria. O baralho lhe dera motivos para estar otimista naquela noite, mas, como havia avisado que também tinha problemas à vista, ela preferiu apelar para aquela centelha que tinha percebido no cassino.

O lobisomem a encarava de todos os ângulos, mas não deixava o posto no canto do galpão, onde um velho parrudo estava de joelhos, falando com uma figura encapuzada. Guido, provavelmente. O lutador profissional. Ou bêbado profissional, se a quantidade de garrafas vazias ao redor do banquinho servia de indicativo. Heitor não estava à vista; talvez o próprio trabalho o mantivesse ocupado na maioria das noites.

—Você é a dona do cheiro.

A voz de uma criança naquele lugar quebrou seus devaneios sobre o papel de cada um dos irmãos nos negócios Lacarez. Ao olhar para baixo, encontrou uma menina de vestido sujo e cabelos desgrenhados, nada muito deslocado em relação ao ambiente — o sorriso banguela e malicioso chamava mais atenção.

— Todo mundo é dono de algum cheiro, não é? — perguntou, desejando ter sido avisada pelo oráculo sobre ser abordada por uma criança maltrapilha.

— Mas o seu é diferente.

— Por quê?

— Porque deixa Edgar de mau humor.

— E como você sabe disso?

— Toda vez que ele volta pra cachaçaria cheirando a você, ele me dá dinheiro pra eu parar de fazer perguntas.

— Ah. Machos de toda espécie fazem isso. Se você aprender a pentear o cabelo, talvez um dia descubra o motivo.

A menina franziu a testa e estava prestes a responder quando se virou para trás de repente. Edgar chegou numa cortina de fumaça, fazendo um movimento com a cabeça, e a criaturinha não perdeu tempo para sumir.

— Quem é a ferinha encantadora?

Recebeu uma longa baforada como resposta. Por um momento, parecia haver apenas os dois dentro da fumaça, o barulho das preparações da luta quase desaparecendo ao fundo.

— Você veio sozinha? Pra uma rinha? — perguntou Edgar, baixando a voz ao chegar mais perto.

— Meu motorista está por aí. — Diana deu de ombros. Era necessário cair em algumas armadilhas, de vez em quando. — E estou otimista que terei bons cães de guarda até o fim da noite.

Um tipo diferente de rosnar, parecido com um riso, preencheu o curto espaço entre seus corpos. Qualquer movimento e estariam se tocando, mais íntimos do que os poucos casais presentes no galpão. Edgar também parecia ciente disso, pois se inclinou para sussurrar em seu ouvido sem esbarrar em um fio de cabelo sequer, impressionando e decepcionando Diana na mesma medida.

— Fique longe de problemas e, depois da luta, eu dou minha resposta.

Suspirando de forma exagerada, Diana arriscou se mexer. Um ínfimo virar de rosto para encarar o lobo que a espiava de rabo de olho. Sorriu para ele.

— Não pensei que seria tão difícil assim conquistar um lobisomem.

— Não pensei que conquistar fosse parte do objetivo.

O ar lhe faltou por um instante. Não era. De forma alguma. Engoliu em seco, procurando palavras adequadas, estratégicas. Edgar não lhe deu tempo, se afastou com um sorriso convencido de quem sabia que tinha ganhado ao menos aquela rodada.

— Melina.

A garotinha voltou, reaparecendo do nada entre os dois.

— Leva a nossa convidada pro camarote.

A menina pareceu prestes a reclamar, mas logo Edgar tirou uma moeda do bolso e a jogou no ar. Ele se foi com uma baforada do charuto, sumindo por entre as pessoas que buscavam lugares nos assentos improvisados.

A garota — *Melina* — balançou a moeda na frente dela.
— Não disse?
— Estou vendo.

O camarote era uma sala no andar de cima, com buracos na madeira para observar a luta. Alguns lobisomens jovens, que ela reconheceu do bar da cachaçaria, trabalhavam na contabilidade das apostas quando elas entraram. A princípio, ficaram tensos com sua presença, usando Melina de referência para como agir.

A menina se empoleirou num banco e colou o rosto contra a madeira para ver a luta. Sem muito mais que pudesse fazer, Diana seguiu o exemplo. Primeiro procurou Gianni, e o encontrou num canto, fumando cigarros junto de outros motoristas. Depois observou o círculo mágico que formava o ringue. De um lado, Guido girava os ombros e dava pulinhos, usando uma calça larga de cintura alta. A camisa tinha sumido para revelar um torso maltratado por lesões novas e antigas, e o capuz fora substituído por uma máscara improvisada de saco escuro, com orelhas pontudas, focinho e dentes pintados de qualquer jeito, representando um lobo. Os apostadores gostavam de saber em que tipo de animal estavam colocando dinheiro e não faziam questão de glamour — para isso tinham o cassino e os salões bem decorados da parte alta.

— Ele luta com o nome de Lobo Faminto — comentou Melina, a voz cheia de orgulho. — E é o melhor lutador da parte baixa.

Diana soube na mesma hora de onde o nome vinha. Todos os três Lacarez tinham aquele aspecto esfomeado; grandes, porém esguios. Àquela altura, Edgar era o único dos três que ainda não tinha visto sem camisa, mas suspeitava que fosse exatamente como os outros dois. Músculos definidos pela sobrevivência em vez de opulência ou treinamento artificial, a pele sem sobras, como se devorado por dentro, consumido por si próprio. Não com fome, mas faminto, um estado contínuo, e por muito mais do que comida.

Do outro lado, o adversário da noite usava uma máscara simples, sem adornos, já que a característica que o delatava não podia ser escondida sob a pele. O par de asas douradas se esticava e contraía em movimentos lentos. Enquanto Guido contava apenas com o velho grisalho falando sem parar, o nefilim tinha vários homens ao redor, dando instruções e massageando seus músculos. Gianni a havia informado antes de irem que se tratava de um desafiante novo no circuito, muito bem financiado. Ele também havia dito que era raro um nefilim se sujeitar às rinhas.

Um pontinho de luz dourada cruzou o ringue de repente.

— Uma fada atua como juiz?

— Só uma fada voando é mais rápida que Guido!

Com a sobrancelha erguida, Diana se virou para trás e buscou a confirmação da resposta com os rapazes. Alguns deles sorriam e balançavam a cabeça.

— O círculo não prende as fadas, então é mais seguro pra elas do que pra qualquer um de nós — respondeu um deles.

Diana o encarou.

— Você estava no bar da cachaçaria, não estava?

Ele pareceu desconcertado pela lembrança, e todos os outros ficaram alertas.

— Tava sim, dona.

— Qual o seu nome?

— Cássio! — exclamou ele, atônito, quase como se estivesse falando com outra pessoa.

— Muito prazer, Cássio. Diana.
— Você não disse muito prazer pra mim... — resmungou Melina.
— E você não me disse seu nome.
A menina rosnou para Diana e depois apontou um dedo acusador na direção de Cássio.
— Se Edgar souber que você tá de olho na... na... — ela pausou para lançar um olhar meio incerto, meio enojado na direção de Diana — na mulher dele, você sabe o que vai acontecer.
Pelo jeito, ele sabia. Ele e todos os outros. Cássio ficou pálido e voltou a contar as notas entre sussurros dos demais. Um rosnado mais alto de Melina os fez trabalhar mais rápido.
Mulher de Edgar. Não esposa ou parceira, nem companheira. Sócia estava mais dentro dos termos que tinha imaginado. A sócia de Edgar discutiria negócios à mesa entre uma tragada e outra, não reagiria à proximidade ou à voz grave dele. Nada da sensação primitiva de posse evocada, e com certeza nada da queimação na barriga seguida de calafrios diante da ideia. Já a mulher de Edgar sussurraria desejos de vingança sobre uma cama de lençóis bagunçados e, entre as atividades maritais, veria os irmãos mortos e a posse da fábrica mudar de mãos.
E não é isso que você quer?, sussurrou uma voz traiçoeira, que soava como a de Gisele.
Não, respondeu, firme, engolindo o bolo de expectativas de repente instalado na garganta. Não tinha nada de Gisele dentro de si, a mulher havia se certificado disso.
Um apito interrompeu o debate interno e trouxe sua atenção de volta para a rinha. O lobisomem circulava e o nefilim voava em pé, batendo as asas para testar os limites superiores do círculo mágico. Apertando os olhos, Diana conseguia enxergar a camada translúcida como uma bolha de sabão, sua magia residual lhe

permitindo um vislumbre apenas suficiente para saber que aquele feitiço em particular havia sido porcamente traçado. Quando as asas impulsionavam o nefilim para cima, ela via a membrana se esticar, afinar e quase se partir.

Com um grito melódico característico da espécie, o alado se lançou a um ataque, o punho em riste. A luta então explodiu em violência, os dois grunhindo um para o outro. Diana logo perdeu o interesse; nunca tivera paciência para as rinhas e menos ainda para assisti-las por um buraco na parede. Sua atenção permaneceu no círculo. Um instinto se desprendeu da pequena poça de magia dentro de seu vazio particular, uma mosquinha voando insistentemente, o zumbido cada vez mais alto, mais urgente, com o aumento da força com que os dois lutadores se empurravam contra os limites mágicos.

— Quem foi a bruxa que traçou o ringue?

— Não é da sua conta — resmungou Melina.

Ela se virou para os rapazes cuidando do dinheiro; era óbvio que tinham ouvido a pergunta. Alguns trocaram olhares, outros esperaram Cássio falar alguma coisa. Diana ergueu uma sobrancelha em sua melhor personificação de chefa autoritária.

— Quem?

— Por que a dona quer saber?

— Tem alguma coisa errada com o ringue. — Apesar de suas habilidades divinatórias serem em grande parte restritas ao baralho, por vezes a intuição tinha um rompante. — O círculo não vai durar.

A gritaria repentina vinda lá de baixo trouxe um tipo diferente de calafrio e, no mesmo instante, os rapazes estavam colados à madeira para ver o que estava acontecendo. Empurrada para o lado, Diana se apoiou contra a parede, procurando uma fresta por onde espiar.

O nefilim segurava Guido pelo pescoço com as duas mãos, no ar, livre das restrições mágicas. Por todo o salão, a plateia corria desesperada para fugir.

— Como a dona sabia? — perguntou Cássio num rosnado.

Os rapazes hesitantes desapareceram, e jovens lobos em pele de garotos a encaravam com desconfiança e pupilas transbordando com a lua cheia. Melina não fazia uma visão tão impressionante, mas tentou, levantando as mãozinhas em formato de garras. Diana suspirou, se recompondo e se equilibrando de volta no salto. Estar em perigo fazia coisas estranhas com sua cabeça, a deixava mais determinada. Não se sentia verdadeiramente ameaçada.

As palavras "mulher de Edgar" espreitavam na penumbra da sala mal iluminada; talvez devesse aceitá-las e usá-las.

— Eu não costumo responder a essa pergunta nem em dias normais, muito menos quando vocês estão obviamente tomando um golpe e não há tempo a perder. — Com um movimento da cabeça, ela indicou a mesa com o dinheiro. — Peguem as apostas e a garota e saiam daqui agora.

Nenhum deles se moveu. Diana avançou.

— Vocês não entenderam? É um golpe! Estão distraindo todos com um espetáculo enquanto...

— Guido não vai perder a luta! — exclamou Melina.

— Não importa quem vai ganhar ou perder, importa que estão todos olhando para algo que não deveria estar acontecendo. Vocês são bandidos! O que fazem quando está todo mundo olhando numa direção? Peguem a droga do dinheiro e levem para um lugar seguro, agora.

As palavras pareceram fazer sentido, pois Cássio indicou a mesa com a cabeça e os outros correram para juntar o dinheiro.

— E a dona?

— Eu me viro.

Ele a olhou da cabeça aos pés com dúvida explícita. Diana suspirou — àquela altura da vida, já não se ofendia mais.

— Quer perguntar a Edgar se sou capaz de me virar? Mulher de Edgar.

Cássio não quis mais discutir; pegou Melina como um saco e a jogou por cima do ombro sob protestos da garota. Os rapazes rasparam a mesa e saltaram por uma janela na parede oposta.

Diana voltou a espiar pelos buracos e se deparou com o caos. O galpão havia se esvaziado, mas alguns agentes de luta e apostadores desvairados se espremiam contra a parede mais distante, e os treinadores disparavam instruções como se o ringue ainda estivesse intacto. Guido não tinha mais a máscara de pano; em vez disso, o rosto estava coberto de sangue, cortes e inchaços. Vermelho e dourado lhe tingiam a pele e encharcavam os cabelos, e gotas mistas respingavam por todos os lados enquanto ele desferia soco após soco no nefilim estatelado no chão. Foi então que os vampiros invadiram.

Vultos velozes cobriram Guido e os poucos lobisomens mais velhos ainda no galpão, forçando todos os monstros presentes a lutarem também. Diana batalhou contra o nervosismo, tentando decidir o que fazer. A própria arma estava escondida sob o vestido, então se apressou a carregá-la com balas de verbena. Ao espiar pelo buraco de novo, se deparou com um vampiro parado na base da escada de acesso ao camarote. Uma das quatro pessoas que mais odiava no mundo.

Ele ergueu a cabeça e encarou a parede como se soubesse que ela estava do outro lado — com certeza sabia. Albion de Coeur sempre sabia.

Com a resignação de quem reconhecia que não ia encontrar nada além de sobras, ela tateou o fundo de si, procurando por qualquer magia que pudesse usar para se defender — o vazio riu da tentativa; parecia crescer um pouco mais cada vez que Diana procurava aquela parte roubada. *Obrigada, mamãe.* O pensamento ecoou amargo no vácuo da magia ausente, e nem o peso das cartas no bolso foi suficiente como consolo. O oráculo, o único resquício de poder que possuía, já havia feito o que podia por ela.

No tempo de uma batida de coração, Albion desapareceu. Na batida seguinte, a porta do camarote foi arrombada com um estrondo. O irmão entrou, acompanhado de mais quatro. Fazia anos que não encarava aquele rosto, desde o dia em que a família fora emboscada por vampiros na estrada e a maldição escolhera Albion para sacrificar quando o patriarca fora atacado.

— Boa noite, rata.

— Boa noite, Albi. A morte lhe cai bem.

Ela sorriu com muito mais tranquilidade do que sentia. Algumas vezes, fingir era o suficiente. Nunca tivera autorização para usar o apelido, por isso mesmo o empunhara.

A palidez do vampirismo de Albion reforçava tudo que ele tinha sido em vida. O mais alto dos irmãos, com o nariz impossivelmente reto, cabelos pretos compridos na altura do ombro — sempre especial demais para seguir a moda vigente. Armando e Augusto jamais conseguiram o mesmo tipo de leniência do velho, de se vestir e se apresentar como bem queriam.

Num piscar de olhos, Diana se viu pressionada contra a parede, o ar deixando o peito com o impacto. Uma mão gelada a segurava pelo pescoço, o aperto preciso para assustar e não matar... pelo menos por enquanto. Obrigou-se a ficar imóvel, a não deixar o medo se espalhar pelo corpo, a não agir como presa. Lobos, morcegos, nefilins, de Coeur... eram apenas versões diferentes de um predador qualquer, sempre instigados pela fuga. Albion se inclinou para frente e as narinas se encresparam com nojo.

— Alguém andou tomando chá de verbena essa tarde.

— Tradição na casa de Coeur desde... você pode imaginar quando.

Um mínimo estreitar das pupilas. Os outros se aproximaram, fechando mais o cerco, como se ela pudesse escapar. A única estratégia era continuar falando, então encarou as crias do irmão, todas muito parecidas com ele. Um deles se insinuava mais próximo e fitava Albion com atenção e adoração.

— Consigo imaginar meu irmão escolhendo cada um de vocês, tentando satisfazer o próprio complexo de divindade. Pequenas versões imperfeitas dele mesmo, para que possa a todo instante olhar numa espécie de espelho e descobrir que ainda é a versão superior dos reflexos. — Percebeu a troca de olhares entre os vampiros e se apegou àquela linha de raciocínio. — Deve ser horrível, mas vou contar um segredo a vocês. É o destino de todo de Coeur morrer pelas mãos da própria família, e não vejo motivo para acreditar que isso mudaria após o Renascimento. Se vocês quiserem, posso dizer se é um de vocês que vai exterminá-lo.

A mão de Albion aumentou a pressão em seu pescoço. O ar faltou aos golinhos, cada inspirar mais curto que o outro, e Diana pressionou as mãos contra a parede para não reagir. Não podia. Demonstrar medo seria o fim, seria dizer a Albion que ele tinha a vantagem. Qualquer sangue de caçador que ela tivesse herdado do velho teria que se fazer valer naquele instante.

— Você sempre falou demais, rata. Esse teatro não engana o olfato, espero que saiba disso.

— E, no entanto, aqui estou eu, ainda falando... depois de uma vida inteira. A essa altura, imagino que saiba que a única forma de me manter quieta é me matando. Mas... acho que, se fosse esse o objetivo, você não estaria nem aqui, teria mandado um dos seus bonecos. Você nunca gostou de fazer o serviço sujo.

— E nisso somos diferentes, não é? Uma bastarda vinda da lama nunca sai dela. Não foi difícil acreditar na história que me contaram, sobre minha irmãzinha se esfregando com um vira-lata dos canais. Mas noiva?

Ele forçou uma risada seca que ecoou garganta acima. As conversas com os irmãos disparavam personagens diferentes, a versão ideal de Diana para sobreviver aos encontros com a menor quantidade de ferimentos possível, e com Albion a loucura sempre havia sido a melhor armadura. Ele não afrouxou o aperto em seu pescoço, então ela aumentou o sorriso em resposta.

— É um pouco... tarde demais... para bancar o irmão preocupado. — Tossiu, se obrigando a manter a compostura, a não mover nenhum outro músculo. Uma vida inteira encurralada tinha servido para treinar o corpo. — Diga logo o que quer ou me mate de uma vez.

A imobilidade dos vampiros fazia cada segundo se arrastar — o tempo estava sempre a favor de quem já estava morto.

— Eu tenho perguntas para o seu baralho — disse ele, depois do que pareceu uma eternidade de silêncio, a mão nunca vacilando.

Dessa vez, a gargalhada foi espontânea, fruto da incredulidade. Diana riu sob os olhares atentos e indiferentes, até sentir o aperto no pescoço aumentar mais.

— Essa... é boa. Precisou renascer... para acreditar... no meu poder?

— Corre a conversa em alguns círculos que você era a Cartomante do Manolita... e que sempre acertava.

— E agora que você é mais um rejeitado do grande clã de Coeur pode se rebaixar a procurar meus serviços? Albi... — A gargalhada borbulhou finalmente, com um sentimento verdadeiro de satisfação mesquinha, o prazer de ser a pessoa que tinha o poder de negar algo. — Eu só não mando você tomar no cu porque sei que gosta demais disso.

Continuou rindo diante do rosto impassível do irmão, sentindo o ar faltar cada vez mais sob a pressão dos dedos gelados. A inconveniência de ser humana a envolveu num abraço pesado, mais sufocante do que a mão do irmão renascido.

De repente, o aperto afrouxou. Os vampiros se viraram para a porta. Edgar entrou, desgrenhado e com um charuto na boca. Forçando a visão, Diana vislumbrou a aura de lobisomem, eriçada e irritada, parecendo à beira da transformação.

— Eu viro as costas e lá vai você ficar cercada por vampiros de novo. Não disse para ficar longe de problemas? — disse Edgar, gesticulando com o charuto na mão. O lobo por trás do olhar encarava a mão ao redor do pescoço de Diana.

— Eu fiquei... Os problemas que vieram até mim.

A tensão cresceu no pequeno espaço, as auras de lobo e de morcego crescendo, fazendo os pelos nos braços de Diana arrepiarem. Era odioso não ser a criatura mais poderosa, não ter garras para se defender.

Devagar, Edgar apagou o charuto na mão e o levou na direção da abertura do paletó, como se fosse guardá-lo. Em vez disso, puxou uma arma de um coldre escondido. Ela reconheceu a arma carregada de balas de verbena que dera a eles no bar da cachaçaria e se retesou, se preparando para o pior. Edgar atirou uma vez na direção de Albion logo antes de ser coberto pelos outros vampiros e ter a arma arrancada da mão.

Seu irmão foi o único que não atacou, apenas saiu do caminho da bala e a puxou junto, ainda a prendendo pelo pescoço. Diana conhecia a tática de Coeur para situações como aquela: deixar os monstros se matarem primeiro. Renascido ou não, ele claramente continuava sendo leal apenas a si mesmo.

— Isso ainda não acabou, rata. E, se você acha que isso aí vai dar em alguma coisa contra o velho, está enganada. Me procure quando se cansar dos cães vadios.

Albion a ergueu como se nada fosse e a lançou contra a parede oposta antes de sumir junto de um único vampiro pela mesma janela que os rapazes da matilha haviam usado de rota de fuga.

⸺⟩⟩☽☀☾⟨⟨⸺

Ele a viu cair no chão como uma boneca desengonçada, ofegando por ar. Edgar se entregou à luta, tentando afastar da mente aquela versão de Diana, tão escancaradamente fraca e humana. Quando decidira convidar a mulher maluca para a rinha, talvez devesse ter se preparado melhor para encontrar situações adversas — aquilo era prova de que não estava pensando direito.

Ouvia Guido e Raul lutando contra mais vampiros no andar de baixo e os uivos distantes de Heitor coordenando a matilha espalhada pelo bairro para conter o avanço da invasão — teria que lidar com aquela situação sozinho. As noites de rinha eram sempre perigosas; havia criaturas demais circulando. Não podia se dar ao luxo de prestar atenção em Diana enquanto três defuntos metidos a morcego tentavam arrancar um pedaço de seu pescoço, mas ignorá-la se tornava cada vez mais impossível. O perfume e o cheiro do sangue dela, turvado em verbena e sem uma única gota de medo, penetravam os sentidos e faziam o lobo urrar. Não havia lua cheia para libertá-lo, apenas o corpo limitado para canalizar a selvageria da besta.

Edgar usou a força do lobo, ou foi usado por ela: socou o sanguessuga mais próximo, chutou o outro e cabeceou o terceiro. Os vampiros revidaram em conjunto e o seguraram, então a sequência lógica foi usar os dentes, a arma mais fiel de qualquer fera.

Pelo canto do olho, observou Diana tentar se recuperar da tontura, as mãos tateando o chão em busca de alguma coisa — Edgar esperava que fosse outra arma daquela.

Arrancou um pedaço da garganta de um dos desgraçados, se deliciando e se enojando na mesma medida. Não se importava com as antigas rixas entre lobos e sanguessugas, e o sabor da carne de morcego era horrível — o prazer vinha apenas de dilacerar, de deixar o mundo ser preenchido por sentidos e instintos animais. O rato com asas tinha tocado em algo que não era exatamente dele, mas que poderia muito bem ser, que se apresentava numa bandeja, de salto alto, enfeitada com total falta de juízo, andando sozinha pela noite no meio de rinhas de monstros.

Continuou mordendo, arrancando pedaço por pedaço dos defuntos ambulantes, esperando uma abertura para arrancar a cabeça. Entre o cheiro de carniça e o vislumbre de presas à mostra, o som dos apitos o alertou de que, além de tudo, a polícia estava chegando. Precisava acabar logo com aquilo.

Como se respondendo aos seus pensamentos, um tiro perfurou um dos sanguessugas de uma bochecha à outra, deixando um rastro fino de brilho azulado quando a verbena explodiu e entrou em contato com a carne de defunto. Mais tiros se seguiram, até que todos os vampiros estivessem se contorcendo no chão, sentindo os primeiros efeitos das balas de verbena. O veneno não era letal, apenas debilitante e excruciante o suficiente para contê-los fisicamente.

Edgar se virou até encontrar Diana em pé. As roupas amassadas, o rosto sujo do chão do camarote, os cabelos despenteados. Uma bagunça completa, se equilibrando com um pé num salto e o outro apenas com a meia fina de renda preta que não devia de forma alguma parecer tão sedutora num momento como aquele.

Decididamente humana, fácil demais de matar. E, no entanto, com o braço esticado e uma arma ainda apontada na direção do último sanguessuga, o lobo dentro dele farejou algo mais, algo de monstro pulsando sob a pele frágil.

— Você... — ela arfou, o som levando a imaginação de Edgar para outro contexto — faz muita bagunça.

— Puta merda, o que aconteceu aqui?

A voz de Heitor quebrou a hipnose e trouxe de volta os sentidos para a noite além da sala. Edgar se virou para encontrar o irmão e Raul entrando pela porta, cada um com marcas diferentes de luta, enquanto a destilaria além ficava cada vez mais silenciosa.

— Bem, desculpe por isso. — Diana suspirou e sorriu. — As minhas reuniões de família podem ser muito intensas.

Os lobisomens ficaram imóveis assim que absorveram a cena, sem saber como reagir ao jeito descansado com que ela jogou a arma descarregada no chão. Em seguida, aquela mulher absurda puxou um espelhinho do bolso da saia e ajeitou os cabelos. Diana estalou a língua para o próprio reflexo, mas não se demorou nele. Limpou do rosto os resquícios de poeira e alisou o vestido.

Então descalçou o outro sapato.

Os lobos se agitaram quando Diana andou sem cerimônia até os vampiros, se ajoelhou sobre o peito de um deles e fincou o salto no ponto onde ficava o coração.

— Puta merda — sussurrou Heitor, dando um passo para mais perto de Edgar.

Diana sorriu para ele enquanto o vampiro se desfazia em cinzas, até restar apenas a forma contorcida de um morcego seco sob seu joelho. Ela levantou o sapato e piscou um olho.

— Salto Amaretto número 9, vai da festa à caça de vampiros. Recomendo que você dê de presente para sua namorada.

— Namo... O quê? Eu não tenho... — Então Heitor estreitou os olhos. — Ela não é minha namorada.

— Ainda não.

Os outros procuraram seu olhar para instruções sobre o que fazer, mas Edgar os ignorou. O lobo estava fixado em Diana enquanto ela abandonava a carcaça do sanguessuga e prosseguia para o próximo. Os vampiros restantes se contorciam visivelmente, tentando se afastar.

— Você, eu acho. — Ela apontou o bico do sapato para outro defunto. — Não tenho como confirmar agora, mas acho que teria sido você a matá-lo...

O sanguessuga fechou os olhos logo antes da ponta do salto Amaretto número 9 perfurar seu o peito. Um a um, ela finalizou o serviço que havia começado com as balas de verbena e, quando terminou, sorriu para eles.

— Agora só falta a polícia — disse ela. — Vou até lá usar o nome de papai para mandá-los embora.

— Melhor a moça não descer agora. Guido tá... — Raul não terminou a frase, apenas encarou Edgar com um aviso.

A menção da lista de problemas ainda a resolver serviu de âncora para a situação, e Edgar amordaçou o lobo idiota querendo saltar para fora e fez como ela: ajeitou as roupas e alisou os cabelos para trás.

— Raul e Heitor vão lidar com a polícia e com Guido. Você vai me explicar por que um vampiro metido com a polícia está invadindo meu território para ter conversas secretas no meu camarote. Faz semanas que farejo podridão cercando as destilarias.

O tio não perdeu tempo e saiu. Heitor lhe deu um último aceno de cabeça, o olhar cheio de receio e compreensão, antes de partir apressado. Havia muito mais o que fazer; assegurar que não havia mais nenhuma invasão ao território e garantir que pelo menos a maior parte dos apostadores ainda estava viva para voltar na rinha seguinte.

Quando ficaram sozinhos de novo, Edgar farejou o ar na direção dela. Ainda sem medo, mas estressada, apesar da calma aparente ao calçar os sapatos.

— Você acabou de conhecer um dos meus irmãos, talvez o pior. Albion de Coeur.

— Seu *irmão* é um vampiro? Pra uma família de caçadores, a sua tem laços demais com magia e monstros.

— Graças à maldição. Fomos emboscados na estrada para a casa de campo. Vampiros sem ninho são mais selvagens, você sabe. Papai foi mordido... Então, Albion morreu e renasceu no lugar dele. Como prova de seu profundo amor paterno, Argento não o sacrificou no mesmo instante... apenas o expulsou de Averrio sob pena de ser caçado, se retornasse.

A maldição, a coisa que a tornava uma mulher sem freios, disposta a correr riscos. Ele se aproximou, prestando mais atenção ao estado deplorável em que ela se encontrava. Com muito mais delicadeza do que ele próprio se achava capaz naquele momento, Edgar tocou o ponto no pescoço onde um hematoma começava a se formar. Diana ficou imóvel, esperando seu próximo movimento, o coração acelerado delatando que a calma era forçada.

— Os moleques me contaram o que aconteceu quando fugiram. Como você sabia que o círculo ia se partir? — Ele se forçou a perguntar, a não se deixar levar pela vontade de descobrir se ela estava ferida em outros lugares.

— É o que eu faço, sou bonita e sei das coisas.

Diana piscou um olho e sorriu. Ele rosnou, igualmente entretido e frustrado pelo jogo. Tudo nela atiçava o lobo, chamava para uma perseguição cujo fim Edgar nem conseguia imaginar.

— Você vai ter que compartilhar mais dessas coisas que sabe, se quiser passar por todos aqueles lobisomens lá embaixo. Até onde todo mundo sabe, os defuntos podem ter vindo aqui por sua causa. Talvez até a mando seu.

Diana revirou os olhos e se afastou do alcance do toque dele.

— Minha mãe sugou a magia de mim, me deixou vazia, mas é impossível esgotar completamente um recipiente mágico. Eu tenho uma... uma borra no fundo da garrafa, que me permite ver, se eu me concentrar... E o serviço no círculo foi muito malfeito.

— Ela deu de ombros. — Não sei o que Albion quer com seu território, mas, se ele está de volta para enfrentar meu pai, vai precisar de poder e influência que não pode mais usar o sobrenome para conseguir.

— E qual é seu interesse em salvar o meu dinheiro?

Com um suspiro, Diana deixou os ombros caírem, de repente cansada de charme e sorrisos, de teatros e expectativas. O vislumbre de uma mulher raivosa e frustrada o encarou, quase como se ela também tivesse uma fera escondida sob a pele, igualmente assustadora e atraente.

— Olha, eu não sei se você percebeu, mas eu tive uma noite horrível. Sobrevivi ao irmão que mais me odeia, salvei a mixaria do seu dinheiro de apostas e acabei de sujar meu par de sapatos favorito. Não sei o que mais eu preciso fazer para te convencer de que ser meu sócio seria muito vantajoso, e minha paciência e meu tempo estão se esgotando. Olhe bem para mim. Eu pareço estar brincando? Ou ter medo de riscos? Para todos os efeitos, eu já estou morta! Então, vai me dar a minha resposta agora ou ainda tem alguma pergunta?

Boa parte dos últimos tempos tinha consistido de olhar bem para Diana, e o problema era justamente que Edgar não conseguia parar.

— Tenho.
— Puta merda, Edgar. Você é um lobo muito difícil.
Ele sorriu. Gostava quando ela falava palavrão com o sotaque chique da parte alta.
— Diana de Coeur, você quer se casar comigo?

CHÁ COM BISCOITOS

Como Gianni ainda estava sumido, Edgar a levou para casa com o carro da matilha. Um modelo velho, barulhento, perfeito para ser substituído. No entanto, se dissesse que o gesto não a tocara, estaria mentindo. De uma hora para outra, tinham ficado noivos e ela havia sido incluída em um esquema de segurança da matilha em que seria impensável voltar para casa sozinha.

— Tem certeza de que seu irmão não vai vir pra cá? — perguntou ele ao estacionar o carro nos fundos da mansão.

O silêncio súbito do motor desligado a ensurdeceu por um momento. Pelo cansaço, ou por finalmente ter alcançado um objetivo, Diana não tinha mais palavras. Balançou a cabeça, observando como ele ficava diferente longe dos outros.

Um pouco mais alto. Muito mais cansado.

Sabia o suficiente para entender que as matilhas não funcionavam como as alcateias, com seus machos alfa de poder absoluto, mas era óbvio que a palavra de

Edgar tinha mais peso do que a dos demais. Era óbvio para quem todos se voltavam.

— Mesmo que venha, a casa tem defesas pensadas especificamente para impedi-lo de entrar.

— Então, como isso vai funcionar? O que está incluso nesse nosso contrato, exatamente? — perguntou Edgar após um tempo.

— Vai querer colocar o acordo em escrito?

— Com certeza.

— Bom... o casamento legal, em cartório, o feitiço de casamento pelos Mistérios, proteção mútua, partilha da fábrica... Podemos listar quantias e valores mais tarde. Amanhã eu te mostro uma primeira versão do contrato. Para o ritual de matrimônio... vamos precisar de algumas coisas, mas podemos conversar sobre isso depois.

O escrutínio a que foi submetida não trouxe nenhum desconforto, se não contasse o coração batendo um pouco mais rápido.

— Certo. E agora? — Edgar desviou o olhar para a casa e tirou um charuto de um compartimento no painel do carro.

A mansão de repente pareceu pequena diante da enormidade de possibilidades do futuro. A pergunta tão simples, feita no silêncio da madrugada na parte alta, arrepiou Diana da cabeça aos pés. A euforia subiu pela garganta, se transformou num sorriso para o lobisomem — para o cão com o qual iria à caça. Para o noivo.

— Agora, vocês vão arrumar ternos novos para amanhã. Todos vocês, se vão fazer negócios na parte alta, precisam estar mais bem vestidos e ter bons modos à mesa.

Se ele ficou ofendido, não demonstrou. Tragou o charuto e soprou um anel de fumaça na noite.

— E você?

— Eu vou ligar para a cliente favorita de Heitor. Ela ainda não sabe, mas vai ser a nossa madrinha de casamento. E amanhã de tarde... vamos armar a primeira armadilha. Nosso casamento vai ser um escândalo. A sociedade precisa ficar sabendo, para gerar fofoca e atrair de vez a família de volta para a cidade. Vamos precisar organizar isso bem, pois quando todos voltarem... vai ter guerra.

Edgar concordou com a cabeça, inalterado diante da possibilidade de ter o couro arrancado. Não parecia que a noite estava terminada, nem que houvesse mais nada a ser dito. Naquela contradição, Diana esperou, tentando não pensar na probabilidade de ele desistir.

— A menina é sua filha? — A pergunta escapuliu de repente, enquanto considerava aquela grande família a que estava se juntando, de um jeito ou de outro.

A expressão dele se fechou.

— Melina é uma filha da Lua. Filhos da Lua são os filhotes concebidos durante a lua cheia. Na mata escura e nos instintos selvagens, algumas vezes lobas de alcateia esquecem que se acham melhores que os vira-latas e se deixam levar... Nove meses depois, nasce uma prova de que são o mesmo tipo animal que nós, mas, como não gostam de serem lembradas disso, deixam a criança com a matilha mais provável de conter o pai da criança. Pelas nossas contas, ela deve ser filha de Raul, nosso tio, o velho mal-humorado que você conheceu hoje.

— Então é um nome bonito para bastardos.

— E se fosse minha filha?

— Nesse caso, eu precisaria te avisar que isso não faria de mim a mãe dela.

— Ah... então isso não está incluso no acordo. Filhos.

— Eu não saberia o que fazer com uma criança. Não tenho esse... instinto.

— Supondo que você consiga fazer tudo dar certo nesse seu plano, e a fábrica seja nossa... Meu vínculo com a fábrica será apenas por sermos casados por magia, e eu não poderia passar ela adiante para ninguém. Ainda vamos precisar de mais gente que compartilhe do seu sangue para depois, ou até no caso da sua morte.

— Já está pensando em ficar viúvo?

— Estou pensando na minha responsabilidade com a matilha. Estou pensando que, se os seus irmãos te matarem, os meus irmãos vão ser os próximos. Estou pensando que, se eu e você morrermos, a única coisa garantida para a minha família é uma guerra contra caçadores. Então, sim, estou pensando no que pode acontecer depois, e na sua tendência desagradável de estar sempre cercada de monstros. Goste você ou não, seus pais obrigaram todos vocês a continuarem gerando descendentes.

Diana deu de ombros.

— Sinceramente, não estou preocupada com isso. Quando a fábrica for nossa, vamos conseguir resolver todos os problemas. Dividir e realocar a produção, se for necessário. Implodir tudo e reconstruir. Dar um golpe fiscal. Qualquer coisa. Você nunca invadiu um território e decidiu depois o que fazer com ele? — Diana o encarou com a maior seriedade possível. Precisava que aquele ponto específico ficasse claro, precisava que não houvesse complicações. Não seria mulher de Edgar, seria sócia dele. — Esse vai ser um casamento de mentira. Posso te dar posses e poder, e até algumas vantagens sobre outros que você nem imagina, mas uma família não está na mesa. Nada de filhos, nada de sentimentos. Se quiser desistir, a hora é agora, porque esse é um ponto que eu não vou negociar.

Edgar balançou a cabeça devagar, soprando fumaça.

— Eu já tenho uma família, não preciso de nada disso de você.

A resposta deixou um gosto amargo, como café frio. Não se deixaria criar expectativas, nem cair na farsa que estava prestes a apresentar para o mundo — mesmo que quisesse oferecer aquelas coisas para Edgar, não saberia como.

— Então estamos acertados.

— Estamos acertados.

— Ótimo. Me encontre amanhã de tarde na confeitaria da Praça XIV. Se puder levar seus irmãos, melhor. Também vou precisar de uma lista das clientes mais caras de Heitor.

— Algo mais, madame?

— Vão de terno e se comportem à mesa. Os Lacarez são uma gangue de respeito agora.

— Essa é boa.

— Você ficou louca?

Diana estava de bom humor demais para não achar graça da expressão horrorizada de Selene.

— Eu não posso ser anfitriã da sua festa de casamento. Pelos Mistérios, Diana, você não teve nem noivado público! — Selene escondeu o rosto nas mãos por um instante. — Isso é mentira, não é? Você não pode estar noiva de ninguém que seu pai aprovaria, porque entre os cavalheiros da boa sociedade de Averrio não há nenhuma conversa sobre isso, e eu teria ficado sabendo. E você não se casaria com... com alguém...

Ela sorriu e esperou.

— Ah, não. Diana, não. Eu não posso dizer publicamente o quanto estou feliz por um casamento escandaloso... muito menos ser madrinha. Você não pode estar tão desesperada assim para se casar... Se você estiver grávida, bom, sabe que não precisa estar, não sabe?

— Claro que sei, mas me surpreende você ter um conhecimento tão veemente sobre isso.

Ela ergueu uma sobrancelha para Selene. A pele escura não deixava que bochechas coradas ficassem aparentes, mas o constrangimento escorria dela bastante obviamente.

— Diana, eu não posso. O que meu pai vai dizer?

— Ele não precisa saber até o dia da festa. E depois ele vai dizer que fica feliz por você ser tão boa amiga da herdeira da fábrica de Coeur, principalmente quando Argento de Coeur está tão doente.

— Herdeira?

A mudança foi imediata. Inteligente, pelo menos, ela era. Selene cruzou os braços.

— Seu pai jamais te faria herdeira da fábrica, a não ser que algo de muito grave acontecesse com seus irmãos.

— Depois do que aconteceu com Albion, acho que está comprovado que as afeições de papai são bastante volúveis. Eu sou a única filha da mulher que ele amou de verdade... O suficiente para se casar com ela, mesmo com o escândalo.

A boa sociedade de Averrio não tinha os detalhes, e justamente por isso o escândalo havia sido maior ainda. A maldição e os contratos de sangue eram segredos dos de Coeur; ninguém sabia como Gisele e Argento haviam se conhecido ou se aproximado, embora provavelmente fosse uma história que a elite teria aceitado com muito mais tranquilidade — a ideia de que ele tinha se casado com a amante por amor era pavorosa, um precedente perigoso que poderia se espalhar e quebrar outras famílias.

Selene franziu a testa.

— Não, não posso. Você está tramando alguma coisa da qual não quero fazer parte.

— Eu dei a entender que você tinha escolha? Não pode ser uma boa amiga para mim, mas pode ter seu apetite sexual selvagem conhecido por todos?

— Shhh! — Selene olhou ao redor, para se certificar de que as outras mesas não prestavam atenção na conversa. — Por que você é tão má?

— Selene, querida, você não entendeu? Isso aqui... sou eu sendo gentil. Você está certa, eu sou má. Sou horrível. Mas você ainda não viu meu pior lado, longe disso. Estou pagando chá com biscoitos na confeitaria mais cara de Averrio, estou confiando no seu bom gosto para organizar a minha festa de casamento enquanto te chantageio, e certamente estou tramando algo do qual você não gostaria de fazer parte, mas não estou sendo má. Quando eu for má com você, não haverá tempo para argumentação. Quando eu for horrível com você, não vai haver nada que você possa fazer.

Diana achou que ela fosse chorar, ou recorrer à lógica absurda das boas maneiras para tentar reverter a situação, mas Selene apenas se deixou cair contra o encosto da poltrona, abandonando a pose impecavelmente reta. Havia mais cansaço e frustração do que qualquer outra coisa no olhar dela.

— Bom... — Selene suspirou. — Seu sabor preferido é morango. E a cor?

— Cor?

— Para as flores e as toalhas de mesa. Mais para frente, para o vestido das madrinhas. — Ela balançou a cabeça devagar. — Para o meu vestido. Você não pode ter segredos de tanta gente para conseguir chantagear o número padrão de madrinhas. Ou tem?

— Bom...

— Não, não quero saber. Só me diga a cor.

— Tanto faz.

— Você não vai jogar meu nome na lama com um tanto faz, Diana de Coeur. Quer um noivado escandaloso? Se casar para chocar a sociedade? Então vai fazer isso direito. Vai ter uma festa minimamente apropriada, que combine com você, dentro dos limites do bom gosto averriano, e vai usar o que eu disser.

— Qual o problema com as minhas roupas?

— Por todos os Mistérios, você não vai se casar toda de preto, como se estivesse indo ao cassino! Ou pior, de terno, como se fosse uma mafiosa da parte baixa.

Diana riu.

— Bom... Acho que você vai precisar escolher a roupa do meu noivo, então.

— Eu vou fingir que você está brincando.

— Tudo bem. Vermelho.

Selene revirou os olhos, mas estendeu o braço até a própria bolsa e puxou algo que parecia um caderno de desenho, então arrancou uma página.

— Vermelho. Morango. Noivo mafioso. Como é que eu vou transformar isso num evento bonito? As pessoas vão sair no meio da festa, não vão.... Bom, de rosas, pelo menos, todos gostam. Pode ser romântico.

Por um tempo, permaneceram assim, os devaneios murmurados de Selene substituindo a conversa enquanto ela fazia anotações.

— Termine logo a lista. Ele vai chegar a qualquer momento.

A resposta foi um olhar atravessado. Diana suspirou.

— O que você acha que vai ser pior? Dar a minha festa de casamento sem ninguém nos ver todos juntos antes, ou deixar que as pessoas vejam o quanto você é uma boa pessoa, acolhendo a excluída da alta sociedade e seu noivo desconhecido? Não vai ser tão ruim quanto você pensa. Hoje em dia as pessoas me ignoram, na maior parte do tempo.

— Mas não *me* ignoram.

— Bom, se serve de consolo, não vou convidar ninguém que seja descortês com você. Posso ser uma boa amiga também, se eu quiser.

Selene riu sem humor e voltou a fazer a lista.

Edgar soube exatamente onde ela estava quando entrou no salão do restaurante. E todas as pessoas engomadas souberam exatamente que gente de caráter duvidoso tinha chegado, quando ele, Guido e Heitor cruzaram as portas duplas. Roupas caras não eram suficientes, não escondiam a postura ao caminhar nem o desconforto de animais selvagens pulando no circo — definitivamente não escondiam a lua cheia no olhar de um lobisomem, ainda que aquelas pessoas fossem alienadas demais para entender que tipo de predador estava entre elas.

— Ela está acompanhada... — sussurrou Heitor.

Então, finalmente, Edgar se permitiu olhar. Diana. Sua noiva. Sócia. O lobo ganiu com escárnio diante da palavra que não significava nada para a vontade imensurável que sentiu de repente de mordê-la, de saltar por cima de todas as mesas e fechar os dentes sobre a curva perfeita do ombro exposto.

Naquela tarde, ela estava o mais elegantemente vestida que ele já vira até então, mas muito mais formal e recatada, com tons claros e cinza. Apenas o batom cor de vinho marcava a verdade sobre Diana, e o cheiro insuportável que o colocava em movimento, como se puxado por uma coleira. Caminhou pelo restaurante, contendo o instinto de rosnar para os olhares feios recebidos de todas as mesas. Manteve o foco nela, embora ainda não tivesse sido notado de volta.

— Mimi vai ficar muito brava — disse Guido, ajeitando as lapelas do terno tão novo que a costura mágica das fadas ainda se moldava ao corpo dele. — Eu ainda não acredito que você concordou com isso sem falar com ela.

— Mimi não manda nessa família. Eu vou contar a ela quando a hora chegar.

Alcançaram a mesa, interrompendo algum tipo de discussão sussurrada entre Diana e a amiga, uma moça de pele marrom-escura e curvas largas, com os cabelos pretos em cachos perfeitamente redondos. Edgar deu uma espiada de esguelha em Heitor e recebeu a confirmação de ser uma das suas clientes. E, se o vislumbre do lobo nos olhos do irmão fosse indicativo, não era uma cliente qualquer. A mulher abriu e fechou a boca diversas vezes antes de ficar completamente muda.

O sorriso de Diana ao vê-lo transbordava satisfação. Ela se levantou e foi até ele, apoiando a mão enluvada com cetim no peito de Edgar para se impulsionar e alcançar sua bochecha num único movimento fluido, onde deixou um beijo próximo demais da boca, próximo demais de onde Edgar teria preferido. Ele devolveu o gesto, se inclinando para deixar um beijo e apertando a cintura dela, fechando os olhos por um momento ao ser invadido por aquele cheiro viciante, como se fosse parte da encenação em que ele próprio não teria dificuldade de acreditar.

— Edgar, deixe eu apresentar a minha melhor amiga, Selene Veronis. Ela vai ser nossa madrinha de casamento. Selene, esse é meu noivo, e a família dele. Acredito que você conheça Heitor Lacarez?

A expressão da mulher passou por muitas emoções num curto espaço de tempo. Choque, raiva, vergonha, medo, raiva de novo, e então uma máscara de indiferença quando acenou educadamente para os quatro. Aquelas meninas ricas escondiam tão fácil o que sentiam. Heitor piscou um olho e ofereceu um sorriso cafajeste para ela, como se o imbecil também não estivesse considerando mil maneiras de devorar a garota, como se sua excitação não fosse óbvia a qualquer um com olfato apurado.

— Você trouxe a lista que eu pedi? — perguntou Diana.

Ela estendeu a mão para o papel que Heitor tirou do terno.

— Ótimo — disse ela, o sorriso aumentando, e ofereceu o papel para Selene Veronis, sentada como uma estátua. — Inclua essas pessoas na lista de convidados.

— Você não pode fazer isso — sussurrou ela, olhando em volta. — Metade das pessoas dessa lista estão aqui neste salão agora mesmo.

— Ah, sim, nosso círculo social tem o péssimo hábito de andar sempre em bando. Já era hora de trazer pessoas novas para o nosso meio. — Diana fez um sinal, convidando-os a sentar. — Vamos, temos tempo para um lanche antes do nosso próximo compromisso.

Edgar fez um sinal com a cabeça e os três se sentaram, demonstrando diferentes níveis de desconforto com a situação. Guido ajeitava a gola e, de vez em quando, apalpava o bolso onde Edgar sabia estar o cantil cheio de cachaça. Heitor deslizou para o lugar vazio ao lado de Selene com o sorriso de um predador que brincava com a sua presa.

— Eu vou embora agora mesmo — sussurrou a mulher, fitando Diana com um ar gélido.

— Não vai, não. Ele está aqui e seu segredo também.

— À vista de todos!

Diana suspirou, congelando o sorriso.

— Se controle agora mesmo. Ninguém sabe o que você fez. Ainda. Mas agora as outras mulheres estão se perguntando se você não sabe o que *elas* fizeram. Eu acabei de te dar um presente, jogar um osso. Use a informação, não use, mas fique e coma por pelo menos mais meia hora, e mantenha a conversa agradável de que eu sei que você é capaz, como uma boa melhor amiga. Esse é só o primeiro de muitos passeios até o casamento.

— Uma melhor amiga de mentira organizando um casamento de mentira... Tudo bem. — Selene inspirou fundo e fechou os olhos. — Tudo bem. Então, quando vai ser o grande dia?

— Nós ainda não...

— Em pouco menos de duas semanas — respondeu Edgar, interrompendo Diana.

— Isso é muito tempo. — Ela franziu a testa.

Devagar, Edgar se inclinou até estar próximo do ouvido dela, onde o perfume explodia com a pulsação de repente acelerada. Um teatro para todos os olhares do salão ainda grudados na mesa, um momento roubado apenas para fazer o lobo salivar.

— Você não vai querer se casar comigo antes que a lua cheia tenha passado. Isso não é negociável.

— Ah.

Por cima do ombro dela, viu uma mesa cheia de jovens rapazes engomados os observando descaradamente. Alguns com desprezo, outros incomodados. Edgar quis correr a língua por toda a extensão do pescoço exposto de Diana, apenas para ver a reação deles. Em vez disso, acenou com a cabeça e os viu tentar disfarçar que tinham estado olhando.

Deixou Diana e Selene continuarem no cabo de guerra e correu o olhar pelo salão. Tentou memorizar rostos, identificar os que seriam caçadores ilegais e os que seriam clientes em potencial das apostas nas rinhas.

Quando por fim Selene se retirou, cumprindo com seu papel de menina bem-educada e se despedindo pessoalmente dos quatro, Edgar se permitiu relaxar um pouco. Fez sinal para o garçom e foi atendido sem demora, sem olhar desconfiado.

— Eu posso me acostumar com isso — disse ele, encarando a xícara de porcelana cheia de café que o atendente lhe trouxera com perfeita cortesia.

— Os olhares incomodam um pouco — murmurou Guido.

— Os olhares não são só para vocês. Bastardas filhas de bruxas não costumam ser bem-vindas.

— Mas você recebeu o nome do seu pai, o clã que dizimou alcateias e ninhos inteiros no século passado. Ter nome de caçador não conta mais pra nada entre os humanos?

— Nome de caçador. — Diana bufou, observando o salão com um meio-sorriso. — Vocês sabem por que os caçadores têm tanto prestígio?

— Porque humanos são uns filhos da puta...?

Ela riu, meneando a cabeça enquanto puxava da cadeira ao lado um envelope.

— Humanos não suportam a ideia de não serem os predadores. Eles precisam das armas, precisam se considerar caçadores, porque não têm a sorte de ter um lobo escondido na carcaça.

Edgar se viu espelhando o sorriso de lado dela.

— E as bruxas?

— Animais em corpo de gente. Quando olharam para os Mistérios por trás do véu, se aproximaram do lado dos monstros, deixaram de ser presa. — Diana folheou as páginas dentro do envelope e as entregou. — Claro que ninguém ia ter coragem de falar nada na frente do meu pai, às vistas do sobrenome e do poder da fábrica. Mas sozinha? Eu era a cobra rastejando no galinheiro... Não importava que eu não tivesse veneno nas presas, as escamas eram o suficiente.

— E agora você acabou de colocar três lobos em pele de cordeiro no meio do rebanho.

— Não diria que a maioria das pessoas aqui é um cordeiro, mas...

— Para um lobisomem, todas as pessoas são cordeiros.

— E eu? Sou presa também?

Era a pergunta que o vinha perturbando.

— Não sei o que você é ainda, e acho que não me importo.

— Mentira.

— Você também mente pra mim.

— Todo marido e esposa mentem um para o outro, não? Pelo menos nisso o casamento vai ser de verdade.

Havia um bocado de outras áreas em que Edgar podia imaginar o casamento sendo de verdade, mas a conversa da noite anterior havia lhe dado uma nova perspectiva sobre como aquele acordo se desenrolaria. Usou as folhas para se distrair. O contrato.

Parecia tudo certo, detalhado. Passou os papéis para Heitor, e Guido o leu por cima do ombro. Os irmãos concordaram com a cabeça, ao mesmo tempo, e Diana estendeu uma caneta com um sorriso vitorioso no rosto.

— Ainda hoje, Gianni vai entrar em contato sobre a movimentação da mercadoria. Vou dar a vocês acesso ao galpão das armas extraviadas. Em alguns dias, haverá um novo lote saindo.

— Precisamos discutir a segurança. Albion...

— Não vai fazer nenhum movimento, por enquanto.

— E como você sabe?

— Eu tenho minhas fontes. Talvez um dia eu as compartilhe com você. Por enquanto, só precisamos garantir que a matilha fique bem equipada e espalhar a notícia desse casamento para atrair o velho.

Quando deixaram o restaurante, todas as cabeças os acompanharam, a conversa diminuindo. *Escandalosa. Está aprontando.*

Uma vergonha. Argento deveria tê-la deixado trancada num orfanato. Bruxa nojenta.

Heitor e Guido franziram a testa, esperando instruções sobre o que fazer — de onde vinham, não deixavam ofensas passarem despercebidas. Mas, se Diana ouviu o que diziam, não demonstrou. Continuou andando com uma expressão indiferente.

LUVAS

Ela não estava bem. E quanto mais tempo passava ao lado dela, mais difícil ficava esconder o quanto também estava inquieto. Estavam caminhando pela praça, mais uma atuação na encenação diária para serem vistos e a fofoca se espalhar.

— Os meninos já movimentaram a carga. Raul estabeleceu uma nova rota na baía, e Albion não fez outra tentativa de roubo... Você acertou quando disse que ele não ia fazer nada.

Diana concordou com a cabeça, distraída. Nos últimos dias, ela tinha estado animada, conversando sobre o esquema de desvio da fábrica e sobre as táticas de caça dos irmãos. Naquele dia, contudo, de tempos em tempos contorcia as mãos, castigando o tecido das luvas.

Como uma mulher que não reclamava e não estourava por absolutamente nada conseguia deixá-lo mais estressado que qualquer outra fêmea no mundo era um mistério aparentemente sem solução. Diana mantinha uma ruga permanente entre as sobrancelhas, a única marca visível através da maquiagem impecável, a única dica para outros humanos que talvez fosse melhor desviar de seu caminho. Foi o suspiro que o fez quebrar. Discreto, uma escapada de ar controlada, talvez inaudível para outros. Um grito aos ouvidos sensíveis de Edgar.

— Você vai me contar qual é o problema, além de todos que a gente já tem, ou vou ser obrigado a adivinhar?

Diana suspirou de novo e parou de andar. A ausência do estalo do salto no concreto tinha um som próprio, um comando inesperado que o fez parar e se virar. A ruga entre as sobrancelhas dela havia aumentado alguns milímetros.

— Não é um problema sério.

— Não é o que parece.

Ela balançou a cabeça, os fios de cabelo enviando aquelas malditas ondas de perfume que o hipnotizavam e faziam o tempo andar um pouco mais devagar.

— Não é nada — disse ela, já se adiantando para retomar a caminhada.

Edgar segurou seu braço, e os dois estacaram de repente naquela posição nada carinhosa, mas tão íntima quanto possível para duas pessoas num acordo de vingança e lucro prestes a se casarem. Também quase não havia força no toque, embora o lobo quisesse muito que as garras saltassem para fora.

Por fim, ela cedeu. Ou quase.

— É uma questão... feminina.

Franzindo a testa, Edgar farejou o ar acima dela, investigando tudo que havia abaixo do perfume.

— Você não tá na sua... lua.

— O quê? — Então ela arregalou os olhos por um instante. Edgar achou que talvez a tivesse chocado com a franqueza, mas ela mordeu o canto da boca e virou o rosto, escondendo o sorriso no ombro dele. O gesto o agradou e irritou na mesma medida, mais uma na lista de contradições que ela lhe despertava. — Não, não estou. E agradeceria se você não apontasse a minha intimidade em voz alta no meio da Praça XIV.

— Hm. Devo continuar adivinhando então, querida? Ou isso não faz parte do papel de noivo preocupado?

— Está bem, lobo abusado, eu falo. Meu problema é que fui descuidada ao sair de casa e minhas luvas rasgaram, e eu não trouxe um par extra.

Diana ergueu o olhar para o dele, um desafio a comentar qualquer coisa sobre o problema ridículo e de fácil resolução.

— É só isso?

— É. — A resposta veio entredentes, num daqueles sorrisos congelantes.

Realmente, não era nada sério. Bobo o suficiente para ser uma mentira. Ainda assim, Edgar sentia a necessidade visceral de resolver a questão. Olhou ao redor.

— Não seja por isso. Vamos ali comprar uma. — Ele indicou com a cabeça uma loja da esquina, com centenas de luvas expostas.

— Não é necessário. E eu nem trouxe a minha carteira.

— Eu te dou de presente. Ainda não te dei nada desde que ficamos noivos, o que provavelmente é uma gafe horrível no seu mundo.

Antes que ela pudesse responder, ele rumou para a loja. Não gostou da surpresa na expressão dela ao comentar sobre a falta de presentes — ela não esperava ganhar nada dele. E por que deveria? Era a merda de um casamento de conveniência.

Mas, no momento, o que ele queria era resolver a droga do problema dela e ver aquela ruga desaparecer.

— Edgar, não...

A voz dela sumiu assim que a sineta da porta soou ao entrarem. A loja estava cheia de damas, um bando colorido e excessivamente emplumado. O espaço cheirava a tecido passado e uma cacofonia irritante de perfumes, nenhum parecido com o dela.

— Boa tarde, senhor, no que posso ajudá-lo?

Uma humana pequena e alegre veio de trás do balcão, e não o reconheceu pelo que era. Já tinha certa idade, com rugas finas irradiando das pálpebras, mesmo sob uma maquiagem detalhada.

— Boa tarde. Eu gostaria de um par de luvas de camurça e bordas de couro para a minha noiva.

— Ora, é claro. E qual é o tamanho da...

Talvez tarde demais, Edgar detectou a mudança no cheiro de Diana, de repente mais acentuado e estressado do que estivera até então. Muito mais do que estresse exalava dela; sua postura estava ereta e a máscara inexpressiva estava de volta no lugar. A vendedora limpou a garganta.

— Infelizmente, senhor, não temos esse tipo de luva no estoque.

— Na vitrine tem pelo menos uma dezena, e de cores variadas.

— Não são do tamanho certo.

— Você nem mediu.

— Não preciso. Essa loja vende luvas da mais alta qualidade para pessoas da mais alta sociedade. As famílias de todo o quarteirão nobre têm contas aqui, e trazem suas filhas desde meninas, de modo que fazemos sob medida. Mas a mãe dela nunca trouxe a Srta. de Coeur aqui, não é mesmo, querida? Mãos como as suas não encontram pares na Maison Garla.

À menção do nome, todas as mulheres da loja se voltaram para eles, e as conversas paralelas diminuíram a ponto de conseguirem ouvir a vendedora. O tom de voz da humana tinha resumido toda a história. Uma filha bastarda, de uma amante, assumida logo após a morte de uma esposa, não era bem-vinda ali. Uma mancha no espaço imaculado que humanos ricos gostavam de construir para fingir que não cagavam exatamente como todas as outras criaturas daquele mundo. O tom de voz por si só já o teria instigado a um ato de violência, mas, além dele, o desconforto de Diana o atingia em ondas olfativas.

Ao mesmo tempo que parecia impossível alguém como ela se preocupar com aquela bobagem, depois de discutirem matar membros de família, aquela demonstração de como era a vida dela o deixou à beira de um rosnado. Queria assustar a vendedora, ver as clientes em pânico, rasgar os pedaços de pano inúteis e reduzir a vitrine a pó de vidro.

Como se Diana significasse alguma coisa para ele.

Um toque no braço, suave e disciplinador, o trouxe de volta do cenário imaginado. O lobo dentro dele rosnou e recuou, tão confuso quanto o homem. Desejava destruir a loja sem compreender de onde vinha o instinto.

— Então, querido, como eu lhe dizia, essa loja não é adequada. Infelizmente, atendem apenas pessoas de baixo escalão.

— Sim... Percebo meu erro de julgamento agora. Meu senso de moda não é tão afiado quanto o seu.

— Vamos deixar a senhora com as clientes importantes, então. Também temos um compromisso com o médico de papai, lembra?

Diana não dirigiu um olhar sequer à vendedora ou ao resto da loja. Edgar se demorou um pouco mais, saboreando aquela sensação de calma por finalmente ter entendido o que podia fazer para resolver o problema.

Na rua, ela não esperou por ele, apenas seguiu em uma caminhada enérgica — a caminho de casa, não do clube para onde estavam indo antes.

Edgar foi atrás dela, sem pressa. Já conhecia o trajeto de cor e seguir o balançar daquela saia se tornava cada vez mais fácil.

Ao alcançarem a ladeira, Diana se cansou, ou se deixou ser alcançada. Os dois andaram lado a lado, atraindo olhares quando entraram na rua das mansões.

— Você sabe o tipo de luvas que eu uso — disse Diana de repente.

— Quem ouve esse tom surpreso pode até pensar que eu não sou um noivo atencioso.

— Que presta atenção em acessórios de vestuário?

Edgar bufou.

—Você não sabia? O lobo mau tem esses olhos bem grandes pra te ver melhor.

Todos aqueles pequenos detalhes inúteis sobre Diana haviam começado a se infiltrar por todos os seus sentidos, e lá estava ele, odiando uma vendedora de loja tanto quanto odiava alguns de seus piores inimigos e gostando do sorriso de canto que via naqueles lábios cor de carmim. Ela já estava mais calma, talvez tão habituada ao tratamento que já não se apegava às ofensas. Edgar lidava de outra maneira com situações como aquela.

— O que ela quis dizer com "mãos como as suas"? Pareceu uma insinuação maior.

— Bom... Você vai acabar vendo, mais cedo ou mais tarde...

Lentamente, Diana removeu as luvas; o par direito estava esgarçado na ponta dos dedos. Por baixo, a pele se revelou aos poucos, rosada e amassada, cheia de cicatrizes disformes. Ela girou as mãos para cima e para baixo, mostrando a extensão do dano. Edgar xingou baixinho.

— Cortesia dos meus queridos irmãos. — Ela engoliu em seco. — Quando eu tinha treze anos, pedi a Albion que me ensinasse as técnicas de comprovação de que uma pessoa não era bruxa. Queria poder fazer isso quando me provocassem na escola, e achei que seria do interesse dele e da família que todos soubessem que a bastarda de Coeur não era uma bruxa. Ele concordou e pediu que eu esperasse enquanto ia buscar no cofre o material necessário. Quem voltou foi Augusto, com uma vela de fogo-eterno. Eles já eram bem maiores do que eu.

— Puta merda...

— Ele me amarrou e queimou minhas mãos. A prova que eu daria para as pessoas de que não era uma bruxa era que eu não tinha poderes para parar o fogo. Muito engenhoso, não? Então me deixaram amarrada, com as mãos queimando. Horas depois, quando os meninos já tinham saído de casa, Gianni veio e apagou o fogo. Ele usou pó de fada para curar a ferida, mas já era tarde demais para evitar as cicatrizes. E essa foi só uma das muitas ocasiões em que eles demonstraram sentimentos por mim. Armando me prendia no quarto na hora do jantar e mentia para o meu pai dizendo que eu não estava com fome. Albion me deixava para fora do carro e me forçava a ir a pé, quando era obrigado a me levar a algum lugar.

— Por que seus irmãos te odeiam tanto?

Diana inspirou e expirou.

— Em parte, porque eu sou o lembrete vivo da maldição que nos amarra. Mas... principalmente, eles acham que a minha mãe matou a mãe deles para que Argento se casasse com ela.

— E matou?

— Acho que sim. Essa é uma informação que eu nunca procurei saber.

— Por quê?

— Porque... — Ela deu de ombros e colocou as luvas de volta. — Porque saber não teria mudado nada do que fizeram comigo, ou do que nosso pai fez com a gente. Porque eu resolvi me dar o direito de não fazer concessões, de não enxergar os motivos dos outros. Porque, se eles nunca foram capazes de separar a minha mãe de mim, eu não tenho obrigação nenhuma de ter pena deles. Porque qualquer parte de mim que poderia um dia ter se importado escorreu junto com o meu sangue derramado a troco de nada.

O som dos passos e das batidas agitadas do coração dela preencheu os ouvidos e despertou o lobo dentro de Edgar. A situação na loja o havia irritado; já aquela história tocara num outro ponto... Lembrou-o de que a alcateia Montalves estava enfurnada em alguma toca não muito longe dali.

— Ainda não discutimos em detalhes o ritual do matrimônio — disse Diana.

— Alguma bruxa vai dizer umas palavras e nos dar uma poção, se eu entendi o feitiço direito.

— Por aí... Também trocaremos sangue, e vamos precisar de alguns itens para a poção. Pode ser... desagradável para você.

— Não precisa ser gentil, desde que não me obrigue a tomar prata.

— O feitiço imita o vínculo familiar de uma alcateia ou matilha. Além das ervas típicas dos feitiços de união, a poção exige partes da nossa história. Sangue, ou fios de cabelos, ou até mesmo pelos, de parentes próximos.

— Posso providenciar isso.

— E, como a ideia é me curar de uma maldição, também precisamos de pelos de um lobo curado da maldição da Lua.

Pararam em frente ao portão dos de Coeur, e Diana lhe ofereceu um meio sorriso, quase como se fosse um pedido de desculpas. Edgar farejou o ar à procura de zombarias, mas ela falava sério.

— Viver sem a Lua não é uma cura — disse ele com um rosnado. — Maldição da Lua é o termo que vocês, humanos, difundiram, e as alcateias envergonhadas da própria história aceitaram. As matilhas têm orgulho da Lua.

— Tudo bem, me desculpe, mas pelo de lobisomem livre da Lua é um dos ingredientes de cura mais poderosos do mundo.

— E é raro por um motivo. Você sabe qual?

— Porque para isso o lobisomem precisa comer o coração de uma pessoa que ele ame.

— Não só isso. O coração de alguém que ame ele de volta. Amar é fácil, ser amado nem tanto. Você tem que aceitar que alguém faça esse tipo de sacrifício por você e depois tem que viver uma vida inteira sozinho em pele de homem. Sem o amor da pessoa, sem matilha, sem lobo e sem Lua. Consegue imaginar esse tipo de vida?

Diana ergueu as palmas das mãos ainda sem luvas. Edgar percebeu o golpe antes mesmo que o atingisse.

— É exatamente o tipo de vida que eu vivo.

O silêncio entre eles abafou todos os outros sons da rua, os prendeu numa troca de olhares.

— De qualquer forma, eu entendo a sua relutância. Pelo que você disse, não deve haver nada assim na sua matilha. Eu vou atrás do ingrediente no mercado ilegal. — Diana forçou um sorriso. — Obrigada pela companhia. Foi um ótimo passeio, e acho que por hoje já causamos fofoca o suficiente.

Não era uma verdade completa. As vibrações da voz dela diziam que Diana queria ficar sozinha, e Edgar compartilhava do sentimento. A intensidade daquela proximidade estava se tornando exaustiva.

Foi só então que lhe ocorreu que, por mais que quisesse distância dela, não sabia como se despedir. Refugiou-se atrás de uma tragada no charuto, invocando o escudo de fumaça que não serviu para nada além de isolar os dois em um casulo e aumentar sua confusão.

Claro que foi ela a mais forte, conduzindo a dança em que se viam presos. Diana se virou, mas, antes que pudesse se afastar, ele segurou sua mão, sentindo as calosidades da pele deformada.

— Eu conheço uma pessoa que tem um punhado de pelos de lobo sem Lua e de todos os outros tipos. Mas você talvez tenha que colocar suas habilidades de negociação em prática.

— Tudo bem. Quem?

— A única pessoa da minha família que falta você conhecer. Amanhã... vamos visitar Mimi.

— Eu preciso resolver uns assuntos na fábrica antes, mas te espero no escritório.

— Ela vai odiar você.

— Nada de novo sob o sol, não é, querido?

— Sabe, nós precisamos de apelidos melhores. Ninguém acredita que eu e você somos queridos.

— Um pelo outro?

— Pela sociedade em geral.

Um sorriso maior e mais verdadeiro se espalhou pelos lábios carmim dela, como se a ideia a animasse. Então, com um aceno de cabeça, Diana se virou, saltou os degraus e piscou um olho antes de entrar. O ar ao redor de Edgar ainda parecia feito da ausência dela, e ele se sentiu preso no lugar, considerando suas opções.

Acabei de perceber que ainda *não dei nenhum presente de noivado*, pensou por fim.

⋄⟩☽◆☾⟨⋄

O burburinho habitual do começo do dia no escritório da fábrica era como música para os ouvidos de Diana. Entre o vai e vem de operários, artesãos, contadores e secretários, ela encontrava um pouco de paz em saber que pelo menos ali não precisava de tantas máscaras.

Em sua mesa, sobre os relatórios de estoque e programações de entrega, uma caixa quadrada embrulhada em papel pardo ocupava uma posição de destaque impossível de ignorar. Apreensiva, se aproximou com cuidado, pronta para uma surpresa fraterna. Então viu o nome no cartão, e o coração disparou com uma emoção diferente.

Edgar era do tipo que dava presentes? Não tinha como saber, mas não parecia ser o caso. Era completamente possível que fosse apenas a cabeça de um vampiro cortada para demonstrar que o primeiro carregamento de armas estava sendo um sucesso.

O cartão só tinha o nome, mais nada. Sem paciência para mais especulações, ela rasgou o papel e encarou a caixa de papel-cartão branco sem nenhuma marca. Não soube se ficou desapontada ou mais curiosa por não haver nenhuma marca de sangue, então puxou a tampa.

Luvas.

Dezenas de pares, de diversas cores, todas com seus materiais favoritos, cada uma mais linda e elegante do que a outra. E, como se isso não fosse surpresa suficiente, havia o detalhe que mais chamava atenção. O corte e a técnica de costura não eram humanos. Arte de fadas, talvez, ou de vampiros, o que só demonstrava o tamanho daquele gesto.

Diana pegou um par de camurça, vermelho com detalhes em couro preto, que estava bem no centro da caixa, em destaque em relação aos outros. Então, o lobo realmente prestava atenção.

O encaixe foi perfeito nos dedos, como era de praxe para itens mágicos. O tecido deslizava como uma carícia na pele. Não se lembrava de já ter recebido um presente como aquele — espontâneo, sem datas ou formalidades. Diana não sabia o que fazer com a sensação.

Presentes bonitos eram para filhas comportadas, para moças de boa estirpe ou para sua mãe... nunca para ela.

Girando a mão para admirar o trabalho artístico dos fios de couro por vários ângulos, percebeu então o jornal dobrado por baixo da caixa. A manchete principal era sobre algum debate político, mas abaixo havia uma nota em destaque.

LOJA DESTRUÍDA NA PRAÇA XIV
Na madrugada dessa quarta-feira, policiais e bombeiros foram chamados para apagar um incêndio na Maison Garla, famosa loja de acessórios e vestuários da parte nobre da cidade. A princípio, pensou-se em acidente com a iluminação, porém, lá dentro, em setores da loja que o fogo não tocou, a mercadoria estocada foi encontrada completamente destruída, rasgada e manchada. O inspetor de polícia, cuja família é cliente antiga do estabelecimento, esteve em pessoa no local para dirigir as investigações.

Um arrepio a percorreu da cabeça aos pés, indo se instalar na forma de frio na barriga. Aquela sensação suave de emoção desconhecida ao ver as luvas explodiu em sentimentos ainda mais difíceis de conter ao perceber que o presente ia muito além dos acessórios.

Diana encarou a fotografia da fachada da loja destruída, bem ao lado da mão enluvada apoiada sobre o jornal, e o coração bateu mais forte. Talvez Edgar Lacarez fosse um romântico, e talvez não fosse tão ruim ser cortejada pelo noivo de mentira.

8

MIMI

A manhã passou mais devagar do que o normal, entre trabalhar, experimentar luvas e esperar por Edgar. Testou e apreciou todas, mas preferiu as vermelhas e pegou um par cor de creme para deixar de reserva na bolsa.

Lia pela quarta vez um pedido de estacas entalhadas com o selo da polícia de Averrio quando ouviu as batidas e a porta se abriu sem lhe dar tempo de responder. Era ele, claro, se inclinando contra o batente, com a secretária suspirando com as mãos no peito mais atrás.

— Boa tarde, minha pérola. Está pronta para dar um passeio?

— Minha pérola?

— Também não gostei, mas achei que devia tentar.

Não tinha imaginado que sorrir faria parte do acordo, mas se via cada vez mais gananciosa por aquele humor peculiar que fazia seus lábios se moverem por conta própria. Não sabia também como devolver, como fazer daquilo uma troca justa; um problema a ser resolvido que, de repente, parecia mais complexo do que os assassinatos planejados.

Diana se permitiu um momento para observá-lo. Às vezes, era exaustivo se forçar a não olhar e não reagir quando seu interesse por ele aumentava a cada interação. O terno estava bem alinhado, a barba, feita, e os cabelos, penteados. Um cachorro de raça muito bem-comportado por fora, uma besta selvagem espreitando por trás do olhar enquanto ele dava voltas e se atentava aos pequenos detalhes do escritório. Edgar então se voltou para ela, devagar, adiando o momento em que finalmente seus olhares se encontrariam. A sensação era a de topar com um animal selvagem no meio da estrada; Diana não sabia se era a fera que cruzava seu caminho ou se era ela quem invadia o espaço da criatura. Talvez os dois.

Pegou-se imaginando a aparência dele sob a lua cheia, tão próxima.

— Vamos?

Um convite, um desafio. Tinha a impressão de que a todo momento Edgar a testava, esperava que desistisse e voltasse correndo para debaixo da cama, como uma garotinha assustada. Ela continuaria respondendo como sempre.

Juntou os papéis e guardou-os numa gaveta antes de se abaixar para pegar a maleta ao lado da mesa. Quando se levantou, encontrou-o de repente muito mais perto, seus contornos assumindo tons sombrios contra a lâmpada. Estava encurralada e não sentiu nenhuma vontade de recuar.

— O que foi?

Ele ergueu as mãos enluvadas dela, admirando o trabalho de costura com seriedade. O polegar traçou o desenho de couro sobre os dedos de Diana, o roçar de pele e tecido o único som que ela ouvia além da própria pulsação nos ouvidos. Precisava se manter calma para que ele não soubesse o quanto a afetava; nem ela própria sabia exatamente a extensão daquele efeito que a proximidade de Edgar causava.

— Obrigada pelo presente — disse ela, forçando a voz a sair limpa. — Gostei muito, dos dois.

As palavras trouxeram a atenção dele de volta para seu rosto.

— Não sabia se eram dignos de uma moça de boa família.

— Não sabia que a minha família era boa.

Um ínfimo sorriso de lado, o pressionar suave dos dedos compridos, um brilho malicioso no olhar e a sensação de vitória — talvez ela soubesse como fazê-lo sorrir também. Pequenas pistas, uma trilha de armadilhas que a fascinavam e tornavam difícil a tarefa de não se permitir aproveitar o momento, o toque.

— Vamos? — Devagar, ela puxou a mão de volta.

— Vamos. Hoje, você vai conhecer a velha.

⁌❖⁍

Ele resumiu a história da família Lacarez no caminho, desde a imigração clandestina de além-mar em navios nefilins até o estabelecimento da cachaçaria e das atividades criminosas. Quase sempre havia três irmãos Lacarez no coração da matilha. O trio da geração anterior tinha sido composto por Mimi, a loba atual da matilha, o velho Raul e o pai de Edgar. Miriam Lacarez, Mimi, era uma loba com pouca paciência para o comportamento arruaceiro dos sobrinhos, mas que assumira as rédeas da família durante as piores épocas.

Diana escutou com atenção, procurando nos detalhes as informações mais preciosas, que ele não estava contando. Como uma loba da alcateia Montalves fora seduzida pelo Lacarez mais jovem e abandonara a parte alta para viver com a nova família. Como essa loba, Elena Montalves, precisara da ajuda de Mimi para criar garotos rebeldes quando quase não havia machos adultos com quem contar, depois que o pai os abandonara. Ela reparou na vibração tensa na voz de Edgar ao mencionar o sobrenome da família da mãe, e em como seu peito inflou ao falar dos membros atuais da família. Também não deixou de notar como o nome do pai não fora mencionado.

Três irmãos, um tio, primos soltos, e uma tia — além dos muitos agregados, como Melina e os rapazes. Praticamente uma alcateia, com direito a fêmea e tudo, e, no entanto, não compunham uma alcateia, com todo o peso que a palavra carregava. Em matilhas, todos tinham voz, todos votavam — ou era isso que gostavam de pensar, porque bastava um olhar de Edgar para que os meninos se colocassem em ação.

— Mas o que aconteceu com a sua mãe? Por que não é ela a loba da matilha?

Ela ouviu um ruído de metal entortando e o carro deu uma pequena desviada do caminho, mas a voz de Edgar permaneceu neutra ao responder.

— Os Montalves não podiam tolerar a vergonha. Fêmeas são raras entre os lobisomens e, para uma alcateia, perder uma loba para uma vida de matilha é uma grande desonra. O alfa Montalves, meu avô, mandou sacrificar ela. Foram anos de guerra. Eu era um molequinho, e Heitor só um bebê quando nosso pai decidiu que não valia a pena continuar lutando por ela e sumiu no mundo. Mimi e Raul fizeram o melhor que puderam, mas as alcateias sempre estão em vantagem. Um dia conseguiram. Armaram uma emboscada e mataram ela na véspera da lua cheia. Mimi ficou descontrolada de ódio e se vingou por todos nós. Durante a lua cheia, ela invadiu o território Montalves e matou a minha avó materna. Uma fêmea por outra.

— Imagino que tenha ocorrido um banho de sangue depois disso.

— A matilha foi reduzida a menos da metade, mas muitos Montalves morreram também, e outros lobisomens foram pegos no fogo cruzado. Então outras alcateias e matilhas intervieram e negociaram a paz entre nós. Mimi foi banida de viver na cidade, e o alfa Montalves se comprometeu a nunca mais derramar sangue Lacarez.

Diana não conseguia imaginar o que significava aquele tipo de perda familiar. Procurou palavras de consolo, mas não estava acostumada a oferecê-las e não tinha nem certeza se era o que ele queria. Então ofereceu o que entendia melhor.

— Depois dos meus, vamos atrás dos seus.

O lobo a espiou de rabo de olho. O peito de Edgar subiu e desceu, as mãos entortaram mais o aro do volante, e ele concordou com a cabeça.

O ronco do motor — talvez devesse mesmo dar um carro novo de presente de casamento — preencheu o espaço até eles deixarem as margens da cidade e tomarem a estrada do mar, serpenteando pela faixa estreita entre a serra e a praia. A areia cobria uma longa distância até a água, mas o som das ondas chegava junto com o vento, impossibilitando conversas e os selando naquela bolha contra o resto do mundo. Um casal passeando, um sócio levando sua parceira de crime para ser aprovada pela única figura materna que lhe restava. Coisas mais estranhas aconteciam no mundo.

Contra a própria sensatez, Diana relaxou no assento, se perdendo na imensidão da paisagem. Averrio era uma pequena mancha branca na ponta de terra atrás deles, espalhada contra o verde do morro acima. Perguntou-se brevemente por que não conseguia simplesmente deixá-la para trás, esquecer que empunhava o nome de Coeur e tudo contido naquelas sete letras. Não era completamente desprovida de habilidades, poderia abrir um negócio ou até seduzir alguma pobre alma para isso; não precisava que fossem as armas. Poderia até mesmo viver numa cabana numa vila qualquer e ganhar dinheiro lendo a sorte com o oráculo; os Mistérios sabiam quão desesperadas as pessoas eram para ter apenas uma dica do que estava por vir.

Talvez seja por isso, então.

Porque ela *sabia*. Ou tinha uma noção do que podia acontecer, se perseverasse no caminho do lobo. Não era forte o suficiente para vislumbrar a oportunidade de sucesso e vingança e recusá-la, não era uma mulher de sentimentos nobres.

Um murmúrio quebrou seus devaneios. Edgar sussurrava para si mesmo, a boina lançando uma sombra estratégica sobre seu rosto. Uma incógnita. Poderia ter sido qualquer um; Diana estivera atrás de inteligência mais do que de força — qualquer lobisomem seria mais forte do que um homem. Talvez fosse só sua boa sorte, para variar, que ele não fosse nada mau de se olhar. Bonito do jeito que as armas da fábrica eram bonitas antes de ganharem todos os adornos decorativos.

Continuaram pela estrada do mar até cruzarem toda a enseada a oeste de Averrio, depois seguiram o caminho subindo a colina que dava acesso à enseada seguinte, mas, em vez de se manter margeando a praia, Edgar conduziu o carro mais para dentro, para o topo do morro. Arrependida de estar usando roupas formais, Diana tirou o terno e o jogou no banco de trás, fingindo não perceber o olhar dele sobre seus movimentos.

O chalé era pequeno, pintado com cores vivas. Ervas e flores envolviam as paredes, e as janelas tinham canteiros. O mato havia sido cortado e um gramado baixo mantinha o limite entre as árvores e o território da casa.

— Pitoresco.

Edgar bufou, parando o carro no final do caminho de terra batida.

— Mimi gosta de pensar que não chefiava uma quadrilha de contrabandistas quando eu era garoto.

— Por que ela vive aqui e não em outra cidade? Ou no campo?

— Porque ela tem certeza de que nós três ainda precisamos que ela vá ao nosso resgate. E daqui ela ainda consegue compartilhar as luas cheias com a gente; as alcateias sobem o morro e as matilhas se transformam nas praias fora da cidade.

Edgar deixou o carro e circulou para abrir a porta para ela.

— Você é assim cavalheiro com todas?

— Só com as com quem pretendo me casar.

Diana aceitou a mão oferecida e, mais uma vez, Edgar observou as luvas vermelhas com atenção. Pareceu estar prestes a falar alguma coisa quando levantou a cabeça de repente, observando os arredores. Diana ficou tensa com a rigidez dele, buscando pela pequena arma que sempre carregava na bolsa.

— Diga para sua pequena mascote economizar as balas de prata.

Uma mulher de meia-idade contornou a casa, os cabelos escuros entremeados de cinza perfeitamente estilizados em cachos grossos. O vestido era simples, porém de qualidade. A semelhança com Raul era sutil, nos traços do nariz e do arco das sobrancelhas.

— Palavras fortes podem ser o suficiente para impressionar aqueles tolos dos seus irmãos, mas todos aqui sabemos que ela não tem velocidade suficiente para me acertar.

— Ah. Vejo que Guido e Heitor andaram tagarelando.

— Heitor vive precisando se esconder de maridos irritados, e Guido precisa de alguém para tratar as feridas nas mãos... trabalho que você deveria estar fazendo.

— Eu sou o irmão do meio, não uma babá.

— E, no entanto, aparece na minha porta tratando a humana com a delicadeza com que uma fêmea lambe a cria.

— A humana tem nome, e acho que a senhora sabe qual é — disse Diana.

Mimi ergueu uma sobrancelha, se aproximando a passos lentos e firmes, até que ficasse bem claro qual das duas era a mais alta. Gigante, a mulher a observou da cabeça aos pés, exalando reprovação por todos os poros.

— Diana de Coeur. Eu vou tratar com você quando tiver terminado com a carcaça do meu sobrinho.

— Não posso aceitar isso, visto que preciso da carcaça dele em perfeitas condições.

Edgar abafou uma tosse e se colocou entre as duas. Talvez Diana estivesse imaginando o divertimento no olhar dele, mas sentiu que havia acabado de passar em algum tipo de teste quando a mulher recuou com as narinas dilatadas.

— Mimi, conheça minha noiva, Diana de Coeur. Diana, conheça minha tia, Mimi Lacarez.

— Você quer dizer sócia nos negócios, não noiva — falou Mimi entredentes.

— Se essa palavra te assusta, tudo bem.

O rosnado de Mimi soou mais como frustração do que qualquer outra coisa, e ela apontou um dedo para o sobrinho.

— Ela não entra na casa até que eu permita.

— Eu não sou um vampiro — disse Diana.

— Seria melhor se fosse.

Tão rápido quanto surgira, Mimi desapareceu chalé adentro, deixando a porta aberta.

— Isso começou bem — sussurrou ela.

— Melhor do que você imagina — respondeu Edgar. — Espere aqui, não deve demorar para eu convencer a velha.

Um rosnado alto veio de dentro, causando um sorriso em Edgar. Diana se pegou fascinada pela interação. Observou-o entrar e fechar a porta com a sensação de que ia demorar bastante.

Sozinha, seguiu o som das ondas por uma trilha estreita no meio das árvores. Parou quando encontrou um mirante de pedras com vista para o oceano — havia lugares piores onde esperar.

Acomodou-se num canto protegido do vento e puxou o baralho do bolso. As cartas reagiram de imediato, tão ansiosas quanto ela, vibrando para sondar o futuro mais uma vez. Perguntar a mesma coisa várias vezes nunca era recomendado, mas as melhores cartomantes sempre sabiam quando ainda havia algo escondido nas cartas, esperando que o tempo trouxesse mais detalhes.

O ato de embaralhar foi tão familiar quanto calmante. Seguia aqueles mesmos passos desde criança e, com a memória muscular, poderia misturar cartas mesmo durante o sono. Cortou o baralho em dois e inverteu uma das metades, as juntou numa única pilha de novo e começou a intercalar e mudar as cartas de posição enquanto se concentrava na pergunta.

O que eu posso fazer para me salvar?

Separou o baralho em cinco montes, na ordem de um pentagrama, e voltou a uni-lo, mudando a ordem de juntar novamente cada pilha. A sensação das cartas aos poucos começou a mudar; o baralho se encheu daquela energia no espaço entre as mãos dela, tão forte que a estática atravessou a camurça das luvas e deixou a pele formigando. Estava próxima da resposta.

Parou a mistura e abriu o monte em meia lua, com as cartas viradas para baixo. Escolheu cinco e as dispôs novamente na formação de pentagrama.

No topo, o Rei de Escudo.

Olá, papai.

Na ponta esquerda, o Lobisomem. *Edgar*. Toda vez que a carta dele aparecia, Diana sentia o pico de adrenalina. Na ponta direita, o Baú, representando todas as coisas escondidas que ainda precisava descobrir. Nas duas pontas inferiores, o Nó — uma união quase impossível de ser desfeita — e a Tecelã. *Eu.* A energia da leitura não era tão clara quanto ela gostaria, reforçando a existência de segredos e questões materiais. Puxou mais uma carta e a posicionou no centro de todas. O Véu — *a morte* — emanava uma energia sombria que conectava todas as cartas. Ao tocá-la, Diana teve um vislumbre embaçado. Numa noite de lua cheia, tinha todos os irmãos mortos a seus pés e Argento de Coeur apontando uma arma para ela. Um lobisomem preto, conectado a ela pela fumaça de um feitiço, se aproximava por trás do pai.

Era a mesma visão borrada de sempre. Uma versão patética do que uma bruxa vidente de verdade seria capaz de enxergar. Com um suspiro, puxou mais uma carta, para dar conta da ansiedade.

O Ás de Rosas apareceu. Uma carta inusitada, que falava de sentimentos em potencial e que de repente pareceu mais assustadora do que todas as outras. *Chega de brincar.*

— Se nada mudou, vamos conquistar a velha. O que eu preciso para convencê-la a ajudar?

Virou mais uma carta e encarou a Rainha de Chaves em seu trono, cercada de portas fechadas.

— Podia ser pior.

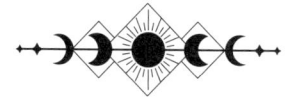

Edgar ouviu os passos dela se afastando, lutando contra o próprio corpo para não delatar a Mimi o quanto se sentiria mais confortável de manter Diana sob suas vistas, mesmo sabendo que não havia perigo maior naquele morro do que ele próprio e sua tia. A aprovação de Mimi dependia de fazê-la acreditar que não havia sentimentos envolvidos.

— Você é inacreditável. Um moleque com calça de adulto. Se casar, Edgar? Com uma humana?! Por meio de um *feitiço*?

— Até onde eu sei, não constituímos alcateia, então não importa com quem ou com o que eu me caso.

— Importa, se você vai deixar nossa família ser um peão nas maquinações de uma herdeira mimada. Os de Coeur são antigos caçadores, *caçadores*! Ficaram ricos cortando nossas cabeças e ensinando as pessoas como matar gente como a gente! Acha que ela não sabe reconhecer uma arma quando se depara com uma?

Em seu típico gesto dramático, Mimi jogou as mãos para o alto e puxou um pedaço de carne largado em cima de uma tábua para começar a cortar. Quando estava estressada, Mimi cozinhava, e a força empunhada no facão mostrava o quanto ela detestava aquele plano. Não ajudava que os dois linguarudos tivessem ido lá fazer fofoca.

— Tenho certeza de que ela sabe, sim, e eu estou contando com isso. Inclusive, já tive provas concretas disso. As armas são muito boas, Mimi. Vão ser o diferencial que faltava pra aumentar o território e assegurar a parte baixa. E, com os contatos dela, até mesmo a parte alta.

— Então roube a porcaria da mercadoria dela! Sem contratos absurdos, sem casamento. Desde quando os Lacarez não pegam o que querem e pronto?

— E veja só no que deu isso de pegar o que queremos. Você banida da cidade, Guido e Heitor vendendo o corpo, cada um à sua maneira...

— Você está vendendo seu corpo nessa maluquice!

— ... e eu e Raul nos desdobrando para levar droga diluída em cachaça baía acima e abaixo, como cães vadios no meio da noite.

— Cães vadios pelo menos não precisam abanar o rabo pra menina rica só pra ganhar um presente.

Antes fosse só a merda do rabo.

Ainda não estava recuperado de vê-la usando as luvas. E o jornal estivera aberto em cima da mesa. Sem palavras, havia feito uma pergunta, e Diana respondera que sim. A cada encruzilhada, Diana havia dito sim, e vibrava nos ossos de Edgar a vontade de ver até onde conseguiria a mesma resposta. Se deixasse Mimi falando sozinha e fosse atrás de Diana, se pressionasse a noiva contra um tronco de árvore e sussurrasse a pergunta no ouvido dela, talvez ela não lhe cravasse uma bala de prata na virilha.

Um grunhido agudo acompanhado da batida de uma faca sendo fincada em uma tábua de carne o trouxe de volta para a cabana.

— Por todas as luas! Da última vez que o seu cheiro ficou desse jeito, você estava na puberdade! Toma juízo, garoto! Tem dezenas de rostinhos bonitos por aí.

Mas nenhum deles marchara seu bar adentro querendo comprar um marido com uma fortuna que apenas uma de Coeur poderia oferecer. E definitivamente nenhum deles estava usando luvas vermelho-sangue escolhidas especialmente para combinar com o batom favorito dela.

Mimi estava certa, claro. Edgar só precisava convencê-la de que tinha tudo sob controle.

— Sim, Mimi, Diana é uma mulher bonita. Sim, eu não reclamaria de estar entre as pernas dela.

E em muitas posições mais, até estar tão satisfeito que o lobo dentro dele ficasse quieto de puro contentamento, mesmo estando longe da lua cheia.

— Então tire isso logo do caminho e acabe com esse negócio ridículo. Não tem nada que ela possa nos dar que nós não tenhamos como conseguir sozinhos.

— Se isso fosse verdade, você acha mesmo que eu estaria aqui? Ela já fez chover mais dinheiro do que a matilha viu nos últimos meses, já entregou armas novas e tirou a polícia da nossa cola. E ela pode nos colocar de frente com os Montalves.

Mimi estacou de repente, o facão parado a meio caminho no ar. Ela, mais do que todos os outros da matilha, reagia ao nome. Jurada de morte pela alcateia por ter matado o lobo que fora mandado para sacrificar Elena, Mimi trucidaria todos os Montalves, se pudesse. A tia suspirou e abaixou a faca.

— Então, não é só sobre dinheiro e armas, é sobre poder e vingança também.

— Ninguém disse que eu precisava escolher só uma das opções.

— E, para se vingar dos Montalves, vale a pena a coleira? A garota balança um filé na sua cara e você mata todos os inimigos dela, e depois? Os Lacarez não são nada além de um nome de cachaça barata em Averrio. Se você fizer o que ela quer, vai pintar um alvo em nossas cabeças. O Partido Sobrenatural vai colocar nossos nomes na lista de lobisomens perigosos.

— É justamente por nosso nome não ser nada além de uma cachaça barata que eu preciso fazer isso. Todos que estão no topo são alvo de quem está mais embaixo, e eu estou cansado de só mirar e nunca atingir gente o suficiente para subir uns degraus. Diana acha que vai sair ganhando, se tudo isso der certo, mas *nós* seremos os vencedores. Eu, você, Guido, Heitor, Raul. Enquanto a vida dela vai continuar a mesma, a gente vai sair da sarjeta para o coração de Averrio, onde nem os lobos engomadinhos das alcateias são bem-vindos.

—Você sonha alto demais para um lobo sem coração, Edgar, e isso ainda vai destruir todos nós.

—Você diz isso há anos, e ainda estamos aqui.

—Mas você nunca misturou negócios com prazer antes.

—Você não é tão ingênua de acreditar nisso.

Mimi revirou os olhos; era um bom sinal que não tivesse rosnado. Ele se aproximou da bancada da cozinha e roubou uma faca pequena, que usou para tirar um naco de um dos bifes cortados. A tia lhe deu um tapa na mão, mas não o impediu de comer.

—Ela pelo menos vai te ensinar bons modos?

—Houve uma conversa sobre etiqueta à mesa. —Ele sorriu de lado. Mimi estava recuando. —Você não precisa gostar, tia. Vim pedir sua benção, mas não preciso dela. Os outros votaram em unanimidade. Os meninos querem isso. Raul quer poder pescar na beira da baía em paz. Todos queremos você de volta na cidade. Se é minha vez de vender meu corpo por essa família, que seja. Já me sujeitei e me sujeitaria a coisas muito piores do que um casamento com uma mulher rica.

E bonita, e usando um presente que ele lhe dera.

Mimi o encarou de esguelha, quase como se ouvisse seus pensamentos. Não duvidaria que a velha conseguisse.

—Se a minha opinião não importa, por que você veio aqui com ela?

Todo o discurso que havia preparado desapareceu. Mimi era boa demais em farejar desculpas esfarrapadas.

—Preciso de algumas coisas, e você não vai gostar.

Edgar encontrou Diana no mirante, sentada sobre uma pedra, observando o horizonte. A visão o atingiu como um soco no estômago. As mangas estavam dobradas até acima do cotovelo, e a saia havia sido puxada para o meio da coxa. Os sapatos e meias tinham sido abandonados, e os primeiros botões da camisa, abertos. Mas as luvas continuavam no lugar, um ponto vermelho contra as dobras da saia cinza.

A conversa com Mimi tinha ajudado a trazer um pouco de lógica de volta à cabeça, mas a extensão de pele exposta mandou tudo pelos ares. O lobo saltou para a vida e rosnou contra a prisão dos ossos do peito dele, como se a Lua Cheia tivesse assumido forma de mulher, como se fosse possível se transformar durante o dia. A boca de Edgar se encheu de saliva, tanto por si quanto pela fera. Lamber, morder, rasgar, não sabia o que queria.

— Ainda não sou bem-vinda dentro do chalé?

— Mimi... hm... já vem.

— Isso quer dizer que ela... me aceitou?

A pergunta rolou devagar na língua dela, como se Diana estivesse testando a ideia.

— Não é bem o termo que eu usaria...

— Ah. Eu devia ter trazido de novo uma mala de dinheiro e uma arma de presente, não devia?

Apesar da violência que o lobo infligia aos seus órgãos internos, Edgar riu, e tudo se acalmou pelo menos um pouco.

— Teria ajudado.

— Da próxima vez.

— E o que te faz pensar que você vai vir aqui uma próxima vez? — Mimi veio pela trilha, carregando o baú de madeira.

Fazia muitos anos que Edgar não via aquela caixa; desde o nascimento de Melina, não havia motivos para abri-la. Não pensava que tinha nada de especial nela, exceto pela reação que causou em Diana.

— Os Lacarez não fazem reuniões de família? — perguntou ela, se sentando mais ereta, com o coração batendo mais rápido. Ela tinha olhos apenas para o objeto.

— Fazemos, e são exclusivas para a família.

Edgar teria advertido Mimi, se não estivesse tão focado no franzir da testa de Diana, ainda concentrada no baú.

— Fique tranquila, não trarei amigos para o evento.

Mesmo concentrada em outra coisa, ela ainda tinha a presença de espírito de provocar Mimi. Um rosnado da tia quebrou o encanto da caixa.

Diana inspirou fundo, como quando queria controlar as próprias reações físicas. A máscara de indiferença lhe caía com tanta naturalidade que Edgar quase esquecia que conseguia ouvir seus batimentos cardíacos, mas, onde ele via disciplina, Mimi enxergaria fraqueza.

— O que eu posso te dar para provar que esse é um negócio vantajoso para todos, Mimi? Caso o fato de eu estar sozinha com dois lobisomens adultos numa mata afastada da cidade não seja prova suficiente da minha confiança.

— Confiança é só um nome mais bonito para arrogância. Ou tolice. Não sei qual é pior.

— Tolice — responderam Diana e Edgar ao mesmo tempo.

Mimi suspirou, apertando o ponto entre o nariz e a testa.

— Lua, dai-me paciência. Vamos acabar logo com isso para que eu possa voltar a ficar em paz na minha colina.

— Mas você ainda não respondeu minha pergunta. O que eu posso te dar, Mimi? Sei que estou pedindo algo muito valioso, e quero te compensar por isso.

— Nada.

— Impossível. Todo mundo tem alguma coisa pela qual está disposto a barganhar.

Mesmo com as roupas descompostas e uma gota de suor escorrendo tortuosamente pelo pescoço, Edgar teve um vislumbre da Diana da primeira noite. Implacável e inteligente, sabendo diferenciar o tratamento dispensado a um lobo ou uma loba.

— Eu não preciso barganhar nada com você, garota. Sua presença nessa família não está em minhas mãos, infelizmente, e o meu afeto você não tem como comprar.

— Ah, então é isso que você quer. Sim, faz sentido. — Diana sorriu o sorriso lento do triunfo, uma loba ao ver a presa caindo na armadilha. — Você quer Edgar e os outros. Quer tê-los por perto, a sensação de família. Quer as portas abertas para voltar a viver em Averrio.

Pego de surpresa pela declaração de Diana — e pela coragem dela de fazê-la em voz alta —, Edgar se aproximou mais, pronto para se colocar entre as duas. A mera sugestão de que a tia se sentia solitária poderia desencadear uma reação para a qual Diana não estava preparada. Então ele percebeu a imobilidade de Mimi, a respiração presa na garganta.

Diana desceu da pedra com a graça de uma fada e avançou até estar muito mais perto de Mimi do que era prudente.

— Se eu me comprometer a garantir seu retorno em segurança, você pode pelo menos aceitar esse casamento sem rosnar para mim a cada cinco minutos?

Mimi parecia petrificada, e engoliu em seco antes de murmurar as palavras seguintes. Edgar esperara uma nova onda de ameaças, mas foi surpreendido mais uma vez.

— Você não tem como dar essa garantia.

— Eu cresci ouvindo esse tipo de afirmação, e veja só onde estou hoje. Será menos exaustivo para todos nós se você aceitar que eu e Edgar sabemos o que estamos fazendo.

A expressão de Mimi aos poucos se transformou, passando de chocada a pensativa e, então, a séria. Havia chegado a algum tipo de conclusão e não parecia disposta a compartilhá-la. Ela abriu a caixa e mostrou o conteúdo.

Uma sensação estranha percorreu Edgar ao ver os diversos tufos de pelos, cada mecha amarrada por um barbante representando um membro da matilha, vivo ou morto. Os pelos claros de sua mãe estavam cuidadosamente posicionados no centro, em destaque. Os mais antigos, de lobisomens de muitas gerações Lacarez que ele nem conhecera, estavam mais bagunçados nos cantos e nos fundos do baú. E, colados na parte de dentro da tampa, dois saquinhos de pano. Diana se aproximou mais e espiou dentro da caixa.

— De quantos de nós você precisa para o matrimônio? — perguntou Edgar.

— Apenas os mais importantes para você, e o que... abandonou a lua. Apenas alguns fios bastam.

Ele separou os pelos dos irmãos, dos tios e da mãe. O lobo o arranhava, sentindo luto e raiva e saudade, incomodado com aquela abertura do passado e pela vontade repentina que ela trouxe. Colocar os cabelos de Diana ali seria errado, e parecia certo.

Mimi puxou um dos saquinhos de pano da tampa e posicionou a caixa com cuidado sobre a pedra. Um sorriso maldoso tomou os lábios da tia ao abrir o saco e espiar o conteúdo lá dentro. Tarde demais, Edgar percebeu quais pelos ela tinha escolhido.

— Há apenas dois lobos na história Lacarez que escolheram viver para sempre na pele de homem — disse Mimi, de repente parecendo muito satisfeita. — Um deles abandonou a Lua por desespero, numa época em que era difícil demais ser um lobisomem em Vera Cruz. O outro fez isso por loucura e por vergonha, porque escolheu o amor de uma humana, e humanas são frágeis.

A tia puxou um objeto de dentro do saco. A corrente comprida enrolada nos dedos de Mimi era escura, de pouca consequência. O pingente em formato de lua minguante, feito da prata mais pura, girava com o movimento de ter sido puxado, zombando dele.

Ela não vai fazer isso.

Ela fez. Passou a corrente por cima da cabeça de Diana e deixou o cordão escorrer pelos cabelos dela, evitando tocá-la mais do que o necessário.

— Xavier Lacarez amou uma humana mais do que tudo, e achou que ela podia sobreviver entre lobos... até que, numa lua cheia, descontrolado demais e incapaz de dominar a fera, ele a matou. Alguns lobos só sabem amar devorando. Ele comeu o coração da pessoa que mais amava e que o amava de volta e ficou sem a Lua. Então, consumido pela culpa, e sem poder se transformar, abandonou a matilha — disse Mimi, o veneno na voz complementando tudo mais que ela não estava falando em voz alta. — Já que você vai levar o pelo dele, leve também o cordão que *ela* usava. Meu presente e meu conselho de casamento para vocês.

Edgar queria poder entrar na mente de Diana e saber o que ela estava pensando, o quanto estava afetada por aquela história. Se é que estava afetada, enquanto manuseava o pingente com curiosidade. O cordão com pingente de prata escolhido por sua tia era um aviso; ela não era uma loba e jamais seria.

— Estou acostumada a estar na parte rejeitada da família. — Diana sorriu de lado. — Obrigada mesmo assim por me receber entre os Lacarez, Mimi.

Mimi bufou, amarrando o saquinho de novo antes de entregá-lo a Edgar.

— Eu não recebi nada, estou aqui apenas para testemunhar essa grande burrada. E sabe por quê, garota? Porque eu sei que, não importam os feitiços das bruxas e muito menos o papel passado na lei. Você nunca vai se casar de verdade com Edgar, nunca vai ser aceita pela Lua, porque não tem o que é preciso para ser a fêmea de uma matilha.

— E o que seria preciso?

— Instinto familiar. Você é por você, e só por você. Não vai descer do salto para correr pelos meninos, e nem vai chamar eles para caminhar ao seu lado só para que estejam ao seu lado. Aqui, somos bandidos e assassinos e tudo de ruim, mas somos uma família. Não espero que você seja capaz de entender isso.

— Você está presumindo bastante de uma única conversa.

— Não preciso presumir nada. Você fede a solidão.

Durou apenas um segundo, ou menos. O leve arregalar de olhos, o choque, e então a máscara de indiferença estava de volta no lugar.

— Você está certa. Eu não sou uma loba, não sou uma criatura de matilhas. Que sorte a minha, então, que esse tipo de união se encontra à venda. — Diana se voltou para ele com exatamente o mesmo olhar fechado da primeira noite. Qualquer progresso que tivessem feito, se podia chamar assim, havia evaporado com a declaração de Mimi. — Acho que já tenho tudo que eu vim buscar aqui. Se vocês não tiverem mais nada a tratar, eu gostaria de voltar aos negócios na cidade.

Ela não esperou resposta. Pegou os pertences largados sobre a pedra e saiu caminhando, descalça e com a mesma graça que tinha usando os saltos.

Um suspiro frustrado brigou garganta acima, e Edgar recorreu ao charuto. Acendeu e tragou fundo, a fumaça ajudando a dispersar aquele perfume odiosamente intoxicante que Diana deixava por onde passava.

— E depois você diz que não sabe por que eu nunca trouxe uma namorada pros almoços de família.

Mimi bufou, muito satisfeita.

9

TRANSFORMAÇÃO

O pôr do sol se arrastava, brincando com a impaciência da matilha já espalhada pela areia. Prefeririam se transformar na praia e depois invadir a mata, pegando de surpresa qualquer criatura idiota o suficiente para estar ali. A brisa carregava os uivos ainda no meio do caminho entre a voz humana e a afinação lupina, e se enriquecia com os cheiros de excitação e alívio de finalmente ser o dia do mês de liberação total. Eram seis ou sete noites de transformação, a depender da lunação, mas a primeira lua cheia da semana era a mais forte, a mais instintiva e bestial.

Os irmãos tinham acabado de retornar de onde haviam escondido os automóveis e as trocas de roupas limpas. Guido assobiava e sambava com uma garrafa na mão; Heitor contava aos rapazes mais novos sobre o cheiro das lobas de outras matilhas que também prefeririam usar aquela área em vez de cruzar com as alcateias no topo das colinas ao redor da baía. A praia não era território de ninguém; pertencia à Lua e a tudo que um lobo livre poderia fazer sob ela. Raul e Mimi conversavam bem longe dos mais jovens, com Melina correndo ao redor deles. Tudo normal, como deveria ser, como uma noite de lua cheia qualquer.

Exceto pelo fato de Edgar estar em guerra com o lobo dentro dele. Mais inquieta do que de costume, a fera buscava o cheiro que estava faltando, o rastro longe demais na cidade — segura, protegida, intocada, como deveria ser. Quando a luz da lua substituísse completamente a luz do sol, apenas a distância e a ausência manteriam Diana a salvo. A fera estaria confusa, mas, quando pudesse sair, seria distraída por todas as outras coisas acontecendo, por brigas sem consequência, pela selvageria e por outras fêmeas. Fêmeas como ele, que poderia morder sem preocupações.

Edgar sentia o olhar de Mimi cravado em suas costas, esperando para ver o que ele faria, se agiria normalmente, como em qualquer outra lua. Queria bufar com escárnio e garantir a ela que nada tinha mudado; estava noivo de uma humana, não tinha se tornado um.

Virou-se quando ouviu vidro se estilhaçando contra pedras. Guido tinha quebrado a garrafa e subido em um montinho rochoso, já se livrando do casaco, com um brilho ansioso no olhar quando jogou a cabeça para traz e uivou com a voz já um pouco do avesso. Não havia outro lobo que gostasse mais daquela noite, lobo mais incontrolável. Guido odiava a fera e amava ser tomado por ela, se recolher dentro da carcaça e ter algumas horas de paz em que não precisava pensar em nada.

Heitor se aproximou, mais silencioso do que de costume.

— Eu tenho uma cliente amanhã de manhã...

As madames pagavam caro para fingir que também eram livres, selvagens, para terem um gosto daquilo que diziam abominar em público. Em silêncio, Edgar assistiu ao mais novo puxar a garrafinha do bolso e virar o conteúdo de uma vez só com uma careta. Ele já fazia aquilo há tanto tempo que Edgar quase se esquecia da coleira química — não era o suficiente para impedir a transformação sob a Lua, mas mantinha o lobo sob controle à luz do sol e, principalmente, sob os lençóis. Péssima prática de negócios acidentalmente matar as clientes.

— Não é tão ruim, na verdade. E o dinheiro extra que elas pagam por poderem dizer que foderam um lobisomem em semana de lua cheia vale a pena. — Ele jogou o vidrinho contra as pedras e sorriu de lado. — Você vai se acostumar rápido.

— Eu?

— Se tiver alguma intenção de se deitar com sua esposa. — Heitor apertou os olhos na direção dele. — Pelo seu cheiro perto dela, achei que fosse... consumar o matrimônio.

— Ela não aguenta — rosnou ele baixinho, talvez querendo convencer a si mesmo.

— Será? Você se surpreenderia... humanas são... imprevisíveis. E o cheiro dela também...

— O que tem o cheiro dela?

As garras do lobo dilaceram seus pulmões só de pensar que o irmão talvez também gostasse, talvez também estivesse pensando na mulher na mansão do alto.

— Ela quer você. Você sabe que sim. — Heitor deu de ombros. — Não sei se ela já contratou os serviços de um lobisomem antes, mas aposto que se você aparecer lá amanhã de manhã... ela não vai recusar.

Edgar não tinha palavras, apenas urros, e guardou todos o mais apertado que conseguiu dentro da garganta. Não precisava de mais incentivos. Heitor bufou, o sorriso desgraçado aumentando.

— Eu tenho outra garrafinha lá no carro, se você quiser...

— Cala a boca, idiota.

— Eu distraio Mimi pra você, se quiser... A Lua sabe quantas vezes você já segurou ela pra eu fazer merda.

Entre um engasgo de riso e um rosnado de imaginar que Mimi poderia ouvir, Edgar entendeu o que ele quis dizer.

— Você acha uma ideia ruim. O... acordo.

— O acordo? Não. Nunca vi a molecada tão bem-vestida, tão bem-alimentada e tão animada... Um carregamento daquelas armas pagou tudo e ainda sobrou. Eu só não entendo o que nela te deixa assim, mas... Ó, longe de mim julgar o gosto sexual dos outros. Ganho a vida com isso.

Só que não era gosto sexual. Edgar tinha passado a vida toda sem nem olhar direito para as humanas que lhe sorriam. Diana era o problema. Diana despertava instintos confusos e estranhos. Diana cutucava o lobo por dentro como se fosse a própria Lua andando de salto alto.

— De qualquer forma... às vezes, só o que você precisa é tirar isso do sistema, igual à transformação. Come uma vez, vê que não tem nada de mais, passa pra próxima.

Não parecia tão simples. Não parecia possível.

— Tsc. O que ele precisa é de um rabo de loba de verdade. — Guido pulou para o lado deles, já sem camisa e com a calça aberta. — Uma rapidinha no mato e o lobo vai ficar satisfeito. Tá cheio de fêmea por aí hoje. Muito melhor que tomar essa coleira química aí.

— Não vou discordar disso. Eu não tomaria, se pudesse. Mas....

Edgar encarou Heitor.

— Se você não toma, é certo que vai fazer merda? — perguntou ele. Precisava ter certeza. Se ia encarar um casamento com Diana, precisava saber. — Que vai matar? Machucar?

— Uma vez eu experimentei não tomar... Achei que já tava calejado, que já era profissional demais. E a cliente queria muito ser atendida durante a lua cheia, também tava curiosa. — Heitor balançou a cabeça. — Eu surtei. Não chegou a ser uma transformação completa, mas os pelos cresceram, as garras. O rosto mudou um pouco. Ela demorou pra perceber, porque tava de quatro, a maluca, mas, quando viu, se assustou. Pegou correndo a poção e jogou em mim até eu voltar.

Guido gargalhou e Heitor acabou acompanhando, dando mais detalhes entre risos. Edgar apenas ouviu e absorveu a resposta. Se um profissional desapegado tinha dificuldade de manter a fera dentro das calças, não queria nem imaginar o que seu lobo faria com Diana, se tivesse a oportunidade. Já estava tentado demais, alucinado demais, procurando que nem louco o cheiro dela. Não podia de forma alguma ceder, ou todo o acordo e todas as coisas boas acontecendo com a matilha iriam por água abaixo.

Já fazia dias que não a via. As coisas tinham ficado frias e formais depois da visita a Mimi. Mas, encarando a praia cada vez mais escura e os companheiros cada vez menos humanos, Edgar não teve mais tanta certeza de que criar aquela abstinência tinha sido uma boa ideia — não haveria ninguém em condições de mantê-lo sob controle.

A transformação nunca começava rápido, não vinha em rompantes; não era assim que lobos caçavam e não era assim que emergiam da prisão da carcaça. Mimi foi a primeira, como era seu direito. Já estava sem roupas quando os tons de laranja sumiram do céu, os pés lambidos pelas ondas, os cabelos soltos e desgrenhados. Ela jogou a cabeça para trás e uivou, longa e profundamente, até o som ter penetrado os ossos de todos, até cada lobo estar respondendo por dentro. Quando parou, quase toda a praia já estava a meio caminho de se transformar por completo.

Edgar respirou fundo, apelando com uma prece à Lua para que não fizesse nenhuma merda, e soltou as amarras. Arrancou as roupas, se arrepiou com a satisfação de ouvir o esgaçar do tecido do terno novo, comprado graças a ela, rosnou com a voz do lobo quando os ossos das costas começaram a estalar e a própria deformação invadiu seus ouvidos, as orelhas se alongando para o novo jeito de escutar o mundo. Deixou o lobo abocanhar a mente, sugar razão e coerência, como se roesse todo o tutano de um osso. Deixou o alívio de não precisar fingir ser humano escorrer pelos dedos enquanto a fera se contorcia entre os órgãos, consumindo e exigindo, sempre com fome, sempre esganada, sempre atenta aos pedaços de si que o homem pudesse esconder. O lobo cresceu e cresceu e cresceu, se alimentando da própria carne e da Lua, preenchendo os músculos com força e selvageria e fome.

As omoplatas primeiro, para comportar os músculos distendidos dos braços aumentando de tamanho, e depois os joelhos, pelo mesmo motivo. Os pelos cresceram, na nuca e nas costas e no peito, até toda a extensão da pele estar coberta pela camada escura de pelos pretos se eriçando com prazer e agressividade ao mesmo tempo. Ele era o único com pelagem preta na família, o único que puxara o desperdício de ar que chamavam de pai, um lembrete incômodo que o deixava ainda mais feroz.

Os dedos dos pés afundaram na areia sob seu peso cada vez maior e ressurgiram já mais compridos e com garras no lugar das unhas. Edgar se envergou para frente com um impulso vindo de dentro, dos órgãos se rearranjando, da cauda crescendo e chispando de um lado para o outro. Quando as mãos encontraram a areia, já eram garras também. A satisfação do lobo por estar quase totalmente fora pulsava nas artérias, dividia espaço com o instinto de uivar, rosnar, urrar para a Lua que estava finalmente livre sob a prisão de sua luz.

Ergueu-se sob duas patas, olhando para cima, para a Lua Cheia. Viu o rosto de uma mulher, viu lábios pintados de vermelho e um nariz arrebitado e empinado, como se ela fosse melhor do que todas as almas perturbadas espalhadas pela praia. A presa que ele deveria estar caçando, uma caçadora que abria uma armadilha para arrancar seu couro.

O focinho se esticou num novo rosnado, estalando e esgarçando a pele. Os dentes cresceram enquanto a língua salivava ao se lembrar do cheiro que deveria estar sentindo e não estava ali. Farejou o ar cheio de irmãos, família e filhotes para quem deveria prover. Incompleto. Limpo demais, puro demais. Cheiro de matilha sem loba, embora houvesse muitas uivando com sofreguidão por um parceiro que corresse ao lado delas.

Dentes à mostra, a língua umedecendo o focinho para dar novos contornos aos odores carregados pela brisa, ele se esticou com todos os pelos eriçados e uivou. Um uivo longo, e com as garras contraídas, como se pudesse espremer a visão da mulher para fora da Lua.

Um lobisomem magro de pelos cinza esbarrou nele, o olhar alucinado na direção das árvores. Ao lado, um lobisomem menor e atarracado, com pelagem marrom-clara, sacudia a cauda e mostrava os dentes num sorriso lupino. O laço entre os três permanecia tão forte quanto sempre, puxando Edgar na direção em que a brisa seguia, na direção que os dois queriam ir. Maresia, mato, caça — a direção era clara. Faltava alguma coisa, mas era clara. Eles estavam esperando o sinal; correr sem ele não era a mesma coisa, e correr sem eles não fazia sentido.

Edgar uivou de novo, chamando. O menor acompanhou e o magrelo foi logo em seguida. E depois veio uma loba que tinha lambido e mordido suas orelhas quando eram filhotes, e então um lobo velho que os ensinara a encurralar porco no mato, e também uma vozinha tão aguda e pequena que ainda não era bem um uivo, mas tinha potencial. A matilha respondia com a mesma intensidade com que era convocada, dominava a praia ao afogar o barulho das ondas na sinfonia. Outras matilhas e lobos solitários ao redor responderam. A noite estava viva e cheia, não tinha por que ouvir o humano dentro dele, que reclamava de estar faltando alguma coisa. Não faltava nada que ele não pudesse caçar e devorar.

Disparou com um salto, e os outros seguiram. Uma vez em movimento, não havia mais ordem ou sintonia. Não eram alcateia; cada um era livre para fazer o que quisesse com a dádiva da Lua.

A loba velha passou por ele correndo, esbarrando de propósito e o jogando contra uma árvore, rosnando um aviso antes de sumir, seguida de perto por uma filhote castanha. Ele deixou a praia — e as preocupações do homem nela —, seguindo os cheiros e os sons que a noite oferecia.

Edgar correu com os irmãos por um tempo, sentindo a fome deles como se fosse sua. Encontraram um bando de porcos do mato e os perseguiram até se separarem, cada um distraído com as próprias vontades. Ele pegou o maior porco que encontrou e cravou os dentes na garganta roliça, usando as garras da mão para separar a cabeça do corpo. O sangue escorrendo pelo próprio pelo deixou um caminho quente e pegajoso, então ele rolou no mato enquanto engolia um naco de carne arrancado da carcaça.

As orelhas se moviam o tempo todo, ouvindo a matilha e sua ferocidade, sua liberdade e seu prazer. Um dos irmãos brigava, deixava os mais novos testerem forças contra ele, que teria sido o macho alfa, se esse tipo de bicho existisse. O outro já estava bem longe, na direção do cheiro das fêmeas. O mundo era feito de sombras e odores, e o sangue na grama formava uma poça ao redor do porco, a garganta dilacerada sorrindo para a morte. E longe, bem longe, um coração batia forte, e não era nem dele nem dos outros, um pulsar abafado pintando a noite em rasgos de vermelho. *Tum tum tum tum tum*. Não era medo. *Tum tum tum tum tum*. Não era ansiedade também. Outra coisa. Sem nome. *Tum tum tum tum tum*.

Jogou a carcaça longe, de repente sem interesse, as orelhas aguçadas procurando o ruído baixo e ritmado. *Tum tum tum tum tum*. Ergueu-se nas patas, farejou o ar. Nada. Tudo e nada. Rosnou. Lobos familiares e conhecidos até onde o nariz alcançava, o próprio sangue pulsando em tantos corpos e mentes diferentes. E uma parte faltando, um coração esperando para ser devorado. Por dentro, sentiu os patéticos dedos do homem tentando se agarrar a qualquer coisa, compartilhar uma memória.

Um estalo o alertou, quebrou o encanto. Distração era um erro.

Uma loba surgiu por entre as árvores, com cheiro de outra matilha, e não estava no cio. Jovem, disponível, andando de quatro em vez de usar as patas traseiras. Ele observou os movimentos cautelosos, o jeito manhoso com que ela arrancou um pedaço da cabeça do porco e depois se alongou, exibindo o pelo escuro e brilhoso sob o luar. A oferta se insinuava no espaço entre eles, uma fêmea como tantas outras, talvez nem a única da noite — talvez ele não fosse nem o primeiro macho da noite dela.

Simples.

Errado.

Era uma loba.

Não era *ela*.

Cada vez mais perto, balançando o rabo devagar, a fêmea deixou ainda mais claro o que queria. A submissão dos gestos o incomodou, incitou um rosnado fora de lugar na garganta. Procurou o tom que significava vermelho, que significava problema.

Não é ela.
Rosnou para a voz do homem insignificante. Era a vez dele, da besta, de instinto puro. De patas e rabos e nenhum controle. A não ser que a ideia fosse matar a *ela* dele. Em algum lugar, um coração ainda esperava para ser comido. O homem bateu os punhos contra os ossos, mas o lobo deixou a fêmea se aproximar.

Deixando a timidez para trás, ela esfregou o focinho contra ele, deixou o pescoço na posição para ser mordido, se ele quisesse. Fácil. Errado. O cheiro da loba contou o que precisava saber, trouxe o aroma das fábricas de tecido do outro lado da parte baixa. Ela não era vermelha e nem usava perfume. Lobas não cheiravam a perfume, mas a outra loba sim. Não era uma loba. Era *a* loba. Errado. Certo.

A disputa com o homem o fez rosnar, se afastar. O som pulsante ficou mais alto, mas ainda muito longe, um convite a uma caçada. O corpo vibrou com a ideia de perseguição, captura, mordida, algo mais. Foi quando se deu conta de estar com fome, não de porco, não daquela carne. Fome de humanos, fome de uma humana, de um coração batendo ao longe. *Tum tum tum tum tum tum tum.* O homenzinho ficou tenso, brigou contra a ideia. Virou-se na direção da borda da mata, farejando, procurando.

Um ganido chamou sua atenção. A loba, a de verdade, estava sobre as patas traseiras, as orelhas atentas, o olhar determinado. Ele rosnou para ela, ela rosnou de volta.

Não tinha perfume.
Não tinha vermelho.
Não é ela.
Deu as costas para a fêmea e saiu correndo, usando as quatro patas para ir mais rápido, mais longe. Chegou à estrada e sentiu o peito se contrair de antecipação, a mandíbula salivou. Seguiu o caminho às cegas. Estava vazio — aquela noite, pelo menos, pertencia aos lobos.

Contraiu as narinas quando pegou o rastro. Não sabia o que estivera procurando até senti-lo, um fiapo de magia azeda, resto de pólvora, perfume. *Ela ela ela ela ela. Tum tum tum tum tum tum.* O som foi ficando mais alto, e ele seguiu o pulsar até dar de cara com as bordas da cidade. Prédios no lugar de árvores, chão duro em vez de terra, o ar cheio de fumaça e de mata-cão e de medo. A noite pertencia aos lobos; a cidade, não. Luzes demais, fedor demais, um ataque aos sentidos, uma prisão depois de tanto tempo confinado em carne.

Mas a mulher estava na cidade, atrás de um labirinto de ladeiras e construções.

Ele hesitou. Alguma coisa o empurrava na direção oposta — mata-cão, magia, o homem —, fazia os pelos se eriçassem. O coração o desafiava a seguir em frente, instigava, incitava, irritava, incomodava. Caçar era uma necessidade.

Ela era uma necessidade, um buraco aberto e crescendo por dentro, fome tão faminta que carne do mato não saciava. Olhou para a Lua, viu um rosto de mulher, e o corpo inteiro se contraiu. Jogou a cabeça para trás e uivou, um aviso, um chamado, uma voracidade colocada para fora porque não cabia dentro do peito. Capturar e destruir, morder e lamber, prender e fundir. A luta das ânsias o impulsionou cidade adentro, e ele invadiu o mundo dos homens em busca da mulher.

Se fosse sincera consigo mesma, diria que estava desapontada.

— Mas com o quê?

Por um momento, pareceu que as cartas estavam prestes a explodir em gargalhadas da teimosia a que ela se apegava. O Lobo pareceu especialmente arrogante em sua posição privilegiada no centro da leitura, configurando o cerne da questão.

Diana apoiou o queixo nas mãos, se forçando a analisar cada carta individualmente antes de aceitar a derradeira conclusão que o oráculo jogava em sua cara sem a menor misericórdia.

Em cima, o Nó mostrava as coisas como eram: uma união complexa. Abaixo, ilustrando seus desejos escondidos, o Sete de Rosas. À esquerda, o Valete de Escudo invertido apontava sua arma para o Lobo, para Edgar. À direita, o Nove de Diamantes avisava que riquezas não eram suficientes. Abaixo do Lobo, o Ás de Rosas vibrava com o potencial de sentimentos intensos.

— Você está exagerando — murmurou Diana, se recostando na poltrona. A lua cheia encoberta de nuvens mal pesou em sua consciência ao se virar para a janela. — Eu não espero nada dele.

A energia zombeteira das cartas a fez esconder o rosto nas mãos, grunhindo. Apenas quando estava sozinha se permitia aqueles momentos de descompostura, de deixar as dúvidas se alastrarem como as raízes do Ás de Rosas, a carta mais perturbadora de todas as tiradas. As outras, Diana já mais ou menos esperava, mas o Ás falava de esperança, de aguardar o resultado de uma semente plantada — fossem as pétalas ou os espinhos. Falava de amor.

Estava desapontada porque não o via desde a visita a Mimi, dias atrás. Era a primeira noite de lua cheia, e não fazia ideia se veria Edgar de novo antes do casamento.

Sabia que estava sendo ignorada, o que a deixava infinitamente mais consciente da casa silenciosa e vazia numa noite de final de semana, quando qualquer pessoa normal estaria em atividades sociais. *Você fede a solidão*. Uma verdade, mas algo lhe dizia que simplesmente se sentar para um chá com qualquer pessoa não preencheria aquele buraquinho no peito sugando sua paz e cuspindo frustração.

O Valete também era um ponto de incômodo na leitura. Quanto mais olhava para ele, mais seu significado parecia se transformar. Não se resumia a uma carta de indicar caminhos, era o batedor do Rei, quem lhe diria o que viria adiante — invertido podia ser um aviso, algo perigoso no caminho.

Uma batida urgente na porta se seguiu da entrada de supetão de Janine.

— Senhora, Gianni chegou correndo! Lobos! Aqui na parte alta!

Diana correu para a sala e, ao se juntar a Gianni à janela, soube que era ele assim que o viu.

Edgar era um lobo enorme, todo preto, e maior do que a própria noite. Estava erguido sobre as patas traseiras, rosnando para as barras de prata, e então saltou sobre as pontas afiadas como se fossem um obstáculo desprezível. Em poucos instantes, não havia nada além da erva de mata-cão plantada ao redor da casa para impedi-lo de entrar.

O som de um cano sendo preenchido por munição a despertou.

— Nem pense nisso — disse Diana, sem tirar os olhos do lobisomem.

— Mas senhora...

— Se você matar meu noivo, eu mesma atiro em você, me ouviu?

— E se as ervas não aguentarem? — perguntou Janine.

A mata-cão era para os lobos o mesmo que a verbena para os vampiros, capaz apenas de restringir. Não havia respostas fáceis para dar aos dois empregados, nem achava que eles esperavam uma de fato — trabalhavam para os de Coeur fazia tempo demais. Um lobisomem adulto e nenhum caçador experiente na casa era uma mistura com resultados óbvios, embora, ao olhar para ele, Diana não achasse possível que sequer Augusto ou Armando pudessem dar conta de Edgar sozinhos. Talvez nem mesmo Albion.

— Ele não vai atacar vocês enquanto eu estiver à vista.

Assim como ela não conseguia tirar os olhos dele, Edgar encarava apenas ela. Imóvel no jardim, silencioso, os pelos eriçados, focado.

— Se acontece alguma coisa com a senhora, a gente também morre. Seja na boca dele ou nas mãos do seu pai.

— Edgar não vai fazer nada comigo.

— A senhora não tem como ter certeza.

Mas ela tinha, contra toda a lógica e para muito além da orientação do oráculo. Sabia nos ossos que, no meio de urros, garras e dentes, Edgar não a machucaria. Os olhos amarelados brilhavam com a magia da Lua; era o pouco que ela conseguia enxergar com seu resquício de poder. A fera se colocou de quatro, deu alguns passos para mais perto da casa, farejou o ar do jardim e rosnou para a erva mata-cão.

De repente, ele levantou a cabeça, as orelhas pontudas tremendo. Edgar esperou e Diana se pegou prendendo a respiração junto com ele, incapaz de ouvir o que ele ouvia.

— E agora? — Janine torcia o cabo de um facão de prata na mão, meio escondida atrás de Gianni.

Rápido e silencioso, o lobisomem correu e sumiu na direção dos jardins dos fundos.

— Ali! — Gianni apontou.

Subindo a rua vinham mais dois lobos, que quase pareciam de outra espécie. Andavam sobre quatro patas, e os pelos eram tão lustrosos que poderiam se passar por cães de raça criados por madames — apenas o tamanho os distinguia de animais de estimação.

— Esses são de alcateia, devem ter pegado o rastro dele — disse o motorista.

— Tecnicamente, o Lacarez não está invadindo, mas...

Uma irritação inesperada a invadiu. Aquela casa também seria de Edgar. Eram os outros os invasores de território. Diana teve a certeza de que eram Montalves.

— Me dê a arma.

— Senhora...

— Agora.

— A senhora não pode matar lobos de alcateia aqui...

A expressão no rosto dela foi suficiente para convencer Gianni. A espingarda não costumava ser sua arma de preferência, mas serviria — a intenção não era acertar, por enquanto. Quando ela abriu a janela, os dois lobos se empertigaram. Diana mirou no poste da rua e atirou sem muita preocupação; o barulho soou alto demais no pacífico bairro da elite humana e foi um alerta imediato. Os lobisomens pararam e farejaram o ar na direção da casa.

— Acendam as luzes da frente, para que os vizinhos saibam que somos nós e não chamem a polícia.

— Lobisomens no meio da cidade! Com certeza alguém já chamou a polícia!

— Um problema de cada vez. — Ela deu outro tiro de aviso, que ricocheteou em um paralelepípedo. — Janine, as luzes. Gianni, ligue você mesmo para a polícia e se adiante dizendo que já temos tudo sob controle.

Mais um tiro e os dois funcionários obedeceram, se por medo ou por confiança, impossível dizer. Diana apontou a espingarda na direção dos lobisomens, imaginando por um momento o que aconteceria se os acertasse. Um assassinato no meio da rua, o caos político de matar lobos de alcateia, a reação do seu noivo, escondido em algum lugar ali perto. Não precisava daquele problema a mais, mas também não conseguia sequer cogitar permitir que eles fossem atrás de Edgar. Se ele havia se afastado, devia haver um bom motivo.

Diana quase riu. A noção de que precisava protegê-lo era ridícula e, ainda assim, visceral. O coração queria sair do peito, a garganta queimava — talvez fosse a primeira pessoa na vida que ela se via empenhada em proteger. Em seu estado mais primal, Edgar havia ido atrás dela — para matá-la, para fazer algo sem nome, não importava. Saber que de alguma forma estava dentro dele, instigando seus instintos, despertava uma sensação de posse. Para o bem ou para o mal, aquele monstro estava conectado a ela, pertencia a ela, como nada mais em sua vida ou em sua morte.

Diana atirou mais uma vez, se apegando à realidade fria da arma.

Depois do que pareceu um tempo infinito, um uivo distante ecoou. Longo e agudo, como o chamado das alcateias no campo, quando queriam reunir o bando. Os invasores obedeceram, recuando devagar até se virarem e correrem por onde vieram. Diana ainda continuou com a arma apontada, incapaz de relaxar.

— Senhora!

Como num despertar, ela balançou a cabeça e seguiu a voz de Janine até a cozinha.

— Ele sumiu!

— Como assim?

Diana chegou a um passo de colocar o pé para fora da cozinha, além da barreira de mata-cão, para procurá-lo no jardim. Gianni a segurou e, dessa vez, não recuou diante do olhar dela.

— Ele correu e saltou pelo muro naquela direção. — O motorista suspirou e aos poucos a puxou mais para dentro da cozinha. — Não deve ter ido longe.

Diana esperava mesmo que não tivesse — não queria que tivesse. Edgar não parecia o tipo que deixava assuntos inacabados. Inspirando fundo, ela lutou contra a vontade de sair correndo atrás dele, se assustando um pouco com a força daquele sentimento. Era quase como se também pudesse se despir da própria pele, se revelar algo mais que uma mulher vazia — talvez se mostrar uma criatura mais digna dele.

Você fede a solidão. Não podia fazer parte da matilha, não mais do que era parte do clã de Coeur. Aquela verdade lhe apertou o peito, como se as garras de Edgar estivessem cravadas bem no centro de seu vazio.

VISITA

A visão de Edgar completamente nu a despertou mais do que qualquer gole de café. Deitado de barriga para cima, esticado como se estivesse confortável sobre a grama e os arbustos, tudo estava à mostra. O corpo esguio e musculoso, as cicatrizes, a tatuagem de um eclipse no peito, o membro que não parecia tão adormecido assim. Sentiu-se como pela primeira vez num museu, presa aos detalhes de uma obra de arte perfeita demais para ter sido feita por uma pessoa — o tipo de arte que só podia ser explicada pela ação dos Mistérios.

Aproximou-se devagar, meio esperando que ele despertasse sozinho, meio desejando que pudesse observá-lo por muito mais tempo. Parecia um crime cobri-lo com o lençol e, se estivessem num lugar um pouco mais privado, talvez o deixasse exposto. Não se importava com o que possíveis testemunhas pensassem, mas se importava que outras pessoas pudessem ver e cobiçar algo que era dela — ou seria. Deixou a seda deslizar por toda a extensão da pele dele, distraída com as subidas e descidas de seus contornos, e então o mundo virou de cabeça para baixo.

Um rosnado e de repente era ela deitada na grama, Edgar por cima, segurando suas mãos dos lados da cabeça. Dentes à mostra, pupilas dilatadas de fera, lama seca grudada nos cabelos.

— Bom dia, Edgar.

Ele não respondeu; ofegava, mas as mãos afrouxaram o aperto, as pupilas diminuíram um pouco. Mais por instinto do que por juízo, respondendo a uma ânsia que havia explodido desde que o vira pela janela, Diana soltou um dos braços — devagar, deixando claro quais seriam os movimentos seguintes. Edgar parou de respirar ao primeiro toque. O rosto dele estava gelado, apesar de ter sido uma noite quente, e a barba arranhava na ponta dos dedos, uma aspereza que se espalhou corpo abaixo, quando ela ficou cada vez mais consciente do peso e do tamanho dele a pressionando contra a terra. O lobo a encarava com uma fome escancarada, fazendo-a perceber que estava com fome também.

— Da próxima vez que vier me visitar sem roupas... é melhor entrar logo em casa.

O feitiço não se quebrou de imediato, mas a fera recuou. Escondeu-se por trás de um brilho apenas levemente mais racional que o de antes.

O momento em que ele se deu conta de onde estava se derramou sobre sua expressão em ondas de diferentes emoções. Diana não conseguiu decifrar todas elas, mas a que ficou se parecia muito com frustração. Edgar suspirou, os ombros caindo um pouco. Incapaz de resistir, se sentindo mais segura, Diana continuou o carinho, sentiu os contornos angulosos e tentou lê-lo como lia o oráculo. A cabeça dele se inclinou na direção da carícia, o nariz e a boca se colocaram contra a palma da mão dela. Edgar inspirou, o peito se expandindo devagar.

— O seu cheiro... — A voz não era completamente humana; vibrava com rouquidão e aspereza, e o hálito era de carne crua.

— O seu cheiro empesteia a cidade. Está em toda parte.

— Não queria que você perdesse meu rastro.

— Não consigo — respondeu ele num grunhido do fundo da garganta.

O momento de honestidade ficou pairando no espaço cada vez menor. Diana deslizou o polegar pelos lábios secos e macios dele, e o corpo de Edgar se enrijeceu ainda mais em resposta. A mão que ainda lhe segurava o braço a apertou, a cintura se moveu, e definitivamente o membro dele estava acordado.

— Também não consegue me s...

Um rosnar mais animalesco que os outros a interrompeu. Edgar não olhava mais para ela, encarava com um brilho assassino algum ponto adiante. Ali estava Janine, cobrindo a testa com a mão enquanto tentava olhar para qualquer lugar que não eles.

— Eu realmente acho melhor vocês entrarem, senhora. Eu arrumei... hm... roupas. Para o cavalheiro.

Edgar rosnou em resposta, narinas abertas e os dentes à mostra. O próprio formato de seu rosto de repente parecia mais lupino. Engolindo em seco, Diana deixou os movimentos cuidadosos de lado. Puxou o rosto dele para si, lutando contra o foco do lobo na governanta.

— Ei... ei... Shhh. — Ela se ergueu como pôde, levando os lábios ao ouvido dele. — Não é uma ameaça. Shh. É só Janine.

A tensão se dissolveu um pouco.

— Edgar, vamos para dentro. Podemos chocar os vizinhos outro dia. Eu mandei preparar um quarto para você, um banho e café da manhã.

Edgar tremia. Ela sentiu que ele estava brigando pelo controle, então o abraçou por completo até ele ceder e abraçá-la de volta, ofegando. O mundo era composto de Edgar e grama e a vibração insatisfeita do lobo dentro do peito dele. Numa última ousadia, Diana repousou um beijo sobre o ombro dele e sussurrou:

— Guarde essa fome para mim.

⁙⁘⁙

O pedido absurdo guiou Edgar como uma coleira. Ele deixou que Diana lhe envolvesse o lençol na cintura e o levasse para dentro. Enxergava, ouvia e farejava apenas ela, o centro do mundo que o puxava mansão adentro e escada acima.

Viu-se dentro de um quarto e então de um banheiro, onde o ar estava perfumado pelos vapores que escapavam de uma banheira cheia.

— Você precisa de ajuda?

Teria rido da pergunta, se todos os músculos não estivessem empregados no esforço de não a atacar, não a prender nos braços e nunca mais soltar, até que estivesse morta ou fossem um só. Não precisava de ajuda, embora certamente precisasse do toque dela, como o momento tenso no jardim havia demonstrado. Tinha medo de que voltasse ao estado lupino quando ela soltasse sua mão, tinha medo de que nunca mais se tocassem quando ela percebesse que não precisava de um macho violento que teria que acalmar uma semana por mês, se não quisesse morrer.

Concentrando-se em um músculo de cada vez, Edgar se soltou do toque dela e lhe deu as costas.

— Eu preciso que você saia.

Ela não respondeu, a respiração e os batimentos cardíacos não se alteraram. Precisou se obrigar a não virar para ver a reação dela, para não tentar descobrir como ela estava se sentindo. O cheiro forte da excitação de Diana enevoava lobo e homem, e Edgar não achava que teria forças para se controlar se visse o quanto ela queria ficar. O som da porta batendo foi tanto um desespero quanto um alívio, e ele se deixou afundar na água, tentando afogar o turbilhão e a fome.

O lobo nunca se saciava, e sua noiva havia acabado de torná-lo ainda mais faminto.

Horas depois, menos descontrolado, seguiu seu nariz até ela. Não encontrou empregados na casa, a não ser pela governanta, que entrou correndo na cozinha assim que o viu — pela janela, pegou alguns vislumbres do motorista encostado no carro, limpando o cano de uma arma. Então a encontrou numa saleta com janelas que iam até o teto, com vista para o mar.

Ela tinha trocado de roupa para um vestido fino de cetim bordado, cheirava a banho recente, e o batom brilhava num vermelho aberto como um morango maduro. Só então ele se deu conta de que ela não estivera usando maquiagem antes, devia ter sido acordada pelos empregados e descido correndo.

— Café da manhã? — Diana indicou a cadeira à frente, sentada a uma mesa redonda com dois pratos cobertos.

— Eu tenho que ir.

Ficar seria perigoso. Para ambos.

— Mas vai? Eu tenho que ir trabalhar e decidi que não vou.

— Aproveite seu dia de folga, então.

— Vai ser sempre assim em dias de lua cheia? Ou você vai fugir de mim todos os dias em que a obrigação não te forçar a compartilhar o mesmo espaço que eu?

No tempo de um suspiro, todas as cordas que tinha gastado horas passando ao redor do lobo se arrebentaram. Edgar mal se deu conta de percorrer a saleta até estar segurando os braços da cadeira e ouvir a madeira rangendo, o rosto tão perto de Diana que o hálito dela era o ar que ele respirava.

— Vai ser assim se você quiser continuar em um único pedaço por tempo suficiente para tomar a fábrica. Você ainda não entendeu? Eu não sou um homem, nunca, e especialmente agora.

— Não estava procurando por um.

— Isso é porque você só procura problemas.

A maldita, claro, riu. A gargalhada preencheu seus ouvidos, e então ela expôs a garganta, uma provocação aos dentes. E à língua. E aos lábios e a todas as outras partes do corpo dele que vibravam de desejo. E pensar que estivera nu sobre ela, e pensar que, com nada além de palavras e toques, Diana o havia controlado. O roçar de lábios ainda queimava seu ombro; a sensação não sumira com o esfregar, estava marcada em camadas mais fundas do que a pele, onde o pelo do lobo se eriçava.

— Se esse fosse um noivado normal, nós teríamos corrido juntos sob a lua. Caçado e copulado, como dois animais na noite, e depois como gente, quando o sol raiasse. Você teria marcas minhas em toda parte e estaria rouca de uivar o meu nome, e esqueceria que existem vizinhos ou Janine. Mas nós não somos isso. Não somos nem um casal de verdade.

O plano era assustá-la, mas só conseguiu que o riso cessasse. Diana o encarou, o cheiro aos poucos mudando, as batidas do coração alterando o compasso. Então ela se levantou de repente, o empurrando pelo peito mais pelo susto do que pela força.

— Entendi. É porque eu não sou uma loba. Tenho coisas que te interessam, mas não sou o que você deseja.

Era absolutamente o contrário. Diana se afastou e Edgar se viu a seguindo, incapaz de manter a distância ao ouvir a rejeição na voz dela.

— Não é tão simples.

— Me parece bem simples. Estamos a poucos dias de nos casarmos e você até hoje não me beijou, apesar de me olhar como se pudesse me devorar. Eu devia ter imaginado que não seria o suficiente. Mais tarde, quando você estiver menos... menos, podemos incluir no contrato um item sobre relações extraconjugais, assim você pode arrumar uma loba que te satisfaça. Ou um lobo, ou qualquer outra coisa. Eu também vou encontrar um amante, quando achar necessário. — Ela levantou um dos ombros e o deixou cair, e, quando se virou novamente para ele, era a Diana de sorriso gelado que o encarava, a máscara composta em discordância com o cheiro que cantava para o lobo. — Amanhã nós temos um compromisso. Esteja aqui pontualmente às onze da manhã, não me importa o seu estado. Vamos tratar de assuntos referentes ao... nosso acordo.

Àquela altura, já convivera o suficiente com Diana para saber que estava sendo dispensado, enxotado como um cão vadio — exatamente o que ele era. Se o lobo não o tivesse levado até ali, como um vira-lata pedindo comida, nada daquela conversa estaria acontecendo — *Ela disse amante?* — e nem seu peito estaria se contraindo. Queria enfiar as garras dentro daquela cabecinha insuportavelmente brilhante e arrancar aquela sugestão absurda, urrar e rosnar e mijar em volta da mansão até que todos os machos — *ou fêmeas, ou qualquer outra coisa* — de Averrio entendessem que aquele território estava marcado. Queria morder cada centímetro da pele perfeita dela e se enterrar fundo em Diana, até que ela entendesse que o acordo era também com o animal e a fome e o instinto.

O primeiro passo para longe foi o mais difícil. O lobo resistiu contra recuar — não havia por que recuar quando a presa estava ali, tão perto e tão frágil, o pescoço à mostra, o cheiro que fazia a saliva borbulhar. *Quieto, cachorro!*

Ele deu mais um passo na direção da porta.

Ela disse amante.

Num instante, Diana estava remoendo a raiva da própria carência; no outro, tinha um lobisomem faminto a pressionando contra a parede. O brilho de fome a arrepiou por inteiro. Algum bom senso que lhe restava mandou que fugisse, o instinto a fez erguer o queixo.

— Você está louco? Não p...

O beijo engoliu palavra e razão, substituiu o ar em seus pulmões por um fogo descontrolado. Ele a puxou pelo pescoço contra seus lábios secos e a desfez num turbilhão de movimentos. Ela estava apenas marginalmente consciente da parede contra a qual ele a pressionava, os contornos do mundo se transformando nos contornos de Edgar, os dedos dele cravados em sua cintura, o peito dele com um coração furioso pulsando sob suas mãos, o membro duro dele se insinuando através da calça mal ajustada, lábios e língua e dentes mais afiados do que o normal.

Edgar tinha gosto de fumo, carne crua e hortelã. Engoliu sons e fôlego na invasão à sua boca, alimentou as chamas ao enfiar os dedos — as garras? — em seus cabelos para colocar seu rosto numa posição que lhe dava ainda mais acesso. Diana não tentou se controlar; controle implicava uma consciência que ela não tinha, que havia implodido no instante em que os lábios dele haviam se fundido aos dela. Libertou os braços e enterrou as mãos nos cabelos dele e o beijou de volta. Invadiu de volta. As roupas que o fizera usar de repente pareciam absurdas. Ofensivas. Civilizadas.

A vibração de um rosnado contido viajou de um corpo para o outro, como se o lobo estivesse falando diretamente com ela. Incitando. Desafiando. Diana respondeu com um gemido do fundo da garganta, do centro incendiado dentro de si, que clamava por mais contato, mais pele, mais Edgar.

Tão rápido quanto tinha vindo, ele sumiu. Ou foi o que a interrupção do beijo pareceu — um abismo enorme, apesar de ele mantê-la firme na prisão de seu corpo. Edgar pressionou testa com testa. As pupilas não eram humanas, estavam dilatadas e tinham o brilho da lua cheia.

— Pronto, beijada. Se eu ouvir sobre amantes de novo... eu vou arrancar os olhos e os braços de qualquer criatura que olhe pra você com interesse de tocar.

Amantes? A ameaça e a raiva da rejeição retornaram de repente, clareando um pouco a mente enevoada de desejo.

— Se você quiser alguém na sua cama, vai ter que se contentar comigo. Se quiser abrir as pernas para um pau ou uma boca, vai ter que se contentar comigo. Se quiser alguém te comendo contra a parede... — Ele moveu os quadris, a ereção contra sua barriga fazendo promessas silenciosas. — Vai ter que se contentar comigo.

Em algum lugar dentro daquela mente lupina, as palavras deviam ser uma ameaça. Não foi o que Diana ouviu. Traçou com a ponta dos dedos a linha tensa do maxilar dele enquanto contemplava as opções dispostas. Se o bom senso não tivesse voado pela janela no instante em que os lábios se tocaram, talvez ela agisse com mais cautela, talvez não movesse a cintura para encaixar a virilha sobre a coxa dele.

— E se eu quiser ser lambida e devorada por alguém de joelhos?

— Diana... — O nome saiu com um rosnar, ameaça e desejo e frustração. — Isso é um aviso. O acordo é um casamento, e o lobo não sabe fazer as coisas pela metade. Essa é a sua última chance de me mandar embora. Se quiser o acordo, vai ter que s...

— Eu pareço alguém que se contenta com alguma coisa? Você acha mesmo que estou permitindo isso aqui porque estou resignada? É isso que seu nariz te diz?

Sua voz não saiu tão firme quanto gostaria, o ar faltava entre as palavras, ainda queimando no incêndio aceso por ele. As mãos — mais mãos do que garras, no momento — finalmente se moveram para além da cintura; uma subiu para passear sobre os seios e brincar com a entrada do decote do vestido, e a outra desceu. Tudo tão devagar que não pareciam os movimentos do predador da noite anterior. O rosto de Edgar chegou ainda mais perto, os lábios quase tocando os dela quando ele finalmente respondeu.

— Meu nariz me diz que você passou a noite se revirando na cama, que sentiu calor e desejo e dormiu frustrada. — A mão dele desceu para as costas dela, um caminho tortuoso e incendiário sobre a carne macia, até encontrar sua perna e começar a erguê-la.

— Diz que você está escorrendo e pronta para que eu rasgue esse pedaço de pano intolerável.

Mantendo os movimentos lentos — controlados —, Edgar passou a perna levantada ao redor da própria cintura e pressionou. O contato mais próximo, úmido, com a barreira de seda cada vez mais insuportável, arrancou gemidos quase idênticos dos dois. Ele fechou os olhos e inspirou, as narinas se dilatando e os lábios se contraindo num quase rosnar. Diana estava fascinada por cada pequena reação.

— Então... se eu quiser ser lambida e devorada por alguém de joelhos?

A resposta veio em outro beijo, e o mundo se transformou num borrão de novo. Ouviu a prataria e a louça do café caindo no chão e, de repente, estava sentada na beirada da mesa, Edgar entre suas pernas totalmente abertas aumentando a fricção, a ereção dele pulsando contra seu centro úmido numa promessa. Quando ele passou da boca para o pescoço, lambendo e arranhando sua clavícula com os dentes, Diana teve um vislumbre da cena no reflexo da janela, se excitou ainda mais com a possibilidade de um escândalo. Seu rosto estava avermelhado, o vestido torto, a barra da camisola no meio da coxa, e ele, perfeito em todas as imperfeições, descendo o rastro de beijos e dentes. Ficou fascinada pelo quadro que compunham, pela forma tão nítida como seu corpo reagia a cada contato.

Quando Edgar alcançou seus seios, houve um momento de paralisia total — o mundo se resumiu ao hálito dele contra o tecido fino e aos dedos dele fincados em suas coxas. Todos os músculos das costas de Edgar estavam tensionados, e o espelho denunciava as escápulas pronunciadas, os pelos dos braços eriçados. É o lobo querendo sair. O pensamento veio e partiu, dando lugar a vontades que Diana não conseguia nem colocar em palavras ou imagens. E, quando achou que ele fosse desistir, Edgar abocanhou um seio por cima do vestido num sugar que imediatamente ensopou o tecido e durou pouco, porque logo ele abaixou a alça e língua encontrou pele.

Enquanto a língua dele fazia movimentos circulares em seu mamilo, as mãos escalaram suas pernas. Panturrilhas, joelhos e coxas; quanto mais acima, mais Edgar a abria, até que não havia mais para onde subir. Os dedos dele encontraram os limites da calcinha, se insinuaram sob a costura, sem pressa e sem hesitação. Diana gemeu de impaciência e expectativa ao sentir o toque leve e superficial próximo da entrada, deslizando com a umidade que ela transbordava. Moveu o quadril, aberta e impaciente por mais, por qualquer coisa.

Edgar rosnou em resposta, fazendo seu peito vibrar e a pulsação entre suas coxas aumentar. Cada pequena demonstração de selvageria a excitava mais. Moveu o quadril de novo e um dedo dele se insinuou mais perto de sua entrada. Diana apertou os lábios para não gritar. Se moveu para frente outra vez, e foi recompensada com uma carícia exatamente onde queria, uma única passada de cima para baixo, seguida da penetração de um dedo e depois de outro. Agarrando-se aos ombros dele, ela começou a se mover contra a mão de Edgar, buscando o prazer. Ele sugou e puxou o mamilo, deixando a pele deslizar até o bico se soltar e encontrar o ar frio.

— Mulher impaciente — disse ele com uma voz rouca que penetrou Diana até os ossos.

Sem piedade, Edgar retirou a mão, deixando Diana vazia de repente, então encarou os próprios dedos cobertos com a lubrificação dela e os levou à boca.

— Lobo abusado — arfou ela, lutando para reter os fios de coerência.

Diana o observou sugar um dedo de cada vez, saborear tudo devagar, com os olhos fechados, até gemer de uma forma que a fez arfar e desejar preencher sua boca com ele também. O olhar dele a encontrou e um sorriso cruel se espalhou aos poucos.

— Você disse que queria ser devorada.

— Eu disse...

Ele se ajoelhou sem quebrar o contato visual. Diana não seria capaz de desviar, mesmo com o espelho logo ali, oferecendo uma vista privilegiada.

— Por alguém de joelhos.

— Isso.

Por você de joelhos. O pensamento era assustador porque ressoava com uma verdade terrível. Qualquer outro não a satisfaria.

Hipnotizada por aquela aproximação enlouquecedora, por sua lentidão, Diana pulsava de frustração e desejo, sem entender como ele conseguia se manter tão controlado. Não fazia sentido e nem precisava fazer, desde que ele a tomasse na boca sem restrições.

— Então... — Edgar parou, quase a tocando, e respirou fundo. Inspirou e expirou num rosnado, os ombros tensos e as unhas fincadas nas coxas dela. — Vai ter que se contentar comigo.

— Eu n...

Mais uma vez, ele lhe roubou as palavras. Livrou-se da calcinha dela num puxão e a cobriu com os lábios. Atacou Diana com voracidade, lambeu e chupou e penetrou com língua e dedos. Os movimentos lentos ficaram para trás, trocados por um frenesi cada vez mais quente e molhado e expansivo. Diana se sentiu uma fonte, disposta a dar tanto mais quanto ele tomava, sendo preenchida pelo prazer que escalava por baixo da pele.

Entregou-se ao ritmo e ao momento, apreciando a própria ânsia por mais. Mais de Edgar e do que ele fazia com ela. Mais do calor se acumulando no ventre, mais da tensão se concentrando naquele ponto, e mais dedos e língua e intensidade, como se ele soubesse — e claro que devia saber. O tempo todo tinha mantido os olhos nela, e o lobo a encarava tanto quanto o homem, tão faminto quanto ameaçador, e prendeu seu olhar até o gozo explodir.

O êxtase a sacudiu em ondas violentas; precisou se apoiar nele para não tombar enquanto as sensações a carregavam por aquele rio maravilhoso fluindo diretamente pela boca de Edgar, que ainda conduzia o ataque. Implacável, insaciável, irresistível.

Ele a devorava, e ela se fartava.

A realidade veio se encaixando aos poucos, com o sol entrando pela janela e a secura na garganta, com o rastro de saliva se estendendo dela até o rosto de Edgar. Apenas as verdades mais cruas passaram com clareza por Diana, cada uma mais aterrorizante do que a outra.

Queria mais, e não era pouco. Estava perigosamente perto de se colocar de joelhos, de esperar mais do casamento de mentira. Edgar havia acabado de colocar o prazer e a exclusividade no contrato, mas sentimentos ainda estavam de fora do acordo. O risco para si mesma havia acabado de aumentar, e finalmente o medo veio, não do lobo, mas do próprio coração ambicioso, dado a demandar mais do que deveria da vida.

Sob suas mãos, os ombros dele tremiam. Edgar fechou os olhos, respirando devagar pela boca. Era sua vez de retribuir e, contra todo o aviso da razão, Diana desceu da mesa e passou a mão pelos cabelos pretos ansiosa pelo resto.

Então ele sumiu. Num piscar de olhos, estava se apoiando contra a parede, de costas para ela.

— Não — disse Edgar antes que ela se movesse, a voz rouca enquanto os ombros subiam e desciam. O retrato do sofrimento.

— Você não pode me tomar por egoísta e mimada a esse ponto.

— Não. Chegue. Perto.

— Eu não tenho medo do lobo.

— Devia.

— Por quê?

— Porque não se faz apostas na lua cheia. A maldição da Lua não é virar um monstro sete noites por mês, a maldição da Lua é passar a vida inteira preso dentro desse corpo que não é suficiente. É ter pele em vez de couro, dentes fracos em vez de presas de verdade... — Havia uma vibração sofrida na voz dele, no jeito com que flexionava os dedos. — É ter que caber num espaço menor quando a luz da lua vai embora e aceitar que essa é a vida. Então, você pode dizer o que quiser, mas não está pronta pra eu estar dentro de você durante uma lua cheia. Talvez nunca esteja.

— Estamos à luz do dia.

— Não importa. O entre-estado... — Ele inspirou fundo. — Existem situações... que apelam ao instinto. Trazem a fera mais pra perto da superfície. Emoções fortes, agressões, desejo... Você é humana, eu não, e isso nunca vai mudar.

O desprezo repentino dele cortou mais do que as palavras — um ótimo lembrete sobre por que não devia se permitir querer, desejar. A lição mais valiosa deixada por sua mãe tinha sido o mau exemplo, e Diana estava determinada a não seguir os mesmos passos. Tinha colocado o macho de joelhos, e era lá que ele devia ficar. Observou os movimentos lentos dele ao deixar a parede e se dirigir para sair do quarto.

Diana deixou que ele chegasse até a porta antes de falar.

— Não é por isso.

Edgar parou com a mão na maçaneta, mas não se virou. O metal rangeu e a madeira estalou. Diana sorriu, mesmo sabendo que ele não podia vê-la.

— É porque você está com medo. É porque você sabe que, quando estiver dentro de mim, vai ser meu.

11

VERMELHO

Dias depois, Gianni abriu a porta do banco de trás e os dois se acomodaram lá dentro, a proximidade realçando o quanto o lobisomem era maior do que ela, mesmo em forma de homem. Causaria uma impressão e tanto no Bairro Vermelho, ou assim Diana esperava. Não sentia aquele tipo de ansiedade desde que era uma adolescente fugindo na noite, batendo nas portas do clã, implorando por abrigo e por uma chance.

— Para onde vamos? — perguntou Edgar.

— Bom, agora é hora de conhecer o outro lado da minha família. Precisamos de uma sacerdotisa para o casamento.

— E na sua família tem uma?

— Uma não, várias.

— Ah… Bruxas. — Edgar gastou um tempo olhando a paisagem. — Devíamos ter trazido Heitor e Guido, então.

— Eu prefiro que eles não vejam o que vai acontecer hoje.

— E o que exatamente vai acontecer?

— Eu não sei, e esse é o problema. Elas... são imprevisíveis.

Ele a fitou. De vez em quando, a lua cheia piscava ao passarem por uma faixa de sol — de vez em quando, o olhar dele se parecia muito com o que lhe dera quando estivera no meio de suas pernas, e a concentração de Diana na visita adiante vacilava.

— Eu recebi notícias do campo, ontem — disse ela, tentando focar as questões práticas. — Os meninos estão se preparando para voltar, mas não tenho certeza se chegarão antes do casamento.

— Então vamos ter todos os seus irmãos em Averrio dentro de pouco tempo. Precisamos definir algumas prioridades — respondeu Edgar.

— Dos três, Albion é a maior preocupação.

— O que você acha que ele quer?

— O mesmo que eu, imagino. E deve querer a fábrica também, mas...

— Sangue. Ele não tem mais nas veias para segurar o contrato de sangue.

— Naquela noite na rinha, ele queria me fazer perguntas. Eu poderia marcar uma reunião com ele...

— Albion poderia ir a qualquer pessoa atrás de respostas. Ele provavelmente queria usar você.

— Não seria a primeira vez.

— Mas agora você não precisa aceitar esse jogo. Não tá jogando sozinha.

— Bom... e o que você acha que devemos fazer?

Ele direcionou a ela um olhar surpreso. Diana o encarou, tentando fingir que pedir a opinião dele não era nada de mais. Era uma concessão, o maior gesto de confiança da parte dela até então.

— Quando vampiros se movem, lá na parte baixa, nunca é por território, é para movimentar peças no tabuleiro. Eles têm uma coisa que o resto de nós não tem: tempo. Albion poderia esperar pacientemente todos morrerem e executar vingança sobre os seus netos. Se ele não quer esperar, tem alguma coisa que precisa ser feita agora, no tempo de vida de quem está vivo.

Diana tamborilou os dedos no joelho.

— Se eu fosse Albion, sem nenhuma gota de sangue no corpo a que a maldição pudesse se agarrar... eu mataria o meu pai. Quantas vezes fosse preciso.

— O que as suas fontes dizem sobre seu pai? Ele vem também?

— Não há um... consenso. — Diana retorceu os lábios. — Minhas fontes estão velhas, podem estar confusas.

As cartas explodiram energia indignada no bolso do vestido, o suficiente para que as narinas de Edgar se contraíssem e ele a encarasse com um pouco de desconfiança. Nunca havia consenso sobre o futuro, o problema era que aquele pedaço de destino andava especialmente obscuro. O único conselho que se mantinha era casar e confiar no lobo.

— Se a gente tivesse tempo... eu pegaria Albion primeiro. Mas agora, com o casamento... Não podemos supor que seu pai não vem. Se seus irmãos também planejam dar um golpe, é do interesse deles que o velho fique distraído com você ou com Albion.

— Se eles vierem todos juntos, vamos precisar matar todos.

Edgar concordou com a cabeça e suspirou.

— Vou colocar olheiros nas entradas da cidade, acionar alguns contatos no interior. Vamos preparar algumas armadilhas para o dia do casamento. Nenhum deles deve tentar nada em público... Se forem atacar, vai ser antes ou depois da festa. Então, se vierem para a cerimônia, vamos ensaiar um ataque... alguma coisa pequena, como uma emboscada na rua, e, ao mesmo tempo, um roubo na fábrica, para dividir o foco deles. No meio disso, devemos conseguir capturar ou matar pelo menos um irmão. Você consegue deixar uma abertura para entrarmos na fábrica?

— Consigo. Eu desfiz as proteções no meu escritório para desviar as armas; se entrarem por lá, vocês terão acesso ao estoque.

— E pro defunto... Você tem alguma coisa que Albion possa querer? De verdade?

— O suficiente para ele esperar antes de agir? Talvez...

Mais uma vez, a energia do baralho se agitou, se impregnou pelo tecido até encontrar a pele. Parecia um "sim", o que fez sua mão coçar para puxar o oráculo e revelar de uma vez aquela pequena grande parte de si.

— E acha que seu pai é capaz de se defender dele nesse meio-tempo?

— Ah, isso com certeza. O velho viajou com vinte caçadores jovens, ingênuos e leais somente a ele. E, de todos os filhos, Albion é o único que ele considera realmente perigoso. Há anos que aumentou as proteções contra vampiros.

— Vamos marcar um encontro com Albion no Manolita para depois do casamento, dizendo que temos o que ele quer. Não, dizendo que temos o que ele *precisa*. E vou colocar a parte baixa em alerta.

— Então... vamos focar Armando e Augusto primeiro, deixar Albion para depois. Não sei se é uma boa ideia.

— Não sei se temos escolha. Sanguessugas costumam ter vantagem numérica. Não quero lutar diretamente contra ele e correr o risco de diminuir os números da matilha enquanto não capturarmos seu pai. Para lutar contra Albion e as crias dele sem usar de subterfúgios, preciso de uma lua cheia e nenhuma outra distração. Também preciso que a força policial esteja distraída com outra coisa. A força da fábrica também seria ideal. — De repente, Edgar se empertigou. — Você tem algum lugar para se refugiar além da mansão?

— O galpão onde escondo as armas extraviadas. É afastado da cidade, e só Gianni e vocês conhecem a localização. Disso eu tenho certeza. Quer mover a matilha e as suas operações para lá?

— O bairro da destilaria é nosso território, querendo ou não toda criatura miserável que mora lá ainda vai estar do nosso lado contra caçadores. Os olhos e ouvidos extras são importantes. Vamos usar o galpão em último caso, ou em luas cheias futuras.

— Está certo... Vamos fazer como você achar melhor, então.

Era desconfortável abrir mão da última palavra. E um movimento de sobrancelha foi tudo que teve como resposta de Edgar. Ele se recostou melhor no veículo e se voltou para a rua. Diana tentou ignorar a sensação de ter sido dispensada, de novo, pois tinha problemas maiores para enfrentar.

Gianni parou o carro na entrada do bairro das bruxas. Diana lhe deu tapinhas no ombro e saiu.

— Vamos a pé?

— Gianni se recusa a entrar aqui. A última vez foi traumática para ele.

— Eu podia ter dirigido o resto do caminho.

— Você não é meu lacaio.

— Embora você me trate como um?

Por muito pouco, ela não cedeu à pontada de irritação diante da acusação, então notou o erguer discreto no canto dos lábios. Edgar estava brincando. O quase sorriso a capturou por um instante. Ele era bonito. E charmoso. E, de alguma forma, ainda seu noivo, e a tinha devorado com vontade, dias atrás. Uma pena que fosse tudo de mentira, que Diana não fosse o tipo de pessoa que se tornava importante para os outros; todo o Bairro Vermelho podia servir de testemunha disso.

Os poucos anos que passara ali na infância pareciam ser de outra vida. Casas brancas de portas vermelhas, casas vermelhas de portas brancas, roseiras nos canteiros e a grama mais verde de toda Averrio. Os dois clãs de bruxas da cidade mantinham o bairro impecável, tanto um cartão de visitas quanto um aviso — nada ali era intocado por magia.

— Eu detesto vir aqui — murmurou Edgar, buscando um charuto no casaco.

— Por quê?

— Já experimentou sentir o cheiro de centenas de poções sendo preparadas ao mesmo tempo?

Um engasgo de riso escapou e Diana o escondeu com a mão quando ele a encarou.

— Nunca tinha pensado nisso.

Após um trago demorado, Edgar soprou a fumaça enquanto caminhavam, sendo envolto por ela.

— Isso não atrapalha mais do que ajuda? — perguntou Diana. — Não engana o seu olfato?

— Às vezes é melhor encarar o mundo através de um véu. O distanciamento ajuda a manter a mente alerta.

Havia verdade naquelas palavras; era uma variação da filosofia que ela tinha adotado para si na manhã em que fora expulsa daquele mesmo bairro. Ninguém precisava de verdade enxergar todas as cores que existiam quando o preto, o branco e o cinza davam conta do recado.

— Te incomoda? — perguntou Edgar.

Quando Diana não demonstrou ter entendido a pergunta, ele balançou o charuto no ar.

— Nem um pouco.

— Hm.

Não fazia ideia de como interpretar aquele olhar, então focou o pouco que podia controlar sobre a visita. Estavam quase chegando. — Nada de revelar seus segredos e nada de mentir. Procure sempre alguma verdade para responder. Nós vamos ser recebidos primeiro por um grupo de bruxas e, se elas considerarem que vale a pena, vamos fazer o pedido à Tríade. Já as viu pessoalmente?

— Não tive a infelicidade.

— Não é tão ruim, se você tiver algo que elas querem.

— E nós temos?

— Vamos descobrir.

O bairro terminava em um platô com vista para o mar, onde as duas maiores casas ficavam uma de frente para outra, com um círculo de pedras redondas no meio do caminho. Diana apontou para a casa vermelha com porta branca.

— O clã Encarnado. — Então, com um suspiro forçado, apontou para a casa branca com porta vermelha. — E o clã Carmim.

Dirigiu-se para a casa Carmim, se concentrando nos passos, buscando a maior altura que o salto permitia. Devia ter conferido a maquiagem antes, mas não havia mais tempo, e de qualquer forma jamais seria vermelha o suficiente para aquelas mulheres.

A porta se abriu antes que tocassem a campainha. Edgar a acompanhava de perto, sua presença uma sombra reconfortante no excesso de claridade do saguão de entrada. As bruxas estavam em semicírculo, vestidas com as roupas simples de linho de quem havia enxergado o outro lado dos Mistérios e desapegado de todos os luxos mundanos. Algumas tinham a idade de Diana, outras eram testemunhas mais velhas, primas e tias, pois todas as bruxas eram irmãs sob os Mistérios — abaixar a cabeça em respeito às parentas exigiu um esforço maior do que Diana havia imaginado.

— Agradeço às Bruxas Carmim por nos receberem.

Por um momento, mais breve do que um piscar de olhos, Diana chegou perto de compreender o descaso da mãe com o clã. Com suas roupas simples e rostos limpos, tatuagens nos braços e cabelos compridos, não havia uma bruxa naquele salão que não a estivesse encarando de cima para baixo, como se suas roupas luxuosas fossem dignas de pena. Uma pobre coitada, na melhor das hipóteses. Uma vergonha que lhes vinha bater à porta, uma memória que preferiam esquecer.

— Faça seu pedido, criança.

Emiliana era a mais velha, parada no centro do semicírculo, irradiando toda a crença que tinha na própria importância. Diana inspirou fundo com todo o controle adquirido ao longo dos anos. Sorriu com a boca e os olhos, enrolou o colar de pérolas nos dedos enluvados — um teatro praticado diariamente desde que entendera ter sido abandonada pela irmandade.

— Eu e meu noivo, Edgar Lacarez, viemos solicitar uma sacerdotisa para selar o nosso casamento, a ser realizado no primeiro dia da lua minguante deste mês.

As mais novas se alvoroçaram, as mais velhas se contiveram.

— Não recorra a esta casa para seus jogos, criança.

— Eu teria ido ao Clã Encarnado, mas pensei que seria mais especial que uma das minhas tias selasse o matrimônio. Sei que está um pouco em cima da hora, mas, segundo eu me lembro, ainda há tempo para uma sacerdotisa se preparar.

— Você não tem direito de nos pedir isso.

— Eu nunca tive direito a nada nesta casa, vocês não precisam me lembrar, tias.

Emiliana quebrou a formação e se aproximou. Edgar tirou a mão dos bolsos, provavelmente sentindo a magia que a velha fazia estalar ao redor de si.

— Não sei o que você pensa que nós devemos a você, Diana, mas é uma ilusão que você criou. Não nos envolva nas suas maquinações. Não queremos nada com os de Coeur e suas maldições de sangue. Concordei em receber você porque pensei que talvez precisasse de ajuda de verdade. Os Mistérios sabem o tipo de família que você tem. Mas vir aqui dizendo que vai se casar com um lobisomem que cheira a negócios escusos? Em semana de lua cheia! É claro que é um jogo, e não faremos parte dele. — Ela se virou para as demais. — Essa recepção está encerrada. Voltem aos seus afazeres, pois não temos tempo a perder com essa daqui.

A resposta esperada às vezes doía mais que o golpe surpresa. Odiou que Edgar estivesse testemunhando o momento, e odiou mais ainda que não tivesse escolha a não ser continuar se humilhando. Precisava de uma bruxa para o ritual de matrimônio, já que não tinha ela própria a quantidade de magia necessária, e aquelas eram as únicas com que tinha algum mínimo poder de barganha.

As mulheres não se dispersaram de imediato. Algumas das mais novas hesitaram e olharam para ela com pena. Outras das mais velhas suspiraram com condescendência. Emiliana estava quase na porta que levava ao átrio da Tríade quando Diana voltou a falar.

— Você tem a coragem de me chamar de criança hoje, quando antes me chamou de aberração.

As palavras congelaram as mulheres onde estavam. Diana percebeu um movimento de Edgar, mas não se permitiu olhar; o alvo era Emiliana e não podia perdê-la de vista. A bruxa estacou na frente da porta. Então Diana avançou, porque era o único jeito que sempre funcionava. Algumas pessoas talvez conseguissem entrar nos lugares com pedidos educados, algumas pessoas tinham nascido no lugar certo e na hora certa para nunca precisarem invadir uma casa e quebrar todos os móveis para conseguirem o que precisavam.

— Você tem coragem de dizer que não me deve nada hoje, quando sabia o que ela estava fazendo comigo desde o dia em que nasci. Eu tinha quatro anos quando você me pegou no colo e perguntou para onde estava indo minha magia. Com cinco, você disse que eu já não seria capaz de realizar nenhuma transformação.

— A cada lembrança, ela dava um passo adiante. A voz não estava saindo tão firme quanto gostaria, o peso do choro já seco arranhava a garganta. — Aos sete, você me tirou da sala de aula, porque todas as outras faziam poções rudimentares e só o que eu conseguia extrair das ervas eram chás. No ano seguinte, você avisou à Filha que não valia mais a pena que eu frequentasse as aulas. Quando eu fiz dez anos, e ele levou minha mãe e eu implorei para ficar, implorei para continuar como aprendiz, para virar uma faxineira nos templos, ou qualquer outra função não mágica que tivessem para mim, você olhou para uma criança desesperada e a mandou embora porque ela já não tinha nenhuma magia que você pensasse que valia a pena. Quando eu fugi da mansão e vim pedir abrigo, você impediu que eu tivesse uma audiência com a Mãe e sussurrou no ouvido da Avó sobre não haver lugar para uma aberração aqui.

Emiliana se virou de repente, os olhos brilhando em vermelho.

— Como ousa falar assim comi...

Houve um ranger do piso de madeira, uma pequena lufada balançou os cabelos de Diana, e de repente Edgar estava ali, pairando como um rochedo atrás dela. Ele não abriu a boca, não rosnou, apenas ficou, e sua mera presença fez Emiliana recuar. As outras acenderam a própria magia, no entanto, nenhuma se aproximou. Diana sentia na pele aquele poder que havia perdido, o vazio dentro de si clamando por ser preenchido, mas só o que tinha a oferecer a si mesma eram as palavras, a promessa de seguir em frente.

— Como ousa uma aberração levantar a voz para uma bruxa? — provocou Diana. — Como ousa uma criança rejeitada sobreviver no mundo de merda em que foi jogada e ainda almejar coisas melhores? Bom, eu poderia ter te dito isso desde o começo, se você não fosse uma velha preconceituosa.

Diana se voltou para as demais e caminhou devagar, fazendo o salto ecoar na madeira como o martelo de um juiz, tentando não deixar as velhas mágoas a dominarem. Não era um dia para se deixar levar; a vingança contra elas não seria satisfatória e muito menos feita com palavras.

— Eu um dia chamei todas as bruxas desta casa de família. Em nome desses antigos vínculos e com esperança de que algumas de vocês percebam que perjuraram aos Mistérios ao deixar que uma sobrinha fosse maltratada... vim pedir por uma sacerdotisa para o meu casamento. Mas eu ainda sei um pouco sobre como vocês, bruxas, pensam, então estou pronta para negociar.

— Você não tem nada que nós pudéssemos querer.

— Eu tenho uma matilha de lobisomens e o objeto que vocês procuram. Faça as contas.

— Não vou engolir suas mentiras.

— Vocês sabem que não é mentira. Pode pensar o que quiser de mim, Emiliana, mas sabe que eu não sou uma tola que mentiria na casa da Tríade, onde Filha, Mãe e Avó ouvem o que os Mistérios sussurram. Eu estou com o livro que Gisele roubou.

A porta atrás de Emiliana se abriu de repente. A Avó saiu a passos lentos, encurvada sobre uma bengala e esmorecida em pele e ossos, porém com olhos brilhantes do vermelho da magia das bruxas.

—Vocês, crianças, falam tão alto que até uma velha como eu consegue ouvir do outro lado da porta. E você, Diana de Coeur, bordou tantas mentiras ao redor de si mesma que as empunha como se fossem verdade.

— Sim, Avó, exatamente! É por isso que...

A Avó ergueu a mão, calando Emiliana. Seus olhos vermelhos se concentraram em Diana, sondando e escancarando o vazio onde um dia sua magia existira. Depois, a velha encarou Edgar.

— Um lobo Lacarez... Uma coisinha como Diana poderia ter conseguido coisa pior, mas você, cachorro, poderia ter conseguido muito melhor.

O tapa da ofensa poderia ter sido pior se parte de Diana não concordasse com a velha. Palavras ditas na casa da Tríade sempre tinham peso de verdade, não importava quão distorcidas fossem. Alguém como Edgar poderia ter conseguido coisa melhor e, não fosse a ferocidade com a qual ele a tinha avisado sobre amantes, ela teria cedido à pontada súbita de medo de que ele de repente se desse conta daquela verdade específica. Edgar não precisava dela para subir na vida; era Diana que precisava de um lobo disposto a fazer loucuras por pura ambição. Por isso, pareceu um tempo interminável até ele responder, e ele o fez na forma de uma baforada de charuto na cara da Avó.

Lobo louco, lobo corajoso.

As bruxas se agitaram, reclamando sobre a ofensa. Emiliana se colocou entre Edgar e a Avó.

— Mais cuidado com a falta de respeito que comete nesta casa, cachorro.

— Então eu sugiro mais cuidado com a falta de respeito que comete contra a minha noiva.

Muitas vezes, Edgar usava a boina para aumentar o efeito misterioso que exercia sobre as pessoas, mas aquela foi a primeira vez em que Diana o viu fazer o contrário. Ele tirou o chapéu e o guardou no paletó, de repente mais alto e mais ameaçador, lembrando a todas que era semana de lua cheia. Com um olhar entediado, Edgar encarou as bruxas antes de se voltar para a Avó por cima do ombro de Emiliana, gesticulando o charuto no ar enquanto falava.

— Agora, Diana me disse que fazia questão que uma sacerdotisa desse clã fizesse o nosso casamento. Como eu gosto de concluir as coisas o mais rápido possível, cedi à vontade dela, mas saiba que não vou hesitar em sair daqui e bater na porta do outro lado da praça exatamente com a mesma proposta. O livro roubado, proteção para atravessar a parte baixa da cidade e, como hoje eu estou de bom humor, os pelos de um lobisomem livre da Lua. O que mais um lobo precisa oferecer pra conseguir se casar em paz?

A surpresa das bruxas foi demonstrada pelo total silêncio. Diana também se pegou imóvel diante do tamanho daquela oferta: um dos ingredientes de cura mais poderosos e mais raros em toda a Vera Cruz. Era um tesouro especial demais para oferecer em troca de qualquer coisa.

— Você oferece um sacrilégio — disse a Avó. — É por isso que as alcateias desprezam as matilhas...

— Se as senhoras vão ficar aqui tentando me dar uma lição de moral sobre a minha própria raça, eu vou começar a retirar algumas ofertas da mesa. É pegar ou largar.

Uma a uma, as bruxas se voltaram para a Avó. Diana tinha olhos apenas para Edgar, e, embora fosse o momento mais inoportuno de todos, só conseguia pensar que tivera aquela fera de joelhos, e que queria muito devolver o favor.

— Entrem, os dois.

Ignorando o olhar indignado de Emiliana, a Avó retornou para o átrio. Edgar fez sinal para que Diana fosse na frente e a seguiu, deixando um rastro de charuto. A fumaça pareceu um escudo, um lugar para se esconder das três bruxas.

A Avó se sentou num banco de madeira. Do outro lado, a Filha estava sentada no chão, bordando. No centro, uma cadeira de encosto comprido estava voltada para parede, e o braço bronzeado segurando um cigarro era o único indicativo de que a Mãe estava ali. Edgar encarou Diana pelo canto do olho.

— Apenas as bruxas do clã têm permissão de ver o rosto da Mãe — disse, buscando a voz firme de quando invadia bares de lobisomens e ameaçava vampiros. Os monstros da infância sempre pareciam os mais perigosos, principalmente os que se diziam parte de uma grande irmandade amorosa.

— Bruxas... — murmurou Edgar.

— É verdade o que eu ouvi pela porta? — perguntou a Filha. Era muito mais nova do que Diana e não a conhecia. — E vocês vão nos devolver o livro?

— Só o que eu peço em troca é uma sacerdotisa para fazer um feitiço de matrimônio — respondeu Diana.

— Não pode ser só isso. Você quer uma cura, não quer? Com essa história de pelo de lobisomem... — A Avó suspirou, batendo a bengala no chão. — Não existe cura para sua magia roubada, ou para as maldições que amarram os de Coeur. Gisele se certificou disso.

— Minha mãe foi uma bruxa poderosa, mas não foi mais poderosa do que a Tríade. Ela também foi uma bruxa ardilosa...

— Sim, você tem a quem puxar, menina.

— ... e não teria feito nada que não pudesse desfazer. Todas as maldições dela tinham uma saída.

— Gisele foi uma bruxa ambiciosa, poderia ter sido uma Filha, mas preferiu as ilusões que aquele caçadorzinho ofereceu e acabou assassinada por isso. E aqui estamos nós... — A velha suspirou de novo antes de se voltar para a cadeira virada. — Eu não gosto, mas o lobo fala a verdade, não é um acordo ruim. E tenho mais medo de alguém o aceitar no nosso lugar do que de nos envolvermos nos negócios escusos da menina. Gisele não só roubou o grimório, também criou sortilégios novos e acrescentou páginas. É poder demais para ficar nas mãos dela.

— Mas é muito pouco o que daríamos pelo que vocês oferecem. Desequilibrado. Os Mistérios não vão gostar de um acordo desses. — A Filha ficou de pé, se aproximou mais, tinha o ar infantil das adolescentes tiradas muito cedo do convívio das outras para servir ao clã. — Não temos como remover a maldição de sangue que paira sobre você. Podemos abençoá-la... fortalecer o pouco que resta aí dentro e...

— Não. Não daremos nada a ela. — A voz da Mãe cortou a sala e a mergulhou no silêncio.

Diana só tinha ouvido a voz uma vez antes, quando ainda era criança e Gisele havia sido trazida perante a Tríade para responder sobre estar drenando a magia da própria filha. Como já quase não tinha magia, não recebera permissão de olhar — tinha sido obrigada a ouvir de costas enquanto as três passavam a sentença.

— Precisamos de mais alguma coisa, se vamos fazer um acordo — insistiu a Filha. — Os Mistérios não gostam de desequilíbrio.

— Se me permite, Mãe, eu tenho certeza de que com o feitiço de Gisele...

— Temos um acordo sob os Mistérios. Uma sacerdotisa Carmim fará o casamento em troca do livro roubado. Pelo de um lobo curado, uma vida salva. É justo — disse a Mãe.

— É justo — repetiram Filha e Avó.

Na saída do bairro, Diana parou antes de alcançarem o carro. Conter suas emoções turbulentas se tornou uma tarefa impossível, e muito tempo antes ela havia feito uma promessa de nunca mais fugir dali chorando. Pensara que o Bairro Vermelho e o amor da sororidade bruxa já haviam consumido todas as lágrimas que restavam dentro dela, mas estivera errada e ainda precisava colocar algumas para fora. Recusava-se a levá-las para além dos limites das casas brancas e vermelhas, para o futuro.

Agarrou a cerca que ladeava um canteiro de flores e deu as costas a Edgar. Ele ouviria e farejaria, mas que pelo menos não a visse ceder à vergonha dos próprios sentimentos.

A presença dele era feita de fumaça de charuto e sombra sobre o canteiro, silenciosamente aguardando que ela desse conta da própria dor. Um pensamento traiçoeiro disse que bastava se inclinar para o lado, bastava pedir, e ele a apoiaria, deixaria que enxugasse o choro em suas roupas... Mas aquilo era uma ilusão criada por seus próprios desejos. Edgar permanecia ao seu lado pois estava convencido de sua força; caso contrário, jamais teria feito o acordo.

Isso não deixava de ser um consolo. Se não haveria amor, haveria respeito, e isso já era muito mais do que qualquer pessoa tinha dado a Diana em toda sua vida.

— Você é tão quieta. Goza em silêncio, odeia em silêncio, chora em silêncio.

As palavras a alcançaram numa observação murmurada, não em tom de julgamento, mas de um entendimento repentino. Talvez tivesse se exposto demais, e talvez isso fosse um mero detalhe depois de ter confiado que ele não a mataria enquanto lhe dava prazer.

Inspirou fundo antes de responder.

— E o que isso significa? — Ela pressionou os lábios ao ouvir a própria voz. Patética. Não devia sentir pena de si mesma, não tinha tempo para isso. Virou-se ainda mais para que ele não visse a desgraça se abatendo sobre a maquiagem.

O ódio borbulhando naquele vazio dentro dela tinha sabores em excesso; irritava seu estômago, prestes a subir pela garganta. Raiva daquelas mulheres, raiva dos de Coeur, raiva da própria mãe e, de repente, raiva de si mesma, por sentir pena de Gisele. Sempre suspeitara que ela tinha sido assassinada para que Argento de Coeur pudesse seguir em frente fazendo mais filhos que pudesse sacrificar, e as bruxas confirmaram.

Uma memória traiçoeira a invadiu. Uma cena da infância que às vezes voltava. Quase conseguia ouvir Gisele, após uma briga com Argento, muito antes de elas irem morar na mansão, rabiscando furiosamente no grimório roubado da Tríade. Quando a mãe ficava daquele jeito, febril na própria fúria, às vezes se esquecia da presença de Diana e acabava falando alto, sem pensar.

Argento nunca enfrentou uma bruxa como eu. E, se ele não for meu, ao menos sua ruína será minha... Ele acha que ninguém nunca faria nada que não fosse em interesse próprio... A fraqueza dos caçadores é a própria arrogância. Mas a verdade está no sangue. Sangue é o denominador comum de toda forma de magia, conecta tudo: raças, linhagens, sortilégios. Sangue dado é muito mais poderoso do que sangue arrancado. Abre caminhos, costura vínculos. Eles acham que só existe uma forma de derramar sangue.

De vez em quando, pensava naquele dia para se apegar à certeza de que havia uma saída, ou como guia para procurar as soluções no grimório. Naquele momento, se lembrava apenas da expressão furiosa, com lágrimas abundantes. Gisele não merecia pena ou empatia. E, no entanto, essas coisas brotavam como ervas daninhas, mais motivos para destruir o velho.

Algumas baforadas depois, quase esquecida da pergunta que fizera, Diana foi surpreendida por um toque tão sutil em seu braço que pensou ter imaginado, até um pedaço de papel dobrado entrar em seu campo periférico.

Era um daguerreótipo dobrado em quatro, tão antigo que linhas esbranquiçadas quase cortavam a imagem de um homem de rosto largo, a barba aparada em linhas retas ao redor do queixo. A cabeça estava abaixada quase o suficiente para a boina encobrir os olhos; uma postura que ela já conhecia bem.

— Já que hoje estamos concluindo as apresentações familiares... O lado da minha que faltava você conhecer. Emílio Lacarez.

— Seu pai.

— Tão parecidos assim?

— É mais o jeito de olhar.

— E como é esse jeito?

— Com uma fome que o mundo não pode saciar.

Edgar não respondeu. Ela imaginou que talvez o tivesse ofendido, de alguma forma. Ou que tivesse chegado perto demais da verdade. Diana procurou dizeres ou datas no daguerreótipo, mas não havia nenhuma outra informação.

— Ele... faleceu?

— Não faço ideia, e não faço muita questão de saber também. O desgraçado provavelmente está em algum canto esquecido de Vera Cruz, enganando outras almas tão desgraçadas quanto ele. Ou, o que é mais provável, vivendo uma vida melhor do que a que deixou pros filhos e pra esposa.

Isso, por fim, a fez se virar, com maquiagem manchada e tudo. Não havia raiva ou mágoa na voz dele, apenas uma análise sem emoção, o distanciamento que ela almejava ter em relação às mulheres da Casa Carmim e, principalmente, a Gisele. Devolveu a foto e assistiu ao dobrar cuidadoso antes de Edgar guardar o papel dentro da boina e recolocá-la na cabeça.

— Então por que você carrega essa foto?

— Péssimo pai ou não, se é que eu posso usar essa palavra... Emílio me deixou uma lição que eu não pretendo esquecer. O sangue não te deve nada, e você também não deve nada em troca. Sangue é uma escolha como qualquer outra na vida. Pais, irmãos, tios...

Noivo? Diana se apressou a afogar o pensamento, o coração começando a bater um pouco mais rápido, um pouco menos doído.

— As pessoas ficam ou vão porque querem, não por causa do que têm nas veias. Ou por rituais mágicos. Ou por qualquer outra coisa que a boa sociedade diga que é o normal.

Diana engoliu em seco, a garganta de repente menos apertada, as lágrimas já sem transbordar.

— E o que isso tem a ver com meu silêncio?

Edgar inclinou a cabeça, as sobrancelhas erguidas, como se perguntasse se precisava mesmo dizer. A resposta, claro, era que ela se acostumara a ficar quieta porque nunca houvera ninguém para ouvir — e agora sabia que Edgar entendia como era, que carregava a foto de um pai ausente e todas as escolhas feitas em nome disso.

Ela puxou o lenço do bolso e secou o rosto com cuidado; retocaria a maquiagem no carro. Naquele momento, parecia adequado deixar o noivo ver uma outra parte não tão composta. Também devia dar a ele a chance de desistir. Mas tudo que Edgar fez foi lhe oferecer o charuto. A tragada veio com o mesmo toque de hortelã do beijo, com o sabor daquela nova intimidade que vinha brotando. E, na fumaça, ela enxergou o mundo de forma mais clara, na escala de cinza pintada pelo discernimento que a ajudara a sobreviver. *O sangue é uma escolha.* A frase soou verdadeira, ecoando os resquícios da lembrança de infância.

— Gisele costumava dizer algo parecido... Era sobre magia, mas deve funcionar para pessoas também.

— Foi seu pai que matou ela, então? Por quê?

— É possível que o benefício de ser casado com uma bruxa tenha sido superado pelos riscos da ambição de Gisele. Eu tenho certeza de que Argento tentou gerar mais herdeiros com outras amantes, mais filhos que pudessem servir de apólices de vida. — Diana deu de ombros. — Só que ele nunca mais teve nenhum depois de mim, nem mesmo depois da morte dela... E tenho quase certeza de que isso foi obra dela também.

— Que bom então que já concordamos que nada de amantes.

O meio sorriso veio com ares de sarcasmo e lembrança da última discussão sobre relações extraconjugais.

Ao devolver o charuto, os dedos deles se tocaram por mais tempo, um roçar longo demais para não ser proposital, e o nó dentro do peito de Diana afrouxou mais um pouco. Edgar deu mais uma tragada e tocou a ponta em brasa numa rosa, as pétalas imediatamente escurecendo e contorcendo enquanto a magia do bairro lutava para conter o ataque do fogo. Aquela mesma satisfação sombria da semana anterior, ao ver a reportagem do jornal, a aqueceu por dentro.

— Você não pode queimar esse bairro — avisou ela, incapaz de conter o sorriso começando a brotar em seus lábios. — Precisamos delas para o casamento.

— Não posso queimar esse bairro... ainda.

12

ROSAS

Nos últimos dias antes do casamento, a tranquilidade se instalou pelos cantos da mansão, como um fantasma à espreita, incomodando Diana com a certeza de que não duraria por muito tempo. Viu pouco de Edgar, mas, com o enfraquecer da lua e a lenta mudança de fase, percebeu cada vez mais a presença dos rapazes da matilha nos arredores de onde passava — na saída de casa para a fábrica, nas ruas das lojas por onde andava para ver detalhes da festa na companhia de Selene, nas cartas do oráculo.

O baralho andava misterioso, nebuloso, falava de incertezas e movimentações de última hora, mas a mensagem continuava clara: seguir o Lobo — o monstro seria a solução de tudo.

No dia do casamento, Diana se sentou para almoçar sozinha na saleta com vista para a baía. Esperava uma visita, mas não tinha expectativa de companhia para a refeição, então comeu rápido e fez uma última tiragem a fim de se preparar para o grande dia — e para a noite de núpcias.

O Lobo estava no centro de tudo e, ao redor, arcanos maiores e menores se dispunham apontando para ele. Bem à frente, o Rei de Escudo — o velho — apontava uma faca longa por cima da égide atrás da qual se escondia. *Cedo demais*. Acima e abaixo, o Cavaleiro de Escudos — *Armando* — e o Valete de Lanças — *Augusto* — também apontavam armas para o centro, e atrás o Morcego — *Albion* — pairava com as asas abertas e olhos vermelhos. Os homens de Coeur cercavam Edgar por todos os lados, e as cartas da diagonal traziam pouca clareza. O Nó, o Baú, a Princesa e o Ás de Rosas faziam a linha que cortava o círculo; Argento e Armando de um lado, Augusto e Albion de outro.

— Você não pode estar dizendo... o que eu penso que está.

A energia das cartas subiu em revolta, se agarrando à mão que pairava acima delas, penetrando o tecido grosso da luva para comunicar a indignação do oráculo.

— Você sabe que não desconfio de você... mas isso não estava desenhado até ontem, estava?

Um pulsar zombeteiro se espalhou pela mesa, e Diana revirou os olhos.

— Não preciso que me diga isso.

O futuro era uma página em branco em um caderno pontilhado, com muitas direções e muitas escolhas, e muitas mãos querendo escrever a própria história. Ler o oráculo não significava ler o que estava por vir, exatamente. Se o futuro não pudesse ser alterado, se linhas tortas não pudessem ser traçadas entre os pontos, não haveria propósito na consulta das cartas.

Então, ela respirou fundo e recolheu o baralho de novo num monte. Não havia tempo para estratégias elaboradas, mas devia haver horas o suficiente para estabelecer algumas garantias. Foi nesse momento que Janine entrou empurrando o carrinho com a sobremesa. Heitor vinha atrás dela, com um meio sorriso que talvez tivesse a ver com as bochechas coradas da governanta.

Diana enfiou o baralho no bolso e sorriu para o lobisomem.

— Boa tarde, cunhado. Me acompanha?

Ele rodeou a mesa, inclinou o nariz na cadeira onde Edgar tinha se sentado alguns dias atrás, e escolheu a outra ao lado.

— A bela Janine vai precisar se acostumar com cachorros dentro de casa a partir de amanhã — disse ele, roubando um brigadeiro da bandeja. — Já me ofereci para mostrar a ela que não somos tão ruins assim.

De corada, Janine passou a quase tão vermelha quanto um morango, e saiu com um muxoxo indignado.

— Até a governanta de sessenta anos? — perguntou Diana.

— Sendo maior de idade e não estando casada com meu irmão... Não sou exigente. — Heitor deu ombros e piscou um olho.

— E você nem viu o que eu acabei de falar pro seu motorista.

Apesar do estresse da leitura, do peso do baralho no bolso da saia, ela riu.

— E onde está esse irmão?

— Há alguns negócios de que Ed prefere tratar pessoalmente, e tem assuntos a acertar antes do evento. O território na parte baixa precisa lembrar a quem pertence, antes que a coisa fique feia. A rinha de Guido vai ter que ser adiada. Algumas gangues do outro lado da baía com quem nunca tratamos estão interessadas nas armas.

— Sabemos se são de confiança?

— Cunhada, ninguém que lida com a gente é de confiança. — Ele roubou mais um brigadeiro antes de continuar. — De qualquer forma, eu sou o seu guardião do dia até ele encontrar com a gente no clube.

Comeram o resto dos brigadeiros em silêncio, com Heitor observando a sala de sua posição desleixada na cadeira, e Diana considerando se podia falar para ele o que gostaria de contar a Edgar.

— Meu pai e meus irmãos estão vindo. Não sei se chegam para o casamento, mas estão próximos. E Augusto se aliou a Albion, de alguma forma. Não tenho detalhes, mas acho que podemos esperar que ele faça contato com algum ninho de vampiros na cidade.

Ele se empertigou, parte do ar descontraído sumindo.

— Vou mandar uma mensagem para Edgar quando sairmos daqui.

— Por que você não parece surpreso?

— Você não deve estar acostumada com isso, mas talvez aprenda logo. Um vira-lata tá sempre em desvantagem e não conta com nada que já não esteja dentro da barriga. Não faz diferença se eles estão aqui ou lá na puta que pariu ou quem tá do lado de quem, a gente não vai dormir tranquilo enquanto não se livrar deles. O bandido precavido vive pra fazer mais bandidagem. Confia, cunhada, Ed sabe o que faz.

Em outras palavras, era exatamente isso que o baralho havia acabado de dizer.

A festa seria no clube das mulheres, porque Selene não a havia divulgado como um casamento. O convite tinha sido enviado falando de uma celebração e uma notícia importante, e a curiosidade fofoqueira da elite se encarregaria de garantir que todos os convidados comparecessem a um evento organizado pela família Veronis.

Quando Diana desceu do carro, acompanhada por Gianni e Heitor, Selene já os esperava sob a marquise, e outro automóvel estava estacionando na parte de trás do prédio. Guido saiu de trás do volante e correu para abrir a porta de trás, quase desajeitado.

— Como prometemos proteção para as bruxas na parte baixa, Ed achou melhor mandar o outro padrinho para garantir a segurança da sacerdotisa. Nada pode dar errado hoje, não é? — sussurrou Heitor, logo antes de abrir um sorriso para a outra mulher. — Boa tarde, Selene. Se já a vi tão bonita, não lembro.

Diana não reparou na reação da amiga postiça, pois estava mais interessada na pessoa vindo com o cunhado mais velho. A mulher tinha pele cor de barro e cabelos escuros longos e lisos, que escorriam por sobre os ombros cobertos pela túnica simples de linho. Era uma bruxa jovem, embora as tatuagens no pescoço indicassem certa estatura na sororidade. A Tríade também não queria correr riscos.

— Ah, e aqui está a noiva. — Guido estendeu o braço, indicando à mulher que seguisse na direção da porta dos fundos, onde os outros já estavam. A bruxa manteve a expressão séria, ignorando o sorriso exageradamente cortês dele.

— Seja bem-vinda, irmã — disse Diana.

— Você não é minha irmã.

Claro que não.

— Então me diga seu nome. Fora da irmandade, tatuagens não bastam como cumprimento.

— Cumprimentos não são necessários.

Um rosnado familiar interrompeu o momento. Diana se virou, e lá estava ele. Edgar vinha acompanhado do resto da matilha, inclusive Melina. Ainda não os tinha visto todos juntos. Dezenas de lobos de diferentes idades, de terno e cabelos e barbas penteados sob boinas escuras, um bando muito maior do que os encontros anteriores tinham dado a entender. Os lobisomens preencheram o beco onde, semanas antes, ela havia encurralado Heitor e Selene.

Edgar parou e os irmãos se aproximaram e fizeram um sinal com a cabeça; a matilha ao redor imitou o movimento com as boinas e charutos. Um mar de ternos pretos e fumaça, destacando as três mulheres tão diferentes uma da outra no centro. O momento despertou um arrepio que viajou da base da coluna até o pescoço de Diana e se espalhou de fora para dentro até reverberar no seu vazio interior. A ausência de magia ecoou com a sensação de algo maior, com ares de destino. A energia do baralho pulsava como um coração acelerado em seu bolso, ou talvez fosse o próprio órgão batendo no seu peito. A bruxa também se remexeu, agarrando a alça da bolsa de couro que trazia nos ombros.

— Querida.

O tom de voz quebrou o momento fugaz, transformou o calafrio num outro tipo de tremor.

— Querido.

Não havia necessidade de teatro ali, nem mesmo para as duas mulheres participantes involuntárias da peça. Ainda assim, Diana se viu inclinando o corpo na direção do Lobo, da carta, do homem. Se ele estranhou o gesto, não demonstrou, só baixou o rosto até o pescoço dela, onde inspirou fundo. Por um instante, quando a mão de Edgar passeou por sua cintura e deslizou até encontrar a pele nua no ombro, a encenação pareceu muito real.

Ela limpou a garganta, tentando recobrar o juízo.

— Recebeu a mensagem de Heitor? — sussurrou.

— Não se preocupe, tenho tudo sob controle.

Apesar das palavras terem soado casuais, havia algo de furtivo na expressão dele. Diversas respostas cruzaram sua mente, mas Selene deu um passo à frente.

— Eu gostaria que entrássemos, estou ficando nervosa. Essa multidão do lado de fora do clube vai chamar muita atenção, já temos convidados lá dentro — disse Selene.

— Linda, eu sei que você não tem medo de lobisomem... — Heitor piscou um olho. — E somos todos convidados aqui.

— E estarão desconvidados, se você ficar fazendo insinuações como essa na frente das pessoas, seu cachorro — disse ela entredentes.

— Difícil evitar quando você usa esses apelidos carinhosos em público. Da última vez que me chamou de cachorro, não tava tão brava...

Selene abriu e fechou a boca várias vezes antes de se virar para Diana com irritação mal contida.

— Ensine modos aos seus animais, Diana. Estarei no andar de cima, cuidando do seu vestido.

Ela subiu os degraus pisando duro, enquanto Heitor sorria convencido para Guido. Nesse meio-tempo, Edgar se aproximou para mais um sussurro.

— Leve as mulheres para dentro. Preciso ter uma conversa com os animais.

— Depois me encontre na saleta, precisamos conversar.

— Não tem medo do azar que dá ver a noiva antes?

— Azar? — Ela sorriu e subiu na ponta dos pés para deixar um beijo no canto dos lábios dele. — Para quem?

A risada baixa a acompanhou por todo o caminho até a porta, e a bruxa a seguiu de perto. Numa última espiada para o lado de fora, viu Edgar, Heitor e Guido no meio, dando instruções aos outros. Raul falou alguma coisa e todos riram. Sincronizados daquele jeito estranho que um bando de lobisomens costumava ser, tiraram botões de rosa de dentro dos ternos e os fixaram nos bolsos. A visão fez com que Diana se apressasse para dentro.

Na sala de cima, encontrou o vestido de noiva pendurado num manequim ao lado de uma penteadeira. Não era a pior das armaduras de batalha. Encarou o vestido e, ignorando o frio na barriga, começou a se despir. Pelo espelho, reparou em Selene de braços cruzados ao lado da janela que dava para a pequena reunião lupina do lado de fora. O clube das mulheres cumpria muitas funções sociais e abria o salão para grandes festas de vez em quando, mas o andar de cima era de acesso restrito às mulheres da associação. Se não soubesse que encontros escusos já tinham acontecido nas salas superiores, talvez naquele mesmo cômodo, Diana quase acreditaria na expressão indignada da moça recatada de boa família.

— Desfaça essa cara, Selene. E pense duas vezes antes de ofender a matilha em público de novo.

— Ou o quê? Vai contar a todos no salão a verdade e me libertar de uma vez de qualquer obrigação com você?

— É muito ingênuo de sua parte acreditar que o seu segredo é a única coisa que eu posso usar contra você.

— Você não sabe de mais nada sobre mim.

— A família Veronis é tão grande... E você não é a única que tem interesse em negócios duvidosos. Inclusive, pergunte à sua mãe como andam as apostas dela. A parte baixa oferece tantas oportunidades; as rinhas, o jogo do poupa-fera... Um perigo para alguém que tem o vício.

Selene prendeu a respiração, e Diana sorriu. Estar certa era seu próprio vício.

— Agora, antes de me ajudar a me trocar, pode me fazer um favor? Vá até seu pai e comente que está preocupada que Argento de Coeur possa aparecer aqui, e que você talvez precise da ajuda dele para controlar o velho. Diga que ele viajou para esconder um problema de saúde e que eu estou preocupada, porque ele anda se recusando a tomar os remédios.

— Alguma dessas coisas é verdade?

— Tudo é verdade. Você sabe como eu acho a verdade uma mercadoria muito útil.

Como sempre, o drama durou pouco. Diana não tinha os sentidos aguçados dos lobisomens, não fazia ideia do que se passava por baixo da máscara de dama perfeita, mas um brilho cheio de inteligência borbulhava nos olhos negros de Selene. Havia uma história a ser contada, que talvez o baralho pudesse destrinchar mais tarde. Por ora, a máscara de polidez da princesa de Averrio reinava. Ela estava bonita e impecável como sempre, usando um vestido bordô e um turbante preto decorado com pedras vermelhas, tudo combinando com o papel de madrinha. Com a sacerdotisa logo ao lado, em vestes simples e sem graça, os dois extremos das origens de Diana eram um ótimo lembrete de como cada mulher adotava a própria estratégia para sobreviver e de que não se devia subestimar nenhuma.

— Eu tô com fome!

A declaração quebrou o momento de tensão. As três mulheres se sobressaltaram e olharam em volta até se darem conta da criança dentro do quarto. Melina, com um vestidinho preto e cabelos mais ou menos penteados, estava de braços cruzados, perto da porta, com sua costumeira expressão brava.

— O que você veio fazer aqui? — perguntou Diana.

— Edgar disse pra você levar as mulheres pra dentro. E você é mulher dele, da matilha. E eu faço parte da matilha — respondeu a menina, como se fosse óbvio.

Cuidar de crianças não constava no contrato. Segundos intermináveis de pânico interno se arrastaram, até uma gargalhada preencher o quarto. Selene foi até a porta, balançando a cabeça enquanto ria.

— Diana de Coeur tem medo de crianças, por essa eu não esperava. Achei que você comesse bracinhos e cabecinhas no café da manhã. — Ela colocou as mãos nos ombros de Melina e sorriu de forma gentil e genuína. —Venha, vou te mostrar onde estão os doces.

— Dê um jeito nos cabelos dela também, que tal?

Tanto Selene quanto Melina reviraram os olhos e saíram. A sacerdotisa decidiu acompanhá-las, depois de dirigir um olhar cheio de reprovação a Diana.

Fingiu não estar abalada pelo breve momento em que se deu conta do que significava ser a única fêmea na matilha além da menina. Precisava dar um jeito de cumprir a promessa e trazer Mimi de volta para a cidade o mais rápido possível; a loba velha era apegada aos costumes e podia se encarregar de ser a matriarca.

Colocou o vestido e observou a própria imagem no espelho antes de começar a fechá-lo. O tecido branco tinha entremeados de dourado e bordado de rosas vermelhas. O adorno para a cabeça era um lenço de renda branca e mais rosas vermelhas. As luvas do dia eram ainda do presente de Edgar, um par do linho branco mais puro, com linhas rubras sutis. Tudo combinava, seguia um estilo harmonioso e quase inocente, uma versão invertida de Diana — o vermelho trazendo romance ao branco, em vez de sangue e vingança.

As rosas haviam sido escolhidas por Selene, que provavelmente nem sabia da conexão da flor com o clã Carmim, e muito menos do naipe associado a sentimentos no oráculo. Ao longo dos anos, a intimidade com os símbolos do baralho havia se entranhado de tal forma que Diana não se assustava mais com o que os mais céticos chamariam de coincidências. Ainda assim, o Ás de Rosas surgia como um presságio de mau agouro em sua mente. Não podia significar amor, não deveria; não havia lugar para amor no meio da vingança, no contrato frio feito com o lobisomem.

Pelo reflexo no espelho, viu Edgar entrar e parar de repente, como se pego de surpresa. Ela vislumbrou um lobo faminto no olhar atento que desceu pelo vestido, nas narinas que se contraíram com o farejar do espaço entre eles. A expressão no rosto dele a lembrou de certa manhã após a última lua cheia.

— Alguma noiva à venda por aqui? — perguntou ele enquanto fechava a porta.

— Até tem, mas o preço talvez seja um pouco alto demais... — respondeu Diana, o sorriso brotando rebelde nos lábios.

— Posso sempre recorrer a roubo.

— E se eu não facilitar?

— O lobo vai gostar ainda mais da perseguição.

Diana riu, vendo a verdade por trás dos olhos brilhando com a sugestão de lua cheia. Com a presença dele, com o flerte que não tinha conseguido controlar, o nervosismo para o dia diminuiu. As cartas tinham dito para escutá-lo, o Ás de Rosas fincava raízes cada vez mais enroscadas.

— Você está com a lua de prata que Mimi te deu?

— Estou, por quê?

— Tem que usar mais tarde, quando for hora de... concluir o matrimônio.

Ele parecia preocupado com o depois, mas Diana se aproximou para tratar de assuntos mais urgentes.

— Como vai a nossa emboscada?

— Nós já organizamos as rotas de saída, os rapazes estão separados em grupos e todo mundo sabe o que tem que fazer. Eu não sei se eles vão ser loucos de fazer qualquer coisa aqui, com a porra do prefeito na festa, mas estamos prontos.

— Ótimo, agora que tal me dizer o que você não está me contando?

— Alterei alguns detalhes no plano, só isso. O resultado vai ser o mesmo.

Diana balançou a cabeça.

— Eu não gosto disso, eu não...

Não tinha certeza, e não sabia como lidar com o fato de que tudo passara a depender muito mais dele do que das próprias ações.

— Diana, você comprou um noivo pra resolver seus problemas. Eu estou fazendo isso, em vez de te pressionar com perguntas interessantes como, por exemplo, de onde veio essa informação sobre sua família vir e as alianças entre seus irmãos.

— Não posso falar.

— Não pode ou não quer?

Ela suspirou, pressionou os lábios. Queria contar a ele, queria pegar o baralho ainda no bolso da roupa que tinha acabado de tirar e mostrar a única amizade verdadeira que tinha — contar quem havia mostrado o caminho até aquele exato momento. Talvez a frustração estivesse óbvia em seu rosto, porque a expressão de Edgar se suavizou.

— Qual é a sua maior preocupação com a vinda deles?

— Além de nos matarem? Que impeçam o ritual de matrimônio e me levem de volta para casa, onde vão me prender permanentemente.

Diana havia sido mais sincera do que pretendia. Com o coração acelerando, o observou assentir devagar, voltando a ficar sério enquanto considerava a questão. Um tremor passou pelos lábios ressecados dele, como um rosnar contido. A lua cheia havia dado lugar a algo que ela não sabia identificar, enquanto o lobo a encarava através dos olhos do homem.

— Não seja por isso, então. — Ele pegou sua mão. —Vamos nos casar agora mesmo.

PRATA

O feitiço de matrimônio das bruxas era simples e discreto, comparado ao ritual lupino, quase tedioso. A bruxa murmurou algumas palavras lidas do tomo pesado que Diana devolvera a ela, enquanto os noivos mantinham as mãos unidas amarradas por um nó sob o testemunho de Selene, Guido, Heitor e Melina.

O coração de Diana batia tão forte que bem poderia estar pulsando dentro de Edgar, fazendo o lobo salivar com a oferta tentadora. Corações humanos eram uma iguaria saborosa, e cada vez mais ele suspeitava que aquele coração específico também podia ser muito perigoso. A caixa com os pelos de um lobisomem sem Lua estava logo ali, lembrando-o dos riscos de se deixar levar. Assistiu à sacerdotisa separar alguns fios do pelo de Xavier Lacarez e os acrescentar na poção junto dos demais, dos fios de cabelo de Gisele e outras ervas, cujo cheiro era pouco familiar, sempre murmurando.

O cheiro de magia se tornava cada vez mais forte e se infiltrava por entre as palmas das mãos. Ela não estava usando luvas, e a sensação da pele irregular aumentava ainda mais o turbilhão, instigando o lobo, enfurecendo-o, como se a ferida tivesse sido causada naquele momento.

— Dois sangues, um sangue. Dois corpos, um corpo. — A bruxa fechou o livro e entregou uma pequena adaga para Diana e um cálice de madeira para Edgar.

— Desculpe, a tradição manda usar adagas de prata — sussurrou Diana.

Ele balançou a cabeça; não conseguia falar. Se abrisse a boca, talvez dissesse algo bastante tolo, como que a prata valeria a pena para finalmente tê-la. Não seria a mesma coisa que um casamento sob a Lua, mas a força da magia dos Mistérios os entrelaçava tão forte quanto. Edgar conseguia farejar o poder invisível como se fosse fumaça espessa, e esperava que fosse o suficiente para protegê-la da maldição, como ela acreditava que faria.

Diana posicionou a adaga por cima das mãos amarradas, e ele colocou o cálice por baixo. Ela o encarou, como se pedisse desculpas, um aviso de que ia doer, como se já não doesse todos os dias perceber o quanto estava enredado naquele acordo. A lâmina passou pelo espaço quase inexistente entre as palmas das mãos unidas, abrindo cortes em ambas. Ele conteve o uivo interno, o rosnar do lobo ao ser invadido pela queimação do contato com a prata. Fumaça de pele queimada subiu do ferimento, e o sangue de cada um escorreu para o cálice, se misturando a um líquido transparente e sem cheiro que já repousava lá dentro.

Ele deu o primeiro gole, e o gosto ferroso do sangue dela misturado ao próprio fez o lobo esquecer a dor e uivar com outro tipo de sofrimento. Para a fera, estava tudo errado; não era assim que se atrelava uma fêmea — e estava tudo certo, porque a fêmea pertencia a ele. Passou o cálice para Diana e observou, com sede cada vez maior, o gesto firme com que ela verteu o gole restante.

— O beijo — disse a bruxa, pegando o cálice de volta — sela a primeira parte.

Sua boca era doce, outra das contradições de Diana.

Tum tum tum tum tum tum.

O primeiro beijo havia sido cru, feroz. A ideia tinha sido assustá-la, para que não cometesse mais o erro de desejá-lo. O beijo do ritual foi todo ao contrário; ele se inclinou sobre ela devagar, sorvendo com cuidado os restos do feitiço de sangue, porque era ele quem estava apavorado. O gosto do beijo o lembrava de outros sabores que ela tinha, fazia o lobo arquejar por mais e mais e mais, querendo se esquecer de que ainda havia outros corpos a sangrar antes que o dia acabasse e ela pudesse ser dele por completo.

Ela ela ela ela ela ela ela.

O fiapo de magia azeda atrelado a Diana ganhou novos contornos, um novo cheiro. O feitiço do matrimônio não era suficiente para mascarar completamente o odor da maldição, mas vibrava com as batidas do coração dela. O lobo arranhou a superfície, se contorcendo para sair e deixar a própria marca, ansiando pela benção que apenas a Lua poderia dar. Os caninos se alongaram, as garras também — ele tentou recuar, mas Diana não deixou. Agarrou-o pelo pescoço com a mão livre e intensificou o beijo, demandando mais.

Louca.

E minha.

Ser um lobo casado, quem diria, piorou a situação patética do monstro.

— Não sei por que resolveram fazer o ritual escondidos, mas não vou reclamar. Vai facilitar muito o anúncio. A boa sociedade vai ficar escandalizada com um casamento surpresa, mas pelo menos não vai ter que testemunhar esse monte de... — Selene Veronis parou atrás das portas que davam para o salão, ajeitando o próprio vestido.

Edgar não entendia o que Heitor via de especial nela, mas suspeitava de que nunca mais entenderia encantos que não fossem de uma mulher maluca que não recuava diante de indícios de transformação. Precisava acabar logo com os eventos da noite e descobrir se sobreviveriam à noite de núpcias.

A bruxa já havia ido embora, levada por Guido e mais três rapazes bem instruídos. O resto da matilha já se espalhava pela festa, ocupando posições estratégicas.

— Que magistrado você trouxe para oficializar a parte legal? — perguntou Diana.

— Lia Mamede — respondeu Selene, com um olhar de esguelha para Heitor.

— Ah, ótima cliente! — Heitor sorriu.

— Achei que seria melhor garantir mais alguém com interesse em fazer isso dar certo. O salão está cheio de... clientes. Se vocês não fizerem nada ainda mais escandaloso do que esse casamento, podemos todos sobreviver com a reputação intacta.

— Tá olhando pra mim por quê, linda?

Ela comprimiu os lábios e saiu, em silêncio, com Heitor logo atrás. Finalmente sozinho com Diana, Edgar testou a sensação na mão onde a adaga havia deixado uma marca. A bruxa havia fechado os cortes com magia, mas o desencontro entre a prata e a Lua precisava de mais tempo para se curar.

— Desculpe por isso — disse Diana.

— Quem ouve até pensa que você se importa.

— Você precisa estar forte para lidar com meus irmãos. E para mais tarde, quando vamos concluir o ritual.

O cheiro da excitação dela vinha ficando cada vez mais forte; o estresse de mais cedo havia se transformado completamente. Por instinto, Edgar rosnou ao pensar em mais tarde, apertou a cintura dela, fazendo o possível para manter as garras no lugar.

Do outro lado da porta, ouviu a menina rica começar um discurso, desfiar uma fala mansa com palavras difíceis sobre amor e acolhimento e preconceito. Seria engraçado, se aquele casamento não fosse invariavelmente terminar com uma poça de sangue, se de caçador ou de lobisomem, ele não sabia dizer ainda.

— A gente devia ter casado de manhã, em casa mesmo, sem esse circo todo.

E àquela altura já teriam concluído o ritual. Mais de uma vez. O lobo arranhou costelas e pulmões, lutando para sair e colocar a ideia em prática. De que importava a plateia?

— O circo é parte da vingança. O reconhecimento da elite da sociedade é importante para marcar a minha futura autoridade. Ninguém ali fora precisa gostar de mim, mas, não importa o que aconteça, hoje não posso ser a vilã do filme.

— Festas chiques é como humanos ricos mijam num território, entendi. — Ele a observou brincar com o colar de pérolas comprido por cima do vestido, puxar um espelhinho do bolso e conferir a maquiagem. — Tá mais tranquila?

— Acho que sim. Eu acho... que não interpretei a mensagem corretamente, mas...

— Que mensagem? De quem?

De repente, ela estacou. Franziu a testa para ele.

— Por que você mandou Guido com a bruxa? Não quer seu irmão aqui para ajudar?

— Ele ficou chateado de perder a festa, mas preciso dele em outro evento essa noite.

— Que evento?

— Que tal responder minhas perguntas e eu respondo as suas?

As portas se abriram naquele momento, revelando o mar de pessoas bem-vestidas que assistia a Selene gracejar num microfone. Heitor estava poucos degraus abaixo dela, com um sorriso idiota no rosto, e atrás dele a elite humana de Averrio se misturava a algumas poucas famílias de monstros convidadas. O clã Mirad, dos nefilins, em posição de honra graças às asas douradas de que humanos tanto gostavam; pares de faunos ricamente adornados espalhados pelo salão; pontos luminosos de fadas sobrevoando algumas mesas; e lá estava, a alcateia Montalves no fundo do salão — o velho alfa não tinha comparecido, mas tios e primos o encararam com um aviso no olhar. Diego Montalves, o algoz de sua mãe, tinha a audácia de parecer estar se divertindo.

Indícios de estranhamento entre cães de raça e vira-latas pairavam na miríade de odores, a adrenalina e a agressividades de lobos prontos para uma briga se misturando ao desconforto palpável dos humanos. Não havia medo no ar, não ainda — aquelas pessoas afortunadas estavam tão acostumadas à civilidade da parte alta que sequer imaginavam tudo que podia acontecer.

Com a mão na cintura de Diana, Edgar conduziu sua noiva — sua esposa — para a frente do tablado onde a amiga tagarelava sem parar. Ao lado, uma mulher de cabelos grisalhos e vestes de magistrada estava de pé, observando tudo com o queixo meio caído, segurando um livro de cartório. Sussurros implodiram o salão quando os convidados os viram. Aqui e ali, alguns rapazes da matilha começaram a rosnar para pessoas próximas, calando alguns murmúrios. Diego Montalves cruzou os braços e comentou algo com um filhote, que deu as costas e imediatamente procurou a saída mais próxima. Faunos e nefilins trocaram olhares. Da posição privilegiada no centro da peça, Edgar observava as reações àquele marco na história de Averrio.

— E é por isso, amigos, que devemos sempre nos lembrar do que diz a constituição de Vera Cruz. — Selene os encarou de rabo de olho antes de se virar para uma mesa próxima, onde um casal de pele retinta a observava com sorrisos congelados e artificiais. — Como meu pai, nosso querido prefeito, sempre diz: uma vez derramado, todo sangue é vermelho. Bom, quase, alguns de nós têm o privilégio da belíssima cor dourada.

Risadas nervosas cruzaram o salão, e algumas asas nefilins se eriçaram.

— Mas o que importa é isso: somos todos iguais, por baixo de camadas de pele e pelos e penas, por entre as linhas sociais que nos dividem. Eu, seguindo o exemplo da família Veronis, sempre tentei ajudar a quem me pede ajuda, e reparar injustiças quando necessário. Por isso, no dia em que Diana de Coeur bateu à minha porta, não pude dizer não. — O sorriso de Selene para Diana foi ensaiado, polido e político, mas Edgar percebeu o coração batendo rápido ao dizer aquelas palavras. — Muitos de nós aqui fomos injustos com Diana no passado, a julgamos por atos que não foram sua culpa. Ela veio até mim precisando de ajuda, porque se apaixonou e só encontrava julgamentos aonde quer que fosse. Até de sua própria família. Sabemos que...

— Ela engoliu em seco, exalando nervosismo. — Sabemos que se apaixonar por alguém de outra raça é um tabu antigo, de antes de Vera Cruz ser a grande nação que é hoje...

O salão explodiu em comentários, competindo com o discurso.

— Mas Diana de Coeur e Edgar Lacarez não têm medo. E por isso nós vamos celebrar com eles, vamos ficar felizes que conseguiram encontrar o amor num mundo onde pequenas esquinas contêm grandes distâncias. Vamos todos testemunhar esse tempo de paz onde uma mulher e um lobisomem podem se casar e ter todos os seus direitos garantidos pela lei. Vamos, boa sociedade de Averrio, dar uma salva de palmas para os noivos.

Selene começou a bater palmas ao se virar para o casal, e Heitor a acompanhou de imediato. Por longos segundos, eles foram as únicas palmas do salão, ecoando no silêncio chocado de uma classe social que não estava preparada para ver uma filha bastarda sendo exaltada e muito menos casando-se com um lobisomem desconhecido. Os rapazes da matilha começaram a aplaudir também, e a rosnar para as pessoas próximas, até que não houvesse uma única alma no salão que ainda estivesse sem bater as mãos.

— Felicidades ao casal! — Selene sorriu.

Edgar se inclinou para o ouvido de Diana, a trazendo mais perto.

— Você escreveu o discurso para ela?

— Eu sugeri alguns pontos que deviam ser reforçados.

O sorriso carmim se contorceu em divertimento. Preocupada com a família ou não, a pele de Diana vibrava de satisfação, contagiando o lobo já excitado. Não parecia importar que as felicitações no ar fossem falsas; Edgar suspeitava que o prazer dela estava justamente em obrigar aquelas pessoas que detestava a dançar de acordo com a própria música pelo menos uma vez, ainda que pelo simples choque.

Ao sinal positivo de Selene, eles foram até a magistrada, que abriu o livro de cartório. Uma caneta já marcava a página onde a certidão de casamento legal aguardava. Diana se inclinou para ler e conferir as informações, mas Edgar se descobriu incapaz disso, pois reparou nas linhas finais onde já estava escrito o novo nome que ela assumiria. Coeur-Lacarez, para lembrar a todos de onde vinha a herança e a quem a fábrica pertenceria.

Coeur-Lacarez resumia todo aquele acordo e, mesmo assim, parecia insuficiente para conter tudo que estava realmente acontecendo.

— Diana de Coeur, é de legítima vontade que deseja se casar com Edgar Lacarez? — perguntou a magistrada.

— Sim — respondeu Diana para todo o salão ouvir, então se inclinou com um sorriso diabólico para a mulher. — Quando o amor morde, é impossível resistir.

A magistrada pressionou os lábios e respirou fundo, antes de se voltar para ele.

— Edgar Lacarez, é de legítima vontade que deseja se casar com Diana de Coeur?

Vontade não chega nem perto de ser a palavra certa.

— Sim.

— Eu reconheço suas vontades e garanto seus direitos. Ao assinarem seus nomes no papel, a justiça de Vera Cruz os reconhece como unidos em matrimônio legítimo. Com essas testemunhas aqui presentes...

Um alvoroço percorreu a matilha espalhada, e Edgar percebeu no mesmo instante em que todas as criaturas não humanas no salão. Sem esperar que a magistrada terminasse a fala, ele pegou a caneta e assinou o livro. Diana não precisou de explicações para fazer o mesmo.

— ... eu vos declaro...

As portas duplas da entrada do salão se abriram devagar, rangendo tão baixo que os humanos da frente não perceberam. Todos os predadores já estavam de olho, reconhecendo que naquela presença podiam muito bem virar presa.

— ... marido e esposa...?

Ele já tinha visto entradas mais triunfais, e por isso mesmo sentiu o gosto de perigo permeando o ar do salão. Um grupo de dez pessoas entrou. Não estavam arrumadas para uma festa; usavam roupas de montaria ou vestes de caça. As imagens que Diana havia mostrado de cada uma delas não faziam justiça; as pinturas na mansão davam um ar honroso às cicatrizes, e os daguerreótipos da última reunião escondiam o tamanho real — mais uma tática de disfarce de caça, sem dúvidas.

Argento de Coeur caminhava com o passo silencioso de quem sabia como evitar as pedras soltas e os gravetos na mata; um ombro um pouco mais levantado que o outro denunciava o braço onde carregava as armas de longo alcance. O ar de civilidade dos cabelos e do bigode grisalhos perfeitamente penteados talvez enganasse alguma criatura mais tola, e as abotoaduras polidas e a bengala com a ponta esculpida em formato de cabeça de falcão eram máscaras bonitas para a prata e a estaca escondidas em plena vista. Em algum lugar do terno marrom haveria também flechas de sal para os nefilins e chicotes para os faunos, ocultos para o teatro da vida urbana.

Armando e Augusto o flanqueavam, os trajes de caça com poeira nas botas, como se tivessem sido interrompidos e seguido direto para o clube. Pareciam duas versões de um mesmo homem de várias faces. O mais velho tinha todos os traços do pai, sisudo, com ângulos retos em todos os contornos. O mais novo tinha linhas suaves, um meio sorriso sem emoção e cabelos claros penteados com gel, que refletiam as luzes do salão. Atrás deles vinham outros caçadores, alguns disfarçando melhor do que outros o asco que sentiam ao olhar para os monstros presentes na festa.

O grupo caminhou sem pressa, abrindo caminho entre as mesas e os convidados de pé, como se não estivesse preocupado de ficar no centro de uma roda de lobisomens.

O filho da puta não enxerga perigo.

Quando alcançaram o tablado, Selene recuou, olhando de Diana para os pais na mesa num pedido mudo por ajuda. O prefeito, corajoso ou imbecil, pigarreou e se pôs de pé.

— Ah, meu caro Argento! Há quanto tempo! Você não sabe o quanto fico feliz e aliviado de vê-lo nessa ocasião tão... alegre!

— O prefeito Veronis se adiantou, a mão estendida para um cumprimento. — Tive receios de que essa... essa... linda história de amor não comovesse o amigo.

O velho ignorou a mão do prefeito, causando uma nova onda de sussurros. Sua expressão não traía nada.

— Temia que vocês não fossem reagir bem, mas fico feliz por estarem todos aqui — comentou Diana, obrigando Edgar a avançar com ela, sutilmente entrando na frente do livro-cartório que tinham acabado de assinar. — Esse é meu marido, Edgar Lacarez.

A ênfase na palavra finalmente trouxe alguma reação de Argento. Seu rosto era um misto de rugas e cicatrizes, uma linha rosada cortando a bochecha mostrava um corte recente, limpo demais para ter sido o trabalho de garras ou chifres. Quando ele abriu a boca, a marca se moveu como a corda de um cavaquinho.

— Eu sempre achei que você fosse uma tola, mas ser burra igual a sua mãe superou todas as minhas expectativas. — As palavras foram ditas sem nenhuma emoção, a não ser talvez um pouco de expectativa pela reação que deveriam causar. — Quer acabar como um cadáver, com o coração arrancado numa vala qualquer dos canais?

A pulsação de Diana batia forte e lenta, como se ela estivesse obrigando o próprio corpo a ficar tranquilo. Ela passou o braço pelo de Edgar e apoiou a cabeça nele, então deu um suspiro e sorriu para o clã numa nova máscara — uma filha receosa, mas dedicada ao pai, contando que seria subestimada.

— Papai, peço que seja educado com Edgar. Enquanto todos vocês estavam de férias, ele salvou minha vida três vezes. — Diana elevou a voz, se dirigindo mais à plateia do que ao clã. Mais um pedacinho da ilusão do circo, da construção da imagem que a sociedade deveria lembrar daquela noite.

Depois de um silêncio arrastado, pontuado pelos murmúrios da plateia fofoqueira, Argento se virou para Edgar. Os olhos eram tão azuis que poderiam ser duas esferas de gelo e não traíam nenhum pensamento; apenas a vivência da vida na sarjeta, que havia aguçado seus instintos, deixou Edgar ter a certeza de que o velho o desprezava mais do que a qualquer outra criatura no salão. Não por ser um monstro pior do que outros, mas pela ousadia de colocar as patas sujas de lama na toalha de linho e tentar roubar um pedaço da carne mais tenra. Só por isso já teria sido satisfatório sujar todo o entorno, mijar nas botas de couro de fauno e quebrar a louça.

Então, para a surpresa de todos, Argento estendeu a mão para ele, oferecendo o mesmo cumprimento que tinha ignorado do prefeito. A armadilha da civilização em que ele deveria cair, se quisessem sair dali com a vantagem. Ainda não era hora de agir.

Assim que apertou a mão do velho, a ardência da prata escondida na palma calejada veio rápida e cruel, abrindo novamente a ferida da adaga matrimonial. Ainda agarrada a ele, Diana apertou seu braço, o coração batendo muito mais rápido do que antes, enquanto ela fingia um sorriso comovido para a plateia. Segundos se passaram, e então minutos; fumaça subia do aperto, como se tivessem escondido um charuto ali no meio. A força empregada no cumprimento aumentou, a queimadura começou a se expandir para além de onde o metal tocava a pele.

Heitor rosnou e se aproximou, mas um olhar de Edgar o manteve quieto, do outro lado das linhas de caçadores. *Ainda não.* Quase ninguém mais no salão entendia o que estava acontecendo. Apenas a matilha se agitou, esperando pelo comando, e até os Montalves no fundo demonstraram desconforto.

— Edgar Lacarez. Não tinha ouvido falar da sua matilha ainda. Estou curioso. Esse terno elegante não é um pouco quente demais para animais acostumados ao bafo da parte baixa? — Então, finalmente, um espasmo de emoção surgiu no rosto do velho. — Você precisa tomar cuidado, se for frequentar agora esses círculos mais altos... pode acabar se queimando com os adornos de prata que os alfaiates usam nas roupas.

Argento sorriu, e os olhos brilharam de diversão enquanto ele balançava o aperto de mão. Aquilo ali fazia muito mais sentido com o que Edgar sabia dele. Um velho sádico que usava sua prole como seguro de vida não teria nada mais a demonstrar, apenas a satisfação tirada da própria crueldade. Havia monstros menos asquerosos na parte baixa, inclusive Edgar.

Um tilintar distante alcançou os ouvidos mais sensíveis no salão; nada demais para quem estivesse distraído pelo espetáculo. A matilha, porém, se preparou. Do corredor que dava acesso à cozinha do clube, Raul acenou com a cabeça.

— Sabe, meu sogro, agora que você comentou... estou mesmo sentindo um pouco de calor. Acho que a parte alta está tão quente hoje quanto a sarjeta na beira da baía. Mas talvez seja só impressão minha. Agora... — Foi a vez dele de aumentar a força no aperto, e deu um puxão no velho mais para perto. — Se chamar a minha esposa de burra de novo, eu vou pegar toda essa merda de prata que você tanto gosta e enfiar no seu rabo.

Antes que pudesse ver o efeito das palavras no velho, o salão explodiu e ficou quente de verdade.

Agora.

14

FOGO

Seria de se pensar que o baralho a teria avisado sobre sua festa de casamento explodir em chamas. Em vez disso, o oráculo, escondido sob o vestido de noiva, tinha achado melhor falar do Lobo no centro de tudo. Era um jeito bastante peculiar de resumir o momento.

Livre de Argento, Edgar a pegou no colo sem aviso e se transformou no próprio olho do furacão, fugindo do salão ao som de gritos desesperados e rosnados indistintos. Por cima do ombro dele, ela teve um vislumbre do pai e dos irmãos abaixados, sacando armas.

Do lado de fora, o tamanho do estrago ficou mais nítido. Todo o segundo andar do clube estava em chamas, e a ala leste, onde ficavam as cozinhas, fora destruída. Pessoas bem-vestidas saíam correndo; nefilins e fadas voavam para longe sem olhar para trás. Lobos da matilha pulavam as janelas e corriam para carros do outro lado da praça. Heitor carregava a magistrada no colo enquanto ela apertava o livro-cartório junto ao corpo.

Edgar trocou um aceno com o irmão mais novo e levou Diana para um carro estacionado na lateral do clube. A gentileza e a paciência com que ele a colocou no banco do passageiro eram um contraste enorme com o caos ao redor.

— Tá ferida?

Ainda sem palavras, ela balançou a cabeça para responder que não. Ele tocou sua bochecha, o polegar fazendo um carinho suave. O gesto a acalmou. Fez com que se desse conta do coração palpitando nervoso no peito, mas também trouxe o cheiro de pele queimada. Diana segurou a mão dele e olhou a palma ferida pela prata.

— Acha que eu vou precisar de luvas? — brincou ele, flexionando os dedos com marcas tortas, onde o metal havia tocado e a queimadura estava se expandindo.

Por mais que tentasse, ela não conseguia dizer nada, a fala presa na garganta com o choque e a emoção súbita. Não sabia o que fazer com aquele sentimento borbulhando no vazio, não identificava o que era nem no que deveria transformá-lo. Costumava ser mais seguro não sentir nada, não nadar por aquelas águas traiçoeiras. E, apesar disso, ela se inclinou e deixou um beijo no centro da queimadura.

Diana percebeu Edgar ficando tenso, ouviu um som áspero vindo da garganta, que não era nem um rosnado nem um ganido. Ele foi o mais forte, se afastou e seguiu para o banco do motorista, então deu a partida do carro e arrancou para dar a volta na Praça XIV. Estacionaram num beco, com vista para os fundos do prédio.

Diana respirou fundo e forçou a voz a sair controlada.

— Então, só para confirmar: foi esse o detalhe do plano que mudou?

Ele ofereceu a ela um meio sorriso e indicou o prédio com a cabeça. Melina saltou por uma das janelas e saiu correndo, os cabelos soltando fumaça, um pouco chamuscados. Ela entrou no automóvel onde Raul esperava, no outro beco, saltando pela janela aberta.

— Agora saímos todos, antes que as outras explosões aconteçam.

— Outras? Quais?

A última pergunta saiu abafada pelo motor rugindo enquanto Edgar acelerava. Dessa vez, ele não deu voltas, só levou o carro para as ruas que desciam a ladeira.

— Antes de você ficar brava, já vou avisando que eu mandei tirar suas coisas de lá de dentro. As roupas devem ter amassado um pouco, mas depois a gente resolve isso.

— De dentro de onde?

Ao longe, como se esperando a deixa, mais duas explosões perfuraram o barulho do carro. Outros automóveis da matilha passaram acelerados por eles, os lobos mais jovens uivando e batendo a mão nas laterais do carro. Diana se inclinou para fora da janela, precisando ver para crer, apesar de o instinto insistir que, na verdade, já sabia.

Uma coluna de fogo se erguia de um ponto bem mais baixo, onde ficava o bairro dos metalúrgicos, incrustado nas colinas a leste da cidade. Outra iluminava a noite bem mais próxima, subindo a rua que dava para as mansões das famílias humanas mais ricas.

— Também mandei tirarem a governanta de lá e levarem pro galpão das armas.

Deixando-se cair sentada de novo no banco, Diana repetiu mentalmente o que tinha acabado de ouvir. No bolso, o baralho vibrava, uma energia de diversão — gostava de vê-la surpresa de tempos em tempos.

— Você... explodiu a mansão de Coeur?

— Um lugar a menos pra eles se refugiarem. A explosão da fábrica não deve ter feito grande estrago, foi só pra assustar.

A informação se assentou aos poucos. Quanto mais se afastavam da parte alta, menor a qualidade da iluminação pública, e a escuridão das ruas desertas aumentava o tamanho do que tinha acabado de acontecer. Os outros carros da matilha não estavam mais à vista, tinham se dispersado por outros caminhos, mas ela ainda ouvia alguns uivos aqui e ali, por cima da barulheira.

Atravessaram o centro de Averrio, onde ainda havia vida noturna ao redor do Manolita. As pessoas apontavam para o céu, onde fogo e fumaça incitavam perguntas, onde a guerra começava a ser anunciada.

— Tá irritada?

Ela encarou Edgar, sem palavras.

— Vamos morar na cachaçaria por um tempo. Mandei dar um jeito lá também. Mas, depois que isso tudo acabar, voltamos pro alto, construímos uma mansão melhor. Maior também, porque a matilha é grande. Não sei quanto tempo, mas... se você quiser...

— Edgar Lacarez, você está se explicando para mim?

— Até o lobo mau sabe que deve satisfação pra esposa. — Ele sorriu de lado, mas não a encarou de volta. — E também, agora...

Havia algo crucial que Diana não estava entendendo. Observou-o com atenção sob a luz fraca dos postes que passavam correndo. Entraram no bairro das destilarias, sendo obrigados a desacelerar por conta das ruas de paralelepípedos irregulares e dos ocasionais bêbados atravessando de uma calçada à outra em busca do próximo bar. Pararam em frente à Cachaçaria Afiada, e Edgar ainda não tinha completado a frase.

— Então, tá irritada?

— Pelo ataque à fábrica? Não, já tínhamos discutido isso. Pela saída dramática da festa de casamento onde meu pai estava te torturando em público? Não, também. Não me importo com nenhuma daquelas pessoas nem com a sociedade das boas damas. É possível até que você tenha lhes dado uma nova diversão, gastar dinheiro fazendo reformas. Pela mansão destruída? Não, a...

— Nem pela mudança pra essa espelunca?

— Não. Eu quero ver a minha família na rua, quero que eles caminhem pelos destroços de uma casa de centenas de anos, onde relíquias vão ter virado cinzas ou memórias deformadas. Quero também que a boa sociedade saiba onde estou morando, quero que fiquem escandalizados e sussurrem ao ver alguém do clã passar. Quero ver o nome de Coeur tão enterrado na lama que seja indistinguível da merda por onde nós caminhamos.

Quanto mais falava, mais Diana se dava conta do que estava sentindo, mais ficava consciente do misto de prazer e revolta.

— Mas?

— Mas estou brava por você ter decidido que explodir metade da cidade era uma alternativa melhor e não me consultado. Isso era para ser uma *armadilha*. Falamos de pequenas emboscadas e roubos, mas terminamos com fogueiras gigantes na cidade e não estou vendo nenhum deles capturado. Qual era a necessidade de manter isso em segredo?

— Qual é a necessidade de manter as suas fontes de informação em segredo?

— É diferente! O que você pensou? Que eu ia sair correndo e alertar um deles?

— Pensei que eu sei o que faço. O fogo é a melhor das armas, mata monstros e humanos e faz os sobreviventes revelarem suas verdadeiras alianças e segredos. Amanhã você vai ver o que os cães vadios vão trazer pra sua porta. — Ele gesticulou para a cachaçaria e suspirou. — Vi uma abertura e aproveitei, não vou pedir desculpas por isso. Você tem os discursos de vingança mais lindos, querida, mas ainda não viveu nada disso, não passou a vida inteira encarando a cidade como um campo de guerra.

— Claro que não. Meus inimigos sempre estiveram dentro de casa.

A resposta dele foi rosnar baixo e puxar um charuto do paletó. A chama do isqueiro, tão pequena perto do incêndio que haviam deixado para trás, iluminou a mão ainda ferida pela prata. Num primeiro olhar, podia parecer que ele mal notava, mas àquela altura ela já conhecia bem os trejeitos do lobo buscando o refúgio da fumaça, percebia a rigidez dos dedos.

Engolindo a raiva por ter ficado no escuro depois de anos estando acostumada a saber de tudo, e precisando escapar da nova onda de emoção desconhecida, Diana revirou o porta-luvas até encontrar o que queria. Imaginou que criminosos sempre tivessem um pouco de pó de fada à mão para emergências.

Edgar não disse nada. Deixou que ela puxasse sua mão e batesse um pouco do pó sobre os ferimentos. A magia não era tão poderosa assim, embora fosse brilhante, e trabalhou devagar, como pequenos fogos de artifício remendando a pele.

— Você vai precisar se acostumar ao fato de não ser mais a única pessoa que dá as ordens — disse Diana, espalhando o pó para os dedos, fingindo que o arrepio era por causa da magia e não uma reação do próprio corpo ao dele.

— E você vai precisar se acostumar a ser protegida.

O progresso silencioso do pó de fada iluminava a fumaça do charuto, criando uma cortina prateada entre o interior do carro e o mundo exterior. Ali, com aquela ilusão de proteção, Diana se permitiu procurar os olhos dele.

— Você não está brava porque eu escondi o plano, está brava porque não consegue acreditar que alguém faria qualquer coisa com os seus interesses em mente.

— É isso, então? Posso acreditar que você faz?

— Dois sangues, um sangue.

O arrepio que se seguiu definitivamente não tinha nada a ver com o pó de fada.

◖◗ ✦ ◖◗

O bar da cachaçaria estava vazio quando o atravessaram. Edgar contou que tinha mandado os rapazes passarem a noite fora, patrulhando o território, por segurança e privacidade. Diana mal registrou o fato; assim que cruzou a porta que dava para a residência da família, encontrou algo muito melhor do que esperava.

Dizer que tinha mandado dar um jeito fora um grande eufemismo de Edgar para dizer que enchera o espaço de móveis e itens de decoração caros. O acesso do bar dava para uma mistura de sala e cozinha amplas, de piso encardido de tábuas velhas, onde uma mesa de madeira escura e cadeiras acolchoadas tinham sido posicionadas sobre um tapete felpudo. O papel de parede estava sujo e descascado, aumentando a incongruência com um aparador novo onde repousava um vaso de porcelana cheio de flores. Um sofá de três lugares e uma poltrona de estofados listrados terminavam de compor o ambiente, junto com uma mesa de centro de madeira clara. As lâmpadas também eram velhas, de luz fraca e amarelada, ressaltando o ouro velho adornando os móveis.

— Vocês roubaram o estoque das Lojas Corianas? — Ela sorriu para Edgar.

— Isso.

— Calma, você está falando sério?

— O armazém deles fica no canal de uma das nossas rotas.

— Você tem dinheiro para comprar, agora.

— Roubar era mais rápido. Sabia que o prazo de entrega das Lojas Corianas é de duas semanas? Você pode trocar depois, se quiser.

Nada combinava, tudo era opulento. Era o espaço mais decadente e brega que ela já tinha visto, e Diana não conseguia imaginar outro lugar em que preferisse estar no momento. Depois de uma vida inteira desejando não estar onde vivia, se sentir confortável foi como um sopro de ar fresco inesperado — talvez seus irmãos estivessem certos sobre ela: pertencia à sarjeta.

Um toque suave na base de sua coluna a empurrou na direção da escada de madeira do outro lado do cômodo.

— Eu gostei.

Edgar parou de repente ao ouvi-la. O roçar de dedos se transformou, deu lugar a pontas afiadas caminhando sobre o tecido do vestido em um arranhar indolor. Tentador.

— O resto da casa... — A voz dele saiu rouca, grave, com o reverberar de uma garganta lupina.

— O quarto, Edgar. Me mostra o nosso quarto.

A transformação ondulava sob a pele, os pelos espetavam por dentro e os dentes rangiam de expectativa. O controle sobre a maldição sempre parecia ilusório naqueles momentos em que o lobo testava os limites do corpo e o lembrava de que apenas monstros faziam acordos com monstros — naquela noite, a linha estava ainda mais tênue. O perfume de Diana impregnava o quarto e os sentidos, se insinuava como presa para o abate e predador para o bote.

Esposa. Companheira. Sócia. Dona. Caça. As possibilidades giravam com o aroma que ela emanava a cada menor movimento para se despir, mesmo lá dentro do banheiro. Ele agarrou o ferro da nova cabeceira da cama e sentiu um prazer mesquinho ao ouvir o metal vergando sob sua força. Danificar era bom, danificar era honesto, uma demonstração tão boa quanto palavras, apesar de ele saber que não devia. Tinham feito o possível para transformar aquele arremedo de casa em algo confortável, luxuoso, um lugar de onde ela não fosse querer fugir de imediato.

O som do chuveiro desapareceu, substituído por outros barulhos de toalete feminina — tão misteriosos quanto os poderes dele talvez parecessem a ela. Edgar não fazia ideia de qual seria a reação da mulher — esposa, companheira, sócia, dona, caça — ao ver seu estado. As conversas anteriores não tinham sido suficientes para explicar, descrever o entre-estado de transformação quando algo além da lua puxava a fera para a superfície. O lobo estava agitado e indeciso, e Edgar não sabia o que aconteceria se ela se assustasse, se recuasse. Se ela não conseguisse mascarar o desprezo pelo monstro com quem havia se unido magicamente algumas horas antes. O som do coração dela tinha se tornado mais intenso depois do feitiço da bruxa, e a voz de Mimi contando a história de um antepassado idiota voltou para aterrorizá-lo.

O ódio de Diana pela própria família já estava mais do que claro, mas aquela noite seria o verdadeiro teste. Não haveria enganação para o lobo; a besta não se importava com dinheiro ou vingança, queria apenas a própria saciedade, e, se não enxergasse vantagem naquele trato, tudo poderia estar arruinado.

Respirando fundo, ele começou a desabotoar a calça. Então a porta se abriu.

Numa sobrecarga de instintos e sentidos, o monstro quase escapou. Sentiu as pupilas se contraírem, os caninos ficaram mais afiados. Menos homem, mas ainda não uma fera, todo feito de concentração e desconfiança, o foco inteiro na mulher que se dispusera a se tornar dele. Ou fazê-lo dela. Ainda não tinha certeza de quem havia conquistado quem.

É porque você está com medo. É porque você sabe que, *quando estiver dentro de mim, vai ser meu.*

Diana estava com uma camisola de seda preta. Os lábios tinham recebido uma nova camada de batom vermelho-sangue, embora o resto da maquiagem tivesse sido lavado. Os cabelos perfeitos balançavam suavemente com o inspirar profundo. O peito dela subia e descia devagar, mal delatando o coração acelerado. O lobo se fixou na pulsação honesta do sangue e no cheiro mais profundo que o aroma do perfume. Talvez ela estivesse com medo, mas estava excitada também, e ali ele encontrou sua resposta.

Esperou que Diana se aproximasse, os olhos o percorrendo de cima a baixo, se demorando um pouco na cabeceira arruinada, e depois se fixando no rosto dele. Ela parou muito mais perto do que qualquer outro humano jamais teve coragem, mesmo num momento de lobo adormecido, o contorno dos seios muito próximo de tocar seu peito nu e, ainda assim, infinitamente mais longe do que parecia certo. O lobo o instigou a avançar, a rasgar o tecido e a marcar de uma vez — testar se era coragem ou bravata, descobrir se ela o marcaria de volta, como era o certo a se fazer. Um rosnado impaciente escapou da garganta contra sua vontade, e Diana ergueu uma sobrancelha em resposta.

— Você me explicou sobre o entre-estado. Confesso que não sei se acredito que é como você faz parecer.

— Vai acreditar se eu rasgar sua garganta? — perguntou ele, a voz alterada pelo lobo, e levou a mão ao pescoço dela.

Era tão lindo e esguio, tão fácil de quebrar, a origem do perfume e de boa parte de seus tormentos. Se a matasse, estaria tudo acabado; se a matasse, era possível que cometesse a maior besteira de toda sua vida, e não pela perda das riquezas.

Inabalável, aquela mulher. O peito de Diana subiu e desceu, a artéria do pescoço pulsando acelerada. Com movimentos lentos, deixando-o ver que o fazia de forma deliberada, ela deslizou a ponta dos dedos pela extensão do braço que a mantinha prisioneira. A carícia tortuosa aos poucos chegou perto do punho, e nele fincou as unhas perfeitamente pintadas. Não eram nada contra a pele resistente do lobisomem, e eram tudo, despertando a aprovação e a fome do lobo. Com um puxão suave, Diana fez com que ele soltasse seu pescoço — e não o libertou. Obrigou-o a abaixar o braço e invadiu de vez seu espaço, as pontas dos seios finalmente o tocando, os mamilos duros provocantes sob a seda.

— E se eu rasgar a sua primeiro? — sussurrou Diana, olhando para cima com um sorriso maligno, o hálito quente escorrendo pela garganta como se para provar um ponto.

Aquela mulher seria seu fim.

Edgar engoliu em seco; precisava de um mínimo de controle. Limites que o lobo não ousaria cruzar.

— O pingente. A prata.

— Se você tiver coragem de remover a minha lingerie, talvez descubra se eu estou usando ou não.

Foram as palavras erradas mais certas que ele podia ouvir. Libertou-se das garras de humano e deixou que o lobo assumisse por um instante. Estava cansado de negar o próprio desejo. Tinha dado todos os avisos possíveis. Sentiu um prazer perverso ao jogá-la na cama e rasgar a camisola pelo decote até a barriga... e lá estava. Nunca sentira tanto alívio à visão de prata, mesmo tendo sido queimado duas vezes naquela mesma noite. Colou testa com testa, usando os braços para fazer uma caverna onde havia apenas Diana. Olhos, cheiro, hálito.

— Esse cordão é sua única defesa contra mim.

— Você não está me ouvindo. — O toque suave voltou, dessa vez caminhando pelas laterais do corpo dele até envolver seu pescoço e forçá-lo mais para baixo. Os contornos de Diana preencheram o resto de todos os sentidos; os seios nus contra sua pele, o som do coração batendo, o cheiro da excitação e da ansiedade. O pingente perigosamente perto de deixar uma marca. — Você teve todas as oportunidades do mundo para me matar, Edgar. Se falhou ou se desistiu, eu não sei. O que resta agora... é terminar o que começamos. Agora, me beije como se quisesse de verdade estar casado comigo.

Edgar se descobriu um cão muito bem treinado e obedeceu sem nem pensar sobre o significado das palavras. Tomou os lábios dela devagar, abrindo caminho para a língua e todos os sabores a que tinha sido apresentado na semana da lua cheia. Pressionou-a contra o colchão e invadiu aquela boca perversa, oferecendo mais de si do que seria capaz de dizer em voz alta. Querer estar casado não descrevia a agonia e o desejo vibrando nos dentes e nas garras. Querer era pouco, insuficiente para o lobo.

Diana o abraçou pelo pescoço, pressionou o corpo de volta, abriu as pernas para acomodá-lo, e sorriu no meio do beijo quando a ereção se moveu na falta de espaço entre eles. Ela o beijava de volta com provocação, como se o desejasse de qualquer maneira, sob qualquer forma. Ele estava duro, latejando, o lobo uivando por mais contato, por se enterrar nela de uma vez.

Foi o gemido — dela, tão apegada ao silêncio — que quebrou o controle tênue que Edgar mantinha. Foi um som baixo e inconfundível, reverberando nas peles coladas. Quase um ganido. E o lobo conseguiu quebrar a barreira.

Os pelos despontaram primeiro nas costas e nos braços. Mesmo com os olhos fechados bem apertados, ele percebeu as pupilas mudando e, pela primeira vez em muitos anos, sentiu um tipo de medo que pensara já ter superado. Empurrou ideias de rejeição para bem fundo dentro do abismo que se abria em seu peito, enterrou-o por baixo do desejo e da luxúria. Intensificou o beijo, a apertou mais, impulsionou a cintura para baixo, tudo para distraí-la do que estava acontecendo. Quanto mais pressionava os corpos, mais era invadido pela reação dela, o cheiro excitado, os gemidos cada vez mais altos — e a transformação reagia de volta. As garras cresceram, então ele as fincou no colchão. As orelhas começaram a se alongar, a pelagem preta se espalhou, e ele fechou mais os braços para esconder o beijo numa caverna apertada.

Mas o toque de Diana também não podia ser contido. As mãos dela desceram arranhando seu pescoço e tronco, até encontrarem as costas... e pararem.

Edgar estacou também, brigando pelos últimos fios de controle. O lobo lutou por dentro, arranhou carne e órgãos, precisando sair, descobrir se tinha presa ou predador nos braços. Ela se moveu por baixo dele, tentando ver.

— Não. — A própria voz dele denunciava o entre-estado. Rouca para além do tesão.

Os dedos de Diana então retomaram o passeio, roçaram através dos pelos longos demais para um ser humano, subindo pelas laterais do corpo até alcançarem o pescoço. Ali, se fincaram na mistura de cabelos e pelos, e ela o empurrou para longe devagar, até não haver onde se esconder.

— Olhe para mim.

Ele fez que não.

— Olhe.

Afastando-se e se sentando sobre os calcanhares, Edgar obedeceu, como o cão treinado que era. A visão de Diana lhe roubou o pouco fôlego que tinha, desamarrou algumas das cordas que vinha passando no lobo desde o início do dia.

Apoiada nos cotovelos, a camisola rasgada expondo os seios com mamilos rígidos subindo e descendo, as pernas abertas revelando que não usava nada por baixo, o batom vermelho borrado, descabelada. E, embora ela se oferecesse num banquete, também o devorava com o olhar. O som do coração dela batendo acelerado não tinha nada de medo, e o cheiro e o calor emanando de seu centro exposto faziam promessas.

Ele seria castrado se dissesse aquilo em voz alta, mas Diana era a fêmea mais linda a caminhar sob a lua, e possivelmente sobre o coração de Edgar. Que se fodessem todas as lobas de Vera Cruz; não havia criatura que já o tivesse tentado com tanta intensidade. Não conseguia nem lembrar se alguém já tinha olhado para ele daquela forma... como se estivesse faminta.

Lentamente, ela se aproximou e ficou de joelhos na frente dele, iniciando um novo percurso de carícias com as mãos, as unhas pintadas de vermelho mergulhando na pelagem escura que despontava dos braços, os dedos roçando as orelhas alongadas e prosseguindo para a testa, onde as sobrancelhas também já começavam a mudar. Completamente rendido, hipnotizado pelo trajeto, aos poucos Edgar começou a aceitar que não haveria fuga. Não estava totalmente mudado; ainda havia uma face de homem ali, ainda que horrorosa a olhos humanos.

Diana o segurou pelo rosto e o beijou, passou a língua pelos caninos afiados. E sorriu no meio do beijo.

— Tudo cresce nesse estado?

— Diana... — O nome saiu numa súplica e num rosnar.

Ela riu e continuou a explorá-lo com as mãos, de volta para baixo. Arranhou o peito e a barriga dele, brincou com os pelos descendo do umbigo, até chegar ao cós da calça meio aberta.

Puta merda.

Ela o agarrou sem aviso nem delicadeza, puxou o pau para fora e bombeou para cima e para baixo, espalhando a porra já escapando da ponta. Músculos e ossos estalaram, os pelos eriçaram e um rosnado rompeu a última barreira.

Puxou-a pela cintura até o pau estar pressionado contra a barriga quente e macia dela, então tomou o controle do beijo, deixou as garras se enroscarem naqueles cabelos pretos já bagunçados. Eram os dois feitos de sombras; a escuridão de dentro dela cantava para ele, e o lobo uivava em resposta.

Edgar a empurrou para se deitar de novo, ficando por cima para que ela não escapasse, devorando sua boca, arranhando a pele perfeita, trazendo-a mais para o próprio nível. Diana não recuou, não hesitou, foi de encontro a ele até não deixar nenhum espaço entre os corpos, agarrando e puxando a pelagem cada vez mais espessa. O pingente de prata, preso entre eles, era um ponto de ardência contínuo, mas era pequeno demais para impedi-lo de servir à fêmea vibrando a seu toque.

Deixou a boca de Diana e seguiu para baixo, fazendo um rastro molhado pelo pescoço até os seios. A sensação dos mamilos duros na boca foi tão suculenta quanto lembrava, e ele chupou um enquanto brincava com o outro, circulando a auréola com uma garra — o suficiente para provocar, insinuar quão afiada era, quanto de estrago poderia fazer. Diana agarrou sua cabeça, a empurrando mais para baixo.

— Edgar...

Ele gostou tanto do som ofegante, do tom de súplica, que estendeu a tortura. Circulou o bico do seio com a língua, prendeu-o entre os dentes e puxou-o de leve. Não sabia ainda em que parte do corpo daria a primeira mordida. Atacou o outro seio com a boca, deixando as mãos livres para terminar de rasgar a camisola dela.

— Um dia você disse... que se eu quisesse...

Ele não a deixou terminar a frase; não precisava dela imaginando nada que não fosse ele entre suas pernas. Tocou sua boceta, tão quente e molhada, o território seguinte a ser dominado, pressionando o ponto que ela mais queria, e foi finalmente recompensado com um gemido alto e longo, que teria sido ouvido por qualquer criatura do lado de fora. Era isso que ele desejava, que todos os monstros da destilaria soubessem que a perfeita e composta madame da parte alta se desfazia sob suas garras.

Satisfeito, trocou a mão pela boca; não conseguia se conter nem alongar o momento, precisava apenas matar a fome, consumi-la de todas as formas. A transformação se intensificou; as pernas cresceram e começaram a romper a costura das calças, o nariz se alongou, a língua cresceu, e mesmo assim ele não parou. Usou cada nova modificação para chupar e lamber e continuar roubando o controle dela — não seria o único entregue à selvageria. Os gemidos de Diana ficaram cada vez mais altos e mais curtos, sem ar, a excitação dela escorrendo e empapando os pelos crescendo na face dele.

Ela chegou ao ápice de repente, com um grito sôfrego que o deixou ainda mais duro, mais pulsante. Edgar engoliu o orgasmo e continuou se fartando, pressionando, sugando, penetrando com a língua. O cheiro do prazer dela era inebriante, sua mais nova cachaça particular.

Afastou-se só um pouco, para admirar o trabalho feito, e, ao encarar a pele macia e molhada da coxa, decidiu.

Primeiro esfregou o rosto ali, espalhando a umidade e o cheiro do sexo devorado. Depois roçou os dentes, tentando a si mesmo, esperando algum sinal de medo. Nada. Diana era louca, e ele também. Mordeu lentamente — o objetivo não era dilacerar. Queria marcá-la, deixar um aviso para qualquer um idiota o suficiente para tentar chegar ali. O sangue era o veículo da magia, a mordida marcava a posse dos lobos — não era um casamento lupino, mas teria que bastar.

Sentiu os dedos de Diana passeando por sua cabeça, preguiçosos, como se não estivesse preocupada com a possibilidade de perder um pedaço da própria carne. Edgar mordeu mais forte, perto de rasgar a pele. E ela riu.

Maluca de pedra.
Minha.
— Você vai ficar aí brincando a noite toda, marido, ou vai me dar o que eu quero?

Num piscar de olhos, ele estava por cima dela, os braços apoiados ao lado de sua cabeça, rosnando para aquele sorriso convencido e saciado. De novo, as mãos dela estavam em seu corpo, descendo, tocando e sentindo cada curva e reentrância, curiosa e algo mais — algo que lembrava posse.

— O que você quer, esposa?

— Não é óbvio?

Sem pressa, as unhas delicadas dela arranharam sua virilha. Edgar fechou os olhos, rosnou e deu uma estocada no espaço entre eles. Os dedos de Diana envolveram seu pau, um por um, e começaram a subir e descer num ritmo torturante.

O lobo estava rendido, não faria nada que ela não pedisse. Esposa. Companheira. Sócia. Dona. *Loba em pele de mulher.*

— Olhe para mim.

Ele arfou com a visão linda da mulher descomposta, suada e que, de alguma forma insana, era dele. Então, quando não achava que tinha como ficar ainda mais louco por ela, Diana virou o rosto e mordeu seu braço, sem hesitação nem nojo dos pelos, com força. Edgar quis rir da mordida humana patética, e se engasgou com a bolha insuportável de sentimento que estourou dentro dele.

Era mais fácil fingir que dominava a situação quando se tratava só de desejo.

Com um impulso, Diana o empurrou. Ela não tinha força o suficiente para movê-lo, mas, como o cão bem adestrado que estava se tornando, Edgar deixou que ela o conduzisse. Deixou-se deitar de costas contra o colchão. Parou de respirar quando ela o montou e esfregou a boceta encharcada ao longo de seu comprimento, indo e voltando com um sorriso perverso no rosto.

— Vai me dar o que eu quero, marido?

— O que você quer?

— Tudo que você tiver pra me dar.

— Diana...

— Tudo.

O lobo perdeu as estribeiras de novo. A fêmea pedia, ele dava, não havia nada mais simples no mundo. Ergueu-a pela cintura, colocou-a no ângulo certo e a penetrou fundo, entrando todo de uma vez, exatamente como foi pedido. Mandado. Comandado. Entrou e saiu de novo, e de novo e de novo. O mundo se fez todo Diana.

O gosto dela ainda na língua, os gemidos e a respiração entrecortada, a carne cedendo sob as garras, a visão dos seios balançando com o movimento cada vez mais brusco, o calor consumindo o pau no interior apertado dela, o prazer dos dois se misturando — o odor da magia azeda de maldição quase sumindo no meio daquele novo cheiro cru e visceral se intensificando a cada estocada. *Dois sangues, um sangue. Dois corpos, um corpo.*

Não havia mais nada que pudesse fazer, como controlar ou voltar atrás. Não sabia nem dizer quão avançado estava na transformação, atento apenas a ela, reagindo a ela. *Ela ela ela ela ela ela ela.* Estava tão rendido a ela quanto à própria maldição, como se estivesse fodendo a própria lua cheia.

— Edgar... mais... mais... *mais!*

Tudo.

Deu tudo e mais um pouco, fincou as garras nas coxas antes imaculadas, se deixou cavalgar até senti-la explodir de prazer e se permitir cair no precipício com ela. Nos espasmos do gozo compartilhado, Diana se deixou cair ofegante por cima dele, mais entregue do que Edgar jamais a vira. Ele a abraçou, enfiou o rosto meio focinho no pescoço dela, prolongou o próprio prazer ao constatar que quase não dava para distinguir o cheiro um do outro.

Ainda estava dentro dela quando foi abraçado de volta, quando os dedos começaram a fazer redemoinhos em sua pelagem. Minutos se passaram, a respiração dele foi voltando ao normal, mas a transformação não retrocedeu — nem Diana se afastou. Ela se aninhou mais contra seu peito, como se quisesse de verdade estar casada com ele.

Sonolento, farejou o cheiro da magia mudar mais um pouco, se assentar ao redor da carcaça de lobo, como areia da praia agarrando no pelo. Ainda não era perfeito, mas teria que bastar.

15

MONSTRO

Diana acordou com um carinho quente na cintura, que fez sua pele formigar. Abriu os olhos para encontrar Edgar nu, passando pó de fada nas marcas de garras que corriam pelas laterais de seu corpo e suas costas.

Não disse nada, ele também não. A magia foi fechando as feridas, se livrando de quaisquer cicatrizes que pudessem ficar. Os dedos calejados dele pareciam suaves, enganadores — não porque escondiam as garras do lobo, mas porque empunhavam uma sensação de carinho que não deveria ser real. Não podia. Um a um, os arranhões e furos de dentes desapareceram, deixando no lugar marcas invisíveis, que se infiltraram para o vazio de Diana e se aninharam ao feitiço do matrimônio.

Quando ele alcançou o interior da coxa, onde a marca da mordida mais forte já estava roxa e inchada, Edgar hesitou. Olhou para ela, como se pedindo confirmação. Diana fez que sim com a cabeça, achando que era um pedido por permissão — só quando percebeu o brilho de decepção entendeu que devia ser outra coisa, algo mais lupino, mas ele já estava esfregando o pó, concentrado na tarefa. Talvez ela tivesse imaginado, talvez fosse o próprio coração tolo querendo enxergar além da realidade, talvez fosse o efeito entorpecente da magia das fadas.

Com as feridas curadas, ele se deixou cair na cama ao lado dela, mas não tão próximo. Diana se pegou contendo o próprio corpo, se impedindo de ir até ele. Para se distrair, observou o quarto, iluminado por um pouco de luz atravessando as frestas da janela fechada — teria sido outro ambiente brega e confortável, se não estivesse destruído.

A primeira vez não tinha sido a única da noite. O colchão e a roupa de cama estavam em retalhos espalhados por toda parte, a cabeceira estava torta, uma cômoda tinha uma gaveta arrancada e a ponta rachada, e havia marcas de garras na parede contra a qual ele a havia pressionado antes de tombarem completamente exauridos de madrugada. Diante daquilo tudo, parecia impossível que ela tivesse escapado com apenas alguns arranhões, que fosse a peça mais bem preservada do quarto.

Uma bolha de emoção cresceu em seu peito e ameaçou estourar, por isso ela fugiu para o banheiro ainda intacto. Desejo havia conduzido o coito, e interesse na fábrica a havia mantido viva — nada mais, nada menos. Enfiou-se embaixo do chuveiro para lavar o pó de fada; precisava da mente clara e afiada, precisava das máscaras de sempre, fingir que não o tinha já infiltrado em partes esquecidas do corpo.

Usou a toalete para voltar a ser Diana, na medida do possível. Sua pequena mala tinha ficado do lado de fora, e restavam apenas a bolsa com produtos de higiene e o oráculo para ela se reconstruir.

— Você podia ter avisado que seria assim — disse ela para as cartas.

A energia subindo do baralho estava lânguida, preguiçosa, como se tivesse absorvido todos os efeitos da noite de núpcias. Diana sabia que podia acontecer, mas fazia muitos anos que não se via tão afetada por algo a ponto de ver as próprias sensações vazarem através do vínculo.

— Você podia ter dito que eu... que ele...

— Diana? — A voz de Edgar veio do outro lado da porta, de repente. — Tá falando com quem?

Primeira desvantagem da vida de casada: não podia mais conversar em voz alta com o oráculo. *Maldita audição lupina.*

As cartas riram, do jeito delas, estendendo fiapos de magia zombeteira até seus dedos e se agarrando a ela. Pouco a pouco, comunicaram uma ideia. Era raro que acontecesse; o baralho se comunicava através das imagens e dos símbolos arcanos, não podia falar, mas de vez em quando — havendo energia suficiente — transmitia uma mensagem. Não em palavras, em vislumbres sombreados em sua mente, como uma vidente de verdade seria capaz de ver.

Não.

A imagem piscou insistente, mostrando uma cena, sugerindo o que ela devia fazer. Pelo jeito, devia haver energia de sobra. Se ela soubesse que orgasmos alimentavam o oráculo, teria contratados serviços sexuais antes.

— Diana?

Inspirou fundo e abriu a porta antes que perdesse a coragem e conseguisse argumentar com as cartas teimosas. Edgar arfou ao vê-la, as pupilas se dilatando um pouco, como na noite anterior. Ela ainda estava nua, ele também. Deveria ser uma bobagem, depois de tudo. Apenas alguns minutos sem se ver não deveriam fazer nada para agitar as chamas da noite anterior, e, no entanto, lá estava o desejo dando as caras de novo.

Segunda desvantagem da vida de casada: fazia com que quisesse coisas demais.

O mundo parecia dividido pelo batente de madeira velha. Dentro, o banheiro limpo e cheiroso emulava civilidade, instigava uma conversa racional e prática sobre suas habilidades. Fora, o quarto revirado do avesso, com Edgar ainda cheirando a suor e sexo, a convidava a mergulhar de vez naquele lado onde não tinha controle. Ela fizera isso durante a noite e saíra viva, talvez até mais um pouco do que isso, então por que não?

— Vou te apresentar alguém. Minha companhia mais antiga e leal.

Ele pareceu tão surpreso pela declaração que demorou um tempo a reagir.

— Como é? — A pergunta veio com um rosnado, como se ela o tivesse ofendido.

Diana levantou a mão e mostrou a ele o monte de cartas surradas, deixando que o bandido inteligente tirasse as conclusões. Ele cruzou os braços e contraiu o nariz, farejando o ar na direção do baralho.

— Você... lê a sorte nas cartas?

— Ler a sorte, não. Nem existe isso. Eu pratico cartomancia, que é a única das artes dos Mistérios a que ainda tenho acesso, com o meu vazio. E sou muito boa nisso, tão boa que já trabalhei como cartomante no cassino.

— Não consigo imaginar você atendendo pessoas no Manolita.

— De onde você acha que eu tirei dinheiro para manter a minha operação de extraviar armas sem meu pai desconfiar?

Edgar cruzou os braços, concentrado no monte de cartas. O oráculo, por sua vez, parecia estar se divertindo.

— Isso exala magia azeda. Tem certeza de que essa coisa é de confiança?

— Me levou até você.

A resposta escapuliu e, uma vez dita, preencheu o espaço entre eles com o prenúncio de uma verdade que ela ainda não estava pronta para encarar. A expressão de Edgar suavizou um pouco, logo antes de ele lhe dar as costas e ir atrás de um charuto na mesa de cabeceira.

— Tem cheiro azedo mesmo assim — murmurou, a voz abafada enquanto acendia o fumo.

— Combina com a minha personalidade, então.

Ele deu uma baforada e se deixou cair na cama, usando o amontoado de travesseiros destroçados para se recostar contra a cabeceira de metal. Não parecia nem um pouco constrangido pela falta de roupas, o membro à mostra no meio dos pelos tão escuros quanto a pelagem do lobo. Então se esticou todo e deu algumas tragadas antes de apoiar a mão do charuto num joelho. Diana nunca tinha pensado que uma cena assim a afetaria, mas a umidade no meio das pernas a lembrou do quanto também estava nua e à vontade na presença dele.

— Então, deixa eu ver se eu entendi... As cartas te mandaram me procurar? Eu estava no seu destino?

— Não é tão mágico assim.

Ela se inclinou contra a porta e começou a embaralhar as cartas, mais para ocupar as mãos e não se deixar ficar nervosa. Compartilhar aquele segredo de repente soava muito mais íntimo do que copular como dois animais a noite toda.

— Eu tinha... planos, vários... mas precisava saber quais tinham maior chance de sucesso. Venho buscando uma solução para a maldição desde garota. Foram muitas tiragens, muitas perguntas, até eu perceber um padrão surgindo nas respostas, até o desenho de um casamento com um lobisomem se tornar nítido, e eu encontrar no grimório da minha mãe um feitiço que correspondia a tudo que eu sabia sobre a maldição. Então, foram necessárias mais sondagens para eu saber que precisava procurar um lobo ladrão, com dois irmãos e mentalidade para os negócios. Não tem tantos lobisomens em Averrio que cumprem esses requisitos.

— Não tem nenhum além de mim, querida, você sabe disso.

Diana tentou revirar os olhos pela arrogância, mas não conseguiu diante da expressão convencida e do sorriso de lado. Pensar que aquele humor, de repente tão relaxado, fosse mérito dela carregava outra forma de poder.

— Então você sempre acerta?

— Se eu já errei, não sobreviveram para me contar.

— Mas você não sabia até ontem que seu pai ia voltar com os seus irmãos, nem da aliança de Albion e Augusto.

Com um suspiro, ela parou de embaralhar. Virou a carta de cima. O Ás de Rosas. Não tinha uma pergunta em mente, mas a frustração com aquela carta mais uma vez a ajudou a se soltar. Abandonou o abrigo do banheiro e caminhou até a única mobília intacta no quarto, uma poltrona — o modelo igual ao da saleta com vista para a baía na mansão, que talvez nem existisse mais. Havia muito que devia perguntar.

— Eu não sou uma bruxa vidente. Talvez pudesse ter sido, se não fosse por Gisele. Sou uma cartomante e uma estudiosa dos símbolos antigos. É muito raro que eu tenha vislumbres do futuro sem fazer uso das cartas. Qualquer pessoa pode ler o baralho, eu poderia até mesmo ensinar você. Esse último fiapo de magia azeda que você fareja é a borra no fundo da xícara, apenas um resto, mas tão concentrado que aumenta minha clareza para as leituras. E, claro, o baralho em si tem magia. Estamos juntos há tanto tempo que criamos um vínculo e ele se abre para mim. Mas sempre tem que partir de mim, eu preciso perguntar e tenho que fazer as perguntas certas. — Diana se recostou, ciente da forma como cada movimento seu era observado com atenção absoluta. Voltou a embaralhar, procurando a confiança com que sempre conseguia seduzi-lo. — E o futuro pode mudar a cada escolha, a cada vontade. Apenas videntes verdadeiras conseguem enxergar além do livre-arbítrio, as consequências finais. Eu não tenho escolha a não ser deduzir enquanto leio. Com o tempo, você aprende a perguntar, principalmente se sua vida depender disso. Ajuda que o oráculo se afeiçoou a mim, embora eu não tenha dado a ele muita escolha.

— E como você encontrou essa companhia tão leal? Suas tias vermelhas não parecem do tipo que dá presente de aniversário.

O sorriso dela cresceu. Seu primeiro delito e talvez maior orgulho.

— Eu roubei. Depois que queimaram minhas mãos, eu fugi para o Bairro Vermelho. Quando elas me negaram abrigo, eu saí correndo, porque sabia que tinham chamado Gisele para me buscar. Me escondi na casa de uma velha bruxa, que colecionava objetos... Rastejei por entre caixas e baús até parar num canto que parecesse esquecido. Então encontrei o baralho dentro de uma caixa empoeirada que tinha a marca da Tríade. Eu queria me vingar delas, então inspecionei tudo que tinha ali dentro, disposta a pegar o objeto de maior valor. Toquei tudo, mas o saquinho de seda preta ficou me chamando. Eu ia fazer minha primeira tiragem da vida quando a bruxa velha me encontrou, então só peguei as cartas e saí correndo de novo. Gianni me encontrou no meio da rua, com a bruxa lançando feitiços atrás de mim, e um deles pegou nele de raspão.

— Como vocês conseguiram escapar?

— Gisele estava lá também, e ninguém tinha coragem de enfrentá-la.

— Ela era tão poderosa assim?

— Muito, e ainda mais louca. As pessoas pensam duas vezes antes de lutar contra alguém que não tem medo de morrer.

Fora a primeira lição aprendida de verdade com a mãe, talvez a mais valiosa de todas. Ao longo dos anos, tinha visto Gisele se meter em todo tipo de confronto, debochar de caçadores vivendo no meio deles, ameaçar bruxas com o triplo do seu poder. Ninguém revidava, porque ninguém sabia até onde ela era capaz de ir.

Virou mais uma carta. O Ás de Rosas. *Não precisa repetir.*

— Por que você parou de atender no Manolita?

— Depois que Albion renasceu como vampiro, meu pai fechou o cerco em cima de todos os filhos. Eu tinha algumas pequenas liberdades antes, dizia que ia sair para me divertir e ele só mandava Gianni manter um olho em mim, porque não achava que eu me meteria em problemas.

— Claramente seu pai não te conhece.

Diana riu.

— Quando ele perdeu Albion, ficou muito claro para todos nós que a maldição era real, e não dava mais para fingir que talvez não precisássemos temê-la. Então, só tendo mais três vidas extras, Argento passou a exigir que só saíssemos de noite em bando e a vigiar com mais atenção todos os nossos passos. O fato de ele ter ficado doente agora foi um golpe de sorte. Ele não quis correr o risco de pegarmos a doença e morrermos de causas naturais, por isso não nos levou junto.

— Agora que somos casados, eu ganho leitura de graça ou tenho que marcar uma hora?

— De graça... hm...

— Posso pagar de outras formas.

A rouquidão na voz dele fez subir um arrepio tão repentino que ela deixou o Ás cair, o baralho quase gargalhando.

— Pergunte.

—Vamos conseguir tomar a fábrica?
—Não é assim que se pergunta. Essa resposta pode mudar todo dia, com cada bifurcação de escolhas. O baralho precisa da sua intenção, e vai mostrar o melhor caminho para você chegar aonde quer e as consequências disso.

Ele concordou com a cabeça, usando o tempo de uma tragada para pensar.

—O que eu preciso fazer para o plano dar certo?

O oráculo ficou mais do que satisfeito com a pergunta certeira, e fluiu por entre os dedos no movimento a que os dois já estavam acostumados há anos. Diana puxou três cartas e as virou sobre o braço da poltrona em sequência, a tiragem mais direta possível para aquele tipo de pergunta.

O Rei de Escudo. O Véu. O Lobo.

As mesmas três cartas que saíam quando ela tentava fazer aquela mesma sondagem. Algumas vezes vinham em outra ordem, ou outras posições, mas vinham sendo uma constante ao longo dos últimos meses, quando começara a se dedicar a executar a vingança.

Edgar não perguntou, esperou paciente até que ela estivesse pronta. Ele não tinha como saber que Diana já tinha interpretado a tiragem diversas vezes antes, nem que pela primeira vez teve um instinto diferente sobre ela. Antes, tudo parecia muito claro. Ali, no quarto destruído, nua sob o olhar atento do lobo, percebeu que devia haver algo mais a ser desvendado. Puxou uma quarta carta.

O Ás de Rosas. *Você quer parar de brincar?* Puxou mais uma.

O Nó.

Suspirou, frustrada. Não adiantava, não era hora ainda de saber, talvez não estivesse definido. Mostrou a carta do Véu para ele.

— O rei é meu pai, o lobo é óbvio. Mas essa aqui... tem muitos significados associados. Cobertura, cortinas, coisas escondidas... Morte.

— Daí o plano. Matar todos e manter o velho aprisionado, escondido da sociedade.

— Por isso comecei a espalhar a fofoca de que ele está doente, de que se recusa a tomar os remédios que precisa. Assim, ninguém vai estranhar se ele parar de aparecer.

— E as outras duas cartas?

— Nosso casamento.

A resposta talvez tenha saído rápido demais, porque pôde ver o lobo desconfiado por trás do olhar do homem.

— Duas cartas só pra isso?

— Duas cartas para falar de um casamento mágico entre uma humana e um lobisomem dispostos a queimar a cidade e tudo que pode brotar disso. Parece pouco pra você?

Edgar deu uma longa baforada e deixou o charuto no cinzeiro. O silêncio ficou carregado quando ele se recostou de novo, a encarando fixamente.

— Vem aqui, então. Deixa eu pagar por esse vislumbre mal-educado do futuro.

Não era necessário. Uma vez bastava para selar o ritual do matrimônio.

Mas ela foi.

O bar da cachaçaria estava movimentado quando desceram, depois de algumas horas. Um dos rapazes trabalhava atrás do balcão, e alguns lobos que Diana não conhecia conversavam em mesas espalhadas. Todos levantaram os olhos para vê-la passar. Edgar, apenas um passo atrás, colocou uma mão em sua cintura.

Estavam quase na saída quando a porta da rua se abriu de repente.

— Bom dia, Diana! A grande domadora de lobos!

Guido riu, esbarrando em algumas cadeiras, o bafo de cachaça se espalhando. Pedacinhos de lama e sangue seco voaram com o movimento, chamando atenção para o rosto cheio de hematomas.

— Você está horrível. — Diana deixou escapar.

Não era um bom começo de vida na nova casa ofender os moradores mais antigos.

Guido gargalhou mais.

— Eu sei, mas você devia ter visto o outro. Outros. É sério, me escuta. Você também, Ed. Vem cá. Eu tenho um presente de casamento pra vocês!

Ela olhou para Edgar, esperando indicações de como agir. O marido apenas acenou, com um meio sorriso no rosto. Heitor entrou logo em seguida, num estado não muito melhor de roupas, porém bem mais composto.

— Já deu o presente? — perguntou o mais novo. — Eu também tenho um.

— O meu primeiro. Deu muito trabalho pra conseguir. Vem cá, vocês.

Seguiram Guido para fora do bar. De dia, o bairro da destilaria virava um misto de operários apressados e pessoas desacordadas no chão, a maioria com traços não humanos. O cheiro não era dos melhores, mas naquele dia tudo parecia um pouco mais claro, um pouco menos amargo.

No armazém onde aconteciam as rinhas, alguns dos rapazes trabalhavam sem camisa nos bancos de madeira da arquibancada, rindo de alguma coisa, quando eles entraram. Heitor assobiou e, de repente, todos se colocaram eretos, acenaram respeitosamente, murmurando bons-dias e "dona Diana".

Ela acenou de volta e encarou Edgar, que apenas arqueou as sobrancelhas, sem oferecer nenhuma explicação para o comportamento. Guido puxou a comitiva para a escada que conduzia até o camarote. Na porta, ele parou com um grande sorriso ensanguentado, inquieto e cheio de expectativa, lembrando a ela de um menino aguardando a aprovação dos pais. A metáfora ser a respeito de familiares a surpreendeu tanto quanto o que encontrou lá dentro.

Augusto, amarrado e amordaçado, a lateral direita do rosto um grande hematoma, com um olho inchado e o outro encarando fixamente o chão. Os cabelos claros empapados de sangue e lama grudavam na testa. Longe do glamour de menino de ouro, uma piada satírica do caçador descontraído.

Guido circulou a cadeira e deu dois tapinhas no ombro do prisioneiro. Não houve nenhum sobressalto, nenhum gemido — prova de que o treinamento de anos ainda estava ali, naquela casca deformada —, e mesmo assim Diana viu. Tão acostumada a estar do outro lado daquela situação, a ver o peito dele estufado como um galo de briga exibido, reconheceu logo o orgulho quebrado.

— E aí, gostaram? — Mais tapinhas no ombro. — Eu encontrei o engomadinho aqui seguindo exatamente a dica que você deu dos vampiros. Ele saiu correndo da festa lá pro ninho do irmão defunto. Infelizmente, tive que interromper esse encontro de família.

Heitor e Edgar se aproximaram do prisioneiro, acenderam charutos e deram um para Guido.

— Ele tava acompanhado, lógico. Parece até menino de alcateia, não sabe caçar sozinho. Mas não adiantou de nada, né, moleque? — Guido deu uma longa tragada e soprou a fumaça no ouvido menos machucado de Augusto. — Vocês sabem o que eu fiz com os outros?

— O que você fez com os outros? — perguntou Heitor, revirando os olhos e sorrindo.

— Um eu deixei amarrado no canal, conversando com os peixes. O outro, acho que ainda tem uns pedaços embaixo do carro. Tem até que pedir pros meninos darem uma limpada naquilo lá. E a terceira era uma moça ruiva. Pra provar que eu também sei ser cavalheiro, deixei barato, com uma bala de prata no coração. Nem encostei no rosto.

Quatro caçadores numa única noite, e um irmão capturado. Diana engoliu em seco, tentando manter o controle, tentando reter o mínimo de decoro, porque, por mais que tivesse exaustivamente sondado o futuro, não tinha imaginado como seria a realidade. Não tinha as cores e os cheiros para compor a cena, não tinha a sensação se espalhando pelo próprio corpo, não tinha a verdade espreitando do canto da sala. Na casa da Tríade, tivera um vislumbre; ali no armazém, tinha uma revelação.

— Esse é o que te trancava sem comida? — perguntou Edgar, o rosto meio escondido atrás de uma baforada.

Ela fez que não com a cabeça, ainda paralisada pelo entendimento percorrendo seus poros. Edgar a encarava com um brilho de preocupação no olhar; talvez pensasse que ela não aguentaria ver algumas coisas acontecendo.

Mas Diana via tudo, sobre os de Coeur e sobre si mesma. A verdade era que ela era a pior deles; se não de nascença, então de criação. Um monstro, apenas mais bonito que a média.

— Esse é o que me deu luvas pro resto da vida.

Não precisou elaborar além de abrir e fechar as mãos, com o fantasma da dor na memória. Os três entenderam de imediato, e o vazio de Diana vibrou com aquela compreensão tão simples e sombria. A vingança ganhava novos contornos além da morte, pulsava com ares de retribuição.

— Temos daquela vela que não acaba lá no arsenal? — perguntou Edgar.

Heitor sorriu de lado.

— Agora temos, graças à incursão de ontem. A explosão na fábrica nos deu acesso ao estoque e à linha de montagem, então os meninos aproveitaram a oportunidade.

Pelo jeito, enquanto ela e Edgar destruíam um quarto, a matilha havia mantido as garras ocupadas. Mais tarde, ela indagaria sobre tudo, se informaria de todos os movimentos passados e seguintes. Por enquanto, uma fome descabida a consumia por inteiro. Aproximou-se do irmão e se agachou até o rosto ficar no mesmo nível que o dele. Guido o puxou pelos cabelos, para que Augusto não tivesse como fugir de encará-la nos olhos.

— Você se lembra, Augusto, de como se faz para provar que a pessoa não é uma bruxa?

16

GUERRA

O filho da puta não gritou. Diana não pareceu decepcionada; contou o que sabia sobre o treinamento de caçador, sobre como os irmãos voltavam das viagens de campo e não tinham permissão de usar pó de fada. Deixaram-no amarrado, com as mãos queimando, e se reuniram na sala atrás do bar.

Heitor estendeu na mesa o jornal da manhã e bateu na reportagem de capa. A mansão de Coeur não havia sido totalmente destruída, mas o estrago fora grande o suficiente para que a família buscasse abrigo em um hotel.

— Eu fiz umas ligações, sei qual hotel é. Já temos um, vamos pegar o resto essa noite — disse Heitor.

— O Avenaur? — Diana balançou a cabeça, tamborilando na mesa. — Não.

— Não o quê? É a chance de acabar com isso rápido.
— Guido se deixou cair na cadeira ao lado dela.

Ele tinha tomado um banho e estava composto de novo, por fora. O fundo da garrafa brilhava por trás do olhar, a agitação do lobo visível na perna que não parava quieta. Heitor não apresentava um estado muito melhor, sem o paletó e com os suspensórios abaixados, ainda sujo da noite. Diana, sentada de frente para eles, bem arrumada como sempre, parecia um pedaço arrancado da parte alta e caído ali por acaso.

Apesar da noite anterior dizer o contrário.

— Por que não? — perguntou Edgar, tentando afastar a memória recente da carne tenra e do gosto doce. O cheiro o denunciaria aos irmãos, mais do que já tinha delatado.

Diana mordeu o canto da boca. Um gesto discreto, que ele já tinha aprendido que significava que ela estava decidindo o quanto falar.

— O Avenaur não é um hotel de verdade, é só uma fachada. É um clube exclusivo para caçadores.

— Puta merda. E pode isso? — Heitor balançou a cabeça. — Aonde essa cidade vai parar, com todos esses negócios ilegais?

— Eu nunca ouvi falar desse clube — resmungou Guido.

— Não é um segredo entre humanos, embora não se fale em voz alta. Não é como se a polícia fosse prender as pessoas que fornecem armamentos. Alguns oficiais são até sócios.

— Caçadores de merda. Sem ofensa, cunhada.

Ela deu de ombros. A facilidade com que ficava no meio deles parecia tão natural que mais uma vez Edgar contemplou a noção ridícula de que ela pudesse fazer parte da família. Os cheiros dele e de Diana estavam tão misturados que nenhum cão vadio tinha ousado fazer comentários, mostrar desrespeito — garras ou não, para todos os efeitos, a matilha tinha acabado de ganhar uma fêmea. Ter saído viva da noite de núpcias era uma demonstração de força da qual ela talvez nem se desse conta.

— Bom, o ataque na fábrica foi bem-sucedido. — Heitor acendeu um charuto e continuou: — Conseguimos roubar algumas coisas e fazer um estrago visível, mas sem nenhum dano sério. Verifiquei isso depois de deixar Lia em casa.

— O contrato de casamento? — perguntou Edgar.

— A cópia está no cartório, e o original está seguro com a gente.

— Mas e agora, então? — perguntou Guido. — Qual é o próximo passo? A gente tem que atacar antes deles. Se esperarmos o primeiro golpe, vamos ficar na defensiva.

Como se em resposta à pergunta, uivos vieram do lado de fora. Os irmãos se colocaram de pé na mesma hora, correndo pela porta que dava para a rua. Diana o encarou, confusa.

— Uivos chegando. Estão longe ainda — respondeu Edgar, indo atrás deles.

— Por que estamos com pressa, então?

O carro parou no espaço vazio atrás do bar, onde ficava a cachaçaria em si. Raul desceu com Melina nos braços, o rostinho inchado de chorar.

— Edgar? — chamou Diana, a voz baixa.

O segundo carro chegou pouco tempo depois, com quatro rapazes. Eles desceram e puxaram um corpo embalado de qualquer jeito por um pano preto. Raul colocou Melina no chão e pegou outro pano enrolado, bem menor, de formato redondo. O luto coletivo atingiu a todos no mesmo instante; lobos da matilha vieram de todas as partes.

Colocaram o corpo e a cabeça no centro e esperaram. Fazia tempo que não perdiam ninguém.

— Quem? — perguntou Diana.

Raul rosnou para ela, Edgar rosnou em resposta. O tio era calejado demais para se importar.

— Olhe, já que não tem olfato pra descobrir — disse o velho, a voz tremendo com um latido preso na garganta. — Foi a sua guerra que matou o garoto.

— Foi a guerra dos Lacarez — disse Edgar, mesmo sabendo que aquilo não tornava o fato mais fácil de digerir.

Os mais novos sempre enxergavam a guerra como uma aventura, no início, e depois da primeira perda começavam a entender a realidade, a repensar se deviam mesmo seguir os cachorros mais velhos. Com o sarcasmo de Raul, alguns dos moleques mais novos olharam para Diana com desconfiança; os rapazes do armazém apenas esperaram. Ela não sabia, mas era um teste. Edgar a teria poupado, teria mandado todo mundo enfiar o rabo entre as pernas e ir lamber as feridas, porque o terror estava longe de acabar, e todos teriam obedecido.

Mas Diana foi. Como tinha ido durante a noite, e naquela manhã. Não recuava por nada, nunca, a ponto de ser preocupante.

Ela foi até o meio da roda, se abaixou sem perder o equilíbrio nos saltos, quase numa repetição da noite, semanas atrás, em que pisara no coração de três sanguessugas. Ela desenrolou o pano, sem hesitar, sem recuar quando as primeiras gotas de sangue escorreram, sem deixar a cabeça de Cássio cair quando finalmente foi revelada.

Um rosnar coletivo percorreu a matilha. Melina fungou.

Diana puxou o pano que cobria o corpo e tocou o pescoço decapitado. O gesto lembrou a forma com que os dedos dela roçaram nas cartas, logo antes de virá-las.

O Véu também significava morte.

— Fizeram ele engolir prata. É o que chamam de Última Dose. — Diana depositou a cabeça sobre o tórax e cobriu Cássio de novo. Seus dedos tremeram por ínfimos segundos antes de ela se levantar de novo. — É o modo padrão dos de Coeur para avisar que uma alcateia está marcada para ser exterminada.

— Puta merda. — Heitor esfregou os cabelos, buscando em Edgar uma orientação imediata. Era preciso. A matilha não podia ficar muito tempo roendo aquela informação como um osso amargo. Isso deixaria os mais novos desestabilizados e os mais velhos rancorosos. — E agora?

— Guido está certo — disse Diana, séria e fria por fora, o coração batendo furioso por dentro. — Precisamos fazer a ofensiva rápido.

— Como? A madame teria algum procedimento padrão pra mandar recado pros filhos da puta da sua família? — Raul se aproximou alguns passos.

Guido e Heitor, conscientemente ou não, se colocaram entre o tio e Diana, e o gesto não passou despercebido pelo resto da matilha. A presença dela estava fazendo surgir novas dinâmicas.

— Fodam-se as luvas de Augusto — disse Diana. — Exploda a fábrica pra fazer dano de verdade dessa vez e entregue a cabeça dele nos portões.

As palavras correram com a brisa morna vinda da baía e caíram pegajosas. Quando a matilha se remexeu de novo, um brilho diferente começava a surgir no olhar de cada um. Os Lacarez estavam indo para a guerra como não iam desde que Edgar era garoto, quando ainda havia uma loba na matilha.

❋⟩⟩☾☀☽⟨⟨❋

Os dias se arrastaram, sujando as ruas de Averrio de sangue, adicionando cor à lama da sarjeta.

Era o pior tipo de disputa. Emboscadas, explosões e armadilhas enquanto a polícia fingia não estar vendo a onda de violência na parte baixa. Se perder o filho mais novo e ter um setor da fábrica inutilizado abalou Argento de Coeur, não houve demonstração por meio de ações impensadas. Não houve mais cabeças nem recados, apenas uma troca paciente e exaustiva de tentativas de pequenos golpes e assassinato mútuo sob a vigilância da polícia e, estudos dos inimigos. Os Lacarez foram obrigados a interromper o transporte de drogas, e as armas passaram a ser material de uso próprio, em vez de carga para vender. A guerra só era boa para os negócios quando não se estava tentando vencê-la.

Algumas noites depois de matarem e de perderem o primeiro, Edgar e os rapazes chegaram rindo no bar da cachaçaria depois de fazerem um estrago em um trio de caçadores tentando instalar armadilhas nos limites do bairro. Já passava de meia-noite e o cheiro em que estava viciado o atingiu primeiro, antes da visão — linda e terrível.

Diana estava sentada sobre o balcão, as pernas cruzadas e um dos saltos meio desencaixados balançando no pé, a expressão fria e letal. Ele ficou duro e pronto para se enterrar nela ali mesmo, e teria avançado, não fosse pelo fato de Melina estar de pé no balcão, com uma faca apontada para ela.

— Puta merda, não se pode deixar as fêmeas sozinhas! — Guido riu, já indo para trás do balcão.

Heitor tirou o paletó e se jogou numa cadeira, olhando de uma para outra como se estivesse pronto para assistir a um jogo de futebol.

— Nós vamos apostar? — perguntou ele.

— Meu dinheiro tá na pequena — disse Guido, com uma rolha na boca enquanto puxava quatro copos.

— Eu não sei... A cunhada não parece que ia ter pena de arrancar couro de criança.

Até então, as duas tinham mantido a concentração no impasse, se encarando fixamente, mas, ao ouvir Heitor, Diana lhe ofereceu um meio sorriso e piscou um olho para ele. Guido botou uma dose na frente de Heitor, entregou uma para Diana, e os dois brindaram antes de virarem ao mesmo tempo. A cena atingiu

Edgar com um sentimento quente e pegajoso que lhe escorria pela garganta toda vez que via qualquer sinal de conforto entre ela e os irmãos. Diana ainda era linda e cara demais para viver ali, mas seguia sem dar qualquer indício de que preferia se instalar em outro lugar.

— Então... Do que trata a disputa? — perguntou Edgar, e finalmente se aproximou, aceitando um copo de Guido.

Queria se recostar na esposa de mentira e fingir que era de verdade, mas também queria esperar para ver o que a maluca faria a seguir com a menina. As duas vinham mantendo uma relação distante, respeitando os devidos espaços. De vez em quando, ele pegava Melina a observando de longe, escondida. Uma única vez, havia visto a garota tentando andar na ponta dos pés, como Diana fazia com o salto alto.

Sentou-se ao lado de Heitor, e Guido se juntou a eles. Uma plateia cativa para as fêmeas. Diana estendeu a mão devagar para uma bolsinha esquecida atrás dela no balcão, sem tirar os olhos da garota. De dentro, puxou um daqueles espelhinhos e um pente. Melina rosnou.

— *Eu não vou pentear o cabelo!*

— Então me devolva o batom que você roubou.

— Não!

— Se você vai fazer carreira como ladra de batons, tem que pelo menos parecer alguém que vai sair por aí usando.

— Ei, ei, calma aí. Melina não é meio nova pra usar batom? — perguntou Guido.

Diana deu de ombros.

— Nunca é cedo demais para aprender a passar batom... Mas, como acabei de dizer a ela, não faz sentido passar batom e andar com o cabelo parecendo um ninho de passarinho.

Os três tentaram segurar o riso, mas Diana apertou os olhos na direção deles.

— Isso é culpa de vocês também, deixando a menina sair assim. — Antes que começassem a protestar, ela levantou um dedo. — Mas tudo bem. Isso só mostra que é hora de trazer Mimi de volta.

Ele já tinha se esquecido da promessa; o dia na colina parecia ter acontecido havia anos. Edgar vinha dividindo a vida entre antes e depois da noite de núpcias.

— Mas não dá pra fazer isso — disse Heitor. — Ela vai correr perigo. E seria uma violação do acordo com os Montalves.

— Por isso mesmo é o momento perfeito. Os Montalves não vão fazer nenhum ataque agora, porque não vão querer ficar no fogo cruzado entre nós e os caçadores. Eles têm outras prioridades no momento. E depois, quando tivermos vencido, eles não vão ter forças para nos enfrentar.

— E como é que você sabe disso? — perguntou Guido.

Edgar ergueu uma sobrancelha para ela. Todos os dias, insistia para que Diana contasse sobre o maldito baralho. Manter segredo dos irmãos era trabalhoso demais, e já bastava ter que fingir que não se importava com ela mais do que deveria. Muito da falta de novas perdas da matilha na guerra se devia às boas informações do oráculo. Como era ele quem falava, os rapazes não questionavam, mas todos começavam a reparar na precisão.

Os dois trocaram um olhar que valia por uma conversa inteira. Por fim, Diana suspirou e puxou as cartas do bolso — não ia a lugar nenhum sem elas.

— Os Montalves estão se preparando para nos atacar? — perguntou ela, já embaralhando.

Assisti-la no ato era diferente e igual toda vez. Não dava para saber se as cartas se moviam por conta própria ou se os dedos ágeis dela, mesmo com luvas, controlavam o subir e descer e girar. Não era nada teatral, mas também não era um espetáculo sem magia. Algumas vezes, Edgar tinha a impressão de que em nenhum outro momento ela era mais Diana do que naqueles poucos minutos manipulando o oráculo.

Três cartas. O cheiro de magia azeda subiu da tiragem, e os três se levantaram para ver. Dessa vez, Edgar não resistiu e se inclinou no balcão por trás de Diana, quase encostando, sem demonstrar todo o desejo que tinha de tocá-la a todo instante, apenas o suficiente para se inundar no cheiro — a magia azeda inclusa, que era tão parte dela quanto o charuto era dele. Gostava daquelas pequenas simetrias desagradáveis os unindo em paralelos.

— O Valete de Diamantes não vai a lugar nenhum, está preocupado demais em guardar a riqueza que tem — disse ela, apontando a primeira carta. — Ao lado do Cinco de Escudo, fica claro que há discordância interna na alcateia.

— Não tem nada claro pra mim — murmurou Guido.

— Mas a conclusão do Ás de Diamantes traz uma questão interessante: eles têm algo muito precioso a proteger. Algo novo, algo que pode mudar o futuro da alcateia. Não consigo, só com essas cartas, saber o que é, mas o princípio se mantém.

Os irmãos se entreolharam. Edgar quase pôde ver o mesmo pensamento cruzando as cabeças ocas, então o entendimento brilhou nos olhos de Heitor, e o ódio escureceu os de Guido.

— Vocês vão me dizer o que estão pensando? — perguntou Diana.

Guido rosnou e saiu do bar chutando cadeiras. Heitor retomou o lugar na mesa.

— Só tem uma coisa que uma alcateia valoriza mais do que a própria honra — disse ele, balançando a cabeça. — A nova loba do alfa, nosso avô, tá prenha.

Diana franziu a testa, olhando o caminho que Guido tinha tomado. Edgar ouviu a pergunta não dita, viu os dedos curiosos dela tamborilando sob o oráculo, então interferiu. Não era hora de revirar o passado complicado entre os Montalves e os Lacarez.

— Essa história é pra outro dia. Por hoje, me basta saber que os desgraçados não vão fazer nada.

— Então você acredita nisso aí? — perguntou Heitor, indicando as cartas com a cabeça.

— É melhor acreditar. Estou casado por causa disso.

Heitor assobiou, piscou algumas vezes, então deu de ombros.

— Cunhada, você é muito esquisita. Mas tudo bem, vamos trazer a velha de volta. O problema é muito mais seu do que nosso. Ela vai ser uma pedra no seu sapato.

— Ela é a loba da matilha, não é? Faz parte.

Edgar e Heitor trocaram um olhar. Havia controvérsias sobre aquela afirmação que ninguém queria apontar, nem mesmo ele próprio. Por sorte, Diana estava distraída embaralhando de novo.

— Com isso resolvido, tem outra coisa a ser discutida. — Ela puxou do baralho uma carta que a fez sorrir, e a virou para que vissem o desenho de um morcego. — Gianni trouxe uma mensagem de Albion. Ele quer se encontrar comigo. Vai ser no cassino.

— Não é uma boa ideia. É perigoso demais você sair daqui — disse Edgar.

— O Manolita sempre foi território neutro. Além disso, ele nunca se arriscaria a vir até aqui de novo.

— Justamente por ser neutro não vamos poder fazer nada contra ele lá — disse Heitor.

— O oráculo disse que Albion está ansioso. Acho que todos eles estão, porque a situação está se arrastando muito mais devagar do que o esperado, e estamos chegando perto da próxima lua cheia. Toda informação que conseguirmos tirar dele vai ser importante para eu saber a melhor forma de me proteger enquanto vocês estiverem fora.

— A próxima lua cheia... — Mais uma vez, o olhar de Heitor encontrou o dele, e dessa vez a troca não passou despercebida a Diana.

— Vocês estão cheios de trocas secretas hoje. O que tem a próxima lua?

— Como é que você não sabe? — Melina apontou a faca de novo. — É o aniversário de Edgar!

— Certo, certo, Melina. Já passou da hora de você ir pra cama. — Heitor terminou de virar o copo e se apressou a jogar Melina sobre o ombro e levá-la para fora. — Bora, Raul deve estar doido atrás de você.

A menina esperneou, mas cócegas certeiras facilitaram a missão de levá-la embora antes que ela revelasse mais. Era uma cena bonita, típica da matilha, mas no momento ele não conseguia prestar atenção em nada a não ser na mudança repentina na postura da esposa.

Diana recolheu as cartas e as guardou no bolso da saia, tudo no mais absoluto silêncio. Edgar soube que estava com problemas quando ela desceu do balcão e entrou em casa sem olhar para trás. Diana só não fazia perguntas em duas situações: quando já sabia a resposta ou quando considerava que seria humilhação perguntar.

— Diana...

A coleira invisível que o conectava a ela puxou ainda mais forte, com o som dos batimentos agitados enquanto ela tentava deixá-lo para trás. Edgar a seguiu pela sala e pela escada acima, para dentro do quarto e até a porta do banheiro, que se fechou sem lhe conceder nenhum vislumbre do rosto dela. Lá de dentro, não veio nenhum dos sons típicos de toalete; ela já estava de banho tomado. Apenas o cheiro de magia azeda o alcançou, indicando que Diana preferia conversar silenciosamente com as cartas do que lidar com ele.

Puta merda, mulher, o que eu vou fazer com você?

Não tinha contado sobre o aniversário porque a verdade inteira estava na ponta de sua língua, chegava perto demais de explicar sobre os efeitos que uma lua cheia de aniversário exercia sobre um lobisomem, o que invariavelmente o levaria a ficar de joelhos e implorar para que se casasse com ele como era o certo, como o lobo queria, com a Lua de testemunha.

O lobo rosnou com escárnio daquele esforço, da luta diária para não se render à fêmea. Aquela era a verdadeira guerra que vinha travando.

17

REENCONTROS

Mimi chegou num dia chuvoso, para combinar com o humor instável de Diana antes de ir para o cassino.

A matilha estava feliz com o retorno, apesar das várias piadas que vinha fazendo sobre ter acabado a moleza. Quando Guido estacionou o carro, já estavam todos esperando do lado de fora, sem se importarem com a chuva. Melina pulou no colo de Mimi, e os rapazes uivaram.

Ela é a loba da matilha. Eu sou só a promessa de dinheiro.

Ter os papéis bem definidos era bom. Não se iludir sobre o arranjo, melhor ainda.

Diana assistiu da janela do quarto Raul e Mimi trocarem um longo abraço e, depois, Heitor levar um puxão de orelha. Edgar ganhou um tapa no ombro, uma bronca rosnada impossível de ouvir dali de cima, mas à qual ele sorriu ao responder.

Entraram todos no bar da cachaçaria, e um pouco da algazarra a alcançou. Uma pontada suspeita no peito trouxe de volta a frase de Mimi que a assombrava havia semanas, como se Diana já não soubesse que era solitária, que não havia nada nela digno de companhia.

Para se distrair, puxou o baralho para uma última consulta antes de ir para o Manolita. *O que Albion quer?*

Da última vez que fizera a pergunta, as respostas tinham sido incertas; no entanto, soube pela energia das cartas que algo havia mudado. O Seis de Diamantes, retratando um comerciante e uma cliente negociando, apareceu seguido do Véu e do Quatro de Rosas. *Uma barganha pela morte. Mas por que ele precisa de mim?*

A Tecelã. A carta que representava as bruxas, mas também as videntes e os fios do futuro, sempre entremeados. *Então ele quer realmente saber do futuro, ou uma resposta que só eu posso dar.*

Pela janela, ela viu o carro de Gianni chegando e se apressou. O motorista e Janine haviam sido realocados para viver no armazém das armas desviadas da fábrica, para não sofrerem as consequências de terem tramado ao lado dela.

Diana desceu a escada com os saltos na mão, para que ninguém no bar a ouvisse e não tivesse que discutir com Edgar na frente de Mimi. Talvez não devesse ficar surpresa pela loba já estar na sala, esperando por ela, caminhando ao redor da mesa com os dedos roçando o encosto acolchoado das cadeiras.

— Você não ia conseguir, não é? Viver sem todos os seus luxos.

— Bem-vinda de volta, Mimi. — Diana forçou o sorriso de sempre e calçou os sapatos. Já que não havia mais esperança de passar despercebida, os centímetros a mais de altura iam cair bem. — Não precisa me agradecer por ter convencido os *seus* meninos a te trazerem de volta.

— Eles me garantem que os Montalves não vão fazer nada e dizem que essa garantia vem de você.

— Como eu sempre disse, sou uma excelente parceira de negócios. Agora, se me dá licença, tenho um trabalho a fazer.

Estava quase na porta que dava para a rua quando Mimi falou, um tom de rosnado fazendo as palavras vibrarem.

— Você nunca vai ser a loba dessa matilha, garota. Essa posição não se compra com dinheiro e armas, se conquista.

Diana forçou um último sorriso, puxando a máscara indiferente que nunca falhava.

— Que bom então que eles têm você, não é? — Ela fez um teatro de olhar os móveis ao redor. — Se não gostou da decoração, fale com seus sobrinhos, foram eles que escolheram.

Do lado de fora, Gianni estava ao volante, e os três irmãos Lacarez esperavam já dentro do carro. Guido estava encolhido junto à janela do carona, o rosto escondido pela boina. Heitor ria de alguma coisa, implicando com o motorista. Edgar fumava em silêncio, a fumaça ressaltando o último lugar vago esperando por ela.

Com um suspiro, Diana se espremeu no espaço restante no banco de trás, entre o marido e a porta. A porta parecia mais convidativa do que o lobisomem rígido e silencioso.

O trajeto até o cassino foi preenchido pelo som do motor e ocasionais comentários entre Guido e Heitor. Ela tentou se apegar ao peso reconfortante do baralho no bolso, ignorando o óbvio mau humor de Edgar. A comunicação estava difícil nos últimos dias, desde a bobagem sobre o aniversário. Aquilo havia servido para lembrá-la de que tinham uma linha clara, traçada no dia em que concordaram com o casamento; não eram família, e ela não podia se esquecer disso.

— Quer que eu te espere, senhora? — perguntou Gianni ao parar nos fundos do Manolita.

— A volta da senhora pra casa já tá organizada — respondeu Edgar. — Pode voltar para o galpão.

— Eu ainda posso dar ordens ao meu motorista? — perguntou Diana entredentes.

Finalmente, Edgar a encarou. O lobo espiando por trás do olhar furioso. Ele estalou a língua, e Heitor e Guido se apressaram a sair do carro, puxando Gianni junto.

— Você passa dias sem falar comigo e quando fala é pra discutir autoridade? Quando estamos prestes a encontrar o mais forte dos seus irmãos?

A pergunta veio acompanhada de garras fincadas no banco, couro rasgado. Alguma parte ainda sensata de Diana sabia que devia sentir medo da demonstração, mas a crescente loucura que a tomava perto dele se distraiu com o que viu por trás do lobo espiando no olhar. Além da raiva, além da fome sempre presente, havia algo que se parecia muito com o anseio que ela mesma sentia quando se permitia ser honesta consigo mesma.

— Por que não me diz logo qual é o problema?

— Não tem nenhum problema, além de você ser um lobisomem abusado.

— Você mente melhor do que isso, querida.

— Por que você achou que eu não precisava saber sobre o seu aniversário? — A pergunta saiu sem querer. Diana apertou os lábios assim que se deu conta.

Estava sendo fraca, de novo. Aquele lobo intolerável sempre conseguia respostas mais sinceras do que ela deveria dar, cavava caminhos para a vulnerabilidade que ela precisava fingir que não tinha. A pergunta revelava demais, então se virou para deixar o carro antes que se fizesse ainda mais de tola.

Ele foi mais rápido; fechou a porta que ela começava a abrir e a puxou para cima dele. Num único fôlego, Edgar a beijou, segurando seu rosto com as duas mãos. Não havia gentileza nenhuma, mas havia outro tipo de sinceridade, aquela que reverberou entre eles na noite de núpcias. Se prestasse atenção, quase conseguia ouvir o lobo dentro dele uivando de desejo. O gosto do charuto recém-fumado temperava o amargor da conversa, mas aos poucos o sabor puro de Edgar dominou a troca.

A mão dele desceu pelo pescoço dela, tateando sobre o vestido até encontrar o contorno do pingente da lua de prata. Diana nunca o tirava, e isso era outra confissão. Podia dizer que, vivendo no meio de lobisomens, era prudente sempre ter prata à mão — sua bolsa vivia carregada com itens adaptados especialmente para defesas de emergência —, mas não era por isso que usava o presente de Mimi.

— Como... você acha... que é para mim... — começou ele, ofegante, intercalando as palavras com beijos. — ... comemorar meu aniversário... sem poder correr na mata ao lado da minha parceira?

Não tinha como rebater aquela pergunta. Diana estava sem fôlego pelo beijo e não sabia nem se queria responder. Semanas atrás, havia sugerido que ele arrumasse uma amante, mas se descobriu sem forças para reforçar a oferta.

— Aniversários em luas cheias são... diferentes. Você sabe por que Mimi estava tão mal-humorada com você hoje? — perguntou ele.

— Então você ouviu.

— Ela farejou o seu cheiro em mim, e o meu em você. Estão misturados, qualquer um com olfato decente consegue sentir. Ela sabe o que isso significa. Você sabe?

— O que uma coisa tem a ver com a outra?

A pergunta carregava um peso que Diana não conseguia medir. As palavras ficaram presas na garganta. Edgar passou um dedo ao redor de sua boca, onde sem dúvidas havia feito um estrago no batom. Ele também estava ofegante e parecia escolher as palavras com cuidado, a testa franzida numa expressão de frustração.

— Você não sabe. Ainda. Mas, antes de tudo acabar, espero que entenda de uma vez por todas que você é parte da matilha agora. Se não for eu, sempre vai ter um Lacarez protegendo sua sombra. Até Melina, do jeito que der. Até a loba velha vai fazer isso, mesmo odiando, porque o cheiro não mente.

⋯⟩⟩☽☀☾⟨⟨⋯

A antiga sala da cartomante nunca parecera tão sufocante quanto no momento em que Diana ocupou a mesa onde costumava atender, tentando fingir que o beijo do carro não a afetara. Edgar ficou de pé atrás de sua poltrona, um cão de guarda exemplar.

Ela se forçou a usar a máscara de sempre quando Albion entrou acompanhado do mesmo vampiro que o ajudara a escapar naquela noite em que a atacara. Observou-os circularem a sala pequena antes de puxarem cadeiras para se sentarem. Ela não sabia o nome do acompanhante, mas tinha quase certeza de que era o amante da vez.

— Boa noite, Diana. Pronta para fazer negócios?

— O quê? Nada de tentar me enforcar e sequestrar dessa vez? Nem uma tortura? Não estou te reconhecendo, Albi.

— Tenho que admitir que você conseguiu tornar bem difícil te matar ou te ferir gravemente. O cão vadio do seu lado não é tão burro quanto parece.

— Os outros dois lá fora, já não tenho tanta certeza — disse o outro vampiro, com um sorriso sarcástico.

Edgar não mordeu a isca; se manteve quieto atrás dela.

— São sobreviventes, de qualquer forma. Respeito isso — disse Albion, acenando para o lobisomem.

— Esse seu lado cortês parece pior do que sua verdadeira face — replicou Diana.

Controlando a respiração, tentando manter os batimentos do coração regulares, ela os observou. O outro era parecido com seu irmão, cabelos pretos abaixo da orelha, sobrancelhas arqueadas, o mesmo terno escuro e alinhado. Albion sempre tinha gostado de se olhar no espelho, não deveria ser nenhuma surpresa que aquilo se estendesse até a cama.

— O velho foi bastante idiota de subestimar você, não foi, rata? Todos esses anos impedindo que você fizesse o treinamento para se tornar uma caçadora, proibindo o acesso aos livros no cofre... não adiantaram de nada. Vou confessar que cometi o mesmo erro. Se eu tivesse levado a sua brincadeira com as cartas a sério...

— Bajulação não combina com você.

Albion ergueu uma sobrancelha, a face pálida e fria apenas uma sombra do que costumava ser o rosto expressivo do filho favorito quando não conseguia o que queria.

— Eu tenho perguntas que apenas você pode responder, com o seu baralho.

— Em todos os anos fora de Averrio, você não encontrou nenhuma vidente capaz de respondê-las?

— Bruxas... Já eram insuportáveis antes, agora são mais ainda. Me evitam como se eu fosse matá-las.

— Que é exatamente o que você sempre fez.

— Detalhes.

— O que te faz pensar que eu estou disposta a fazer qualquer coisa por você, depois de... tudo?

— Que tal começar a embaralhar antes que eu arranque a sua cabeça? — disse o amante sem nome.

Nessa hora, a porta da sala se abriu, dando passagem a uma nuvem de fumaça escura e dois lobisomens. Diana tentou não relaxar, mas foi impossível. Não estava acostumada a ter a vantagem sobre ele, e o poder de ter três machos arruaceiros a seu comando era sedutor demais para resistir. Guido e Heitor pararam um de cada lado dos vampiros.

— Eu sabia que tava sentindo um cheiro familiar de defunto poluindo o ar do cassino — disse Heitor, soprando um anel de fumaça na cabeça de Albion.

O vampiro acompanhante fez menção de reagir, porém se conteve quando Albion colocou uma mão sobre seu braço. Diana absorveu o gesto com o olhar de oraculista, enxergando significados. *Ele quer barganhar pela morte ou pela salvação?*

— Eu posso te dar Armando — disse o irmão. — Com ele fora do caminho, você não terá problemas. Mas estou curioso. Você vai mesmo ter coragem de matar o velho? Não sei o que planejou, mas a essa altura imagino que saiba que não tem outra forma de escapar da maldição a não ser morrendo.

A armadilha nas palavras dele era óbvia. Ainda assim, Diana se pegou imaginando. A Tríade não mentiria sob os Mistérios, mas isso não impedia as bruxas de omitir informações relevantes.

— Eu estou seguro, é claro. Já morri uma vez pelo meu pai, não posso morrer uma segunda e não tenho mais nenhuma gota de sangue a que a maldição possa se agarrar.

— O que me faz pensar... — disse Diana. — Como você espera manter a fábrica?

Ele sorriu de lado.

— Não estou preocupado com a fábrica.

Por fim, Diana cedeu à própria curiosidade. Na pior das hipóteses, teria algum conhecimento a tirar daquilo tudo.

— Uma troca, então — disse ela, começando a embaralhar. — Você me diz onde eu posso encontrar Armando, e eu respondo uma única pergunta.

Albion tamborilou no braço da cadeira, mal dirigindo um olhar para o companheiro ou para os dois lobisomens invadindo seu espaço.

— O velho mudou o cofre da família de lugar, depois que eu renasci. O cofre de verdade, com as relíquias de caça a que você nunca teve acesso. Onde fica agora?

Um arrepio desceu pelos braços de Diana e foi engolido pela energia do oráculo. Havia alguns vislumbres do futuro a que só se tinha acesso caso a pessoa certa perguntasse, porque fazia muito mais parte do caminho dela do que de qualquer outra. Diana já havia buscado aquela localização diversas vezes antes e se deparava sempre com um labirinto obscuro de meias respostas, quase como se o pai mudasse o cofre de lugar apenas por ela ter tentado sondar. Pelo jeito, aquela resposta pertencia ao irmão. Ela embaralhou rápido, as cartas puxando seus dedos para misturarem com mais urgência.

— Se você mentir, eu vou saber — disse Albion, se inclinando para frente. — Não são só os seus cachorros que têm um bom olfato, rata.

— E, se você não calar a boca, eu não vou conseguir me concentrar. Se estiver insatisfeito com o serviço, pode ir lá mendigar atendimento no Bairro Vermelho, onde pelo menos um terço das casas teve uma parenta morta pelas mãos de Coeur.

Tirou cinco cartas e virou-as com pressa, em cruz, seguindo apenas o instinto, e teve que conter uma gargalhada sem humor. Diversas vezes, já havia se deparado com o futuro se abrindo apenas para a pessoa certa no momento certo, mas não se cansava de ver acontecer. Diversas vezes também, havia passado pelo lugar que as cartas agora apontavam e não sentira nada de diferente.

— O cinismo de Argento de Coeur não conhece limites. — Ela ofereceu um sorriso seco a Albion. — Preciso interpretar para você? Diria que essa é tão óbvia que qualquer tolo consegue entender a mensagem.

A carta do centro era um arcano maior, A Fonte, jorrando água e sangue. Ao redor, o Lobo, o Morcego, o Nefilim e o Fauno.

Albion inclinou a cabeça, um mínimo franzir da testa indicando que talvez não fosse tão óbvio assim. Foi Edgar quem falou, depois de um bufar incrédulo.

— Só um caçador filho da puta que nem teu pai ia fazer um cofre de caça no monumento pela paz entre as raças — disse o marido. — Mijei muito nessa fonte quando eu era garoto. A estátua que eu mais odeio em toda Averrio.

— Monumento pela paz meu ovo — disse Heitor.

— A fonte do Parque Monumental? — perguntou Albion, e até ele deixou transparecer um pouco de incredulidade. — O senso de humor do velho continua afiado como nunca.

Aquele era o ponto onde a Nova Constituição, reconhecendo direitos iguais para todas as raças, havia sido assinada, cem anos antes. A fonte era enorme e, no centro dela, as estátuas de um lobisomem, um vampiro, um nefilim, um homem e um fauno marcavam o começo de uma era menos violenta — ao menos, à luz do dia. Diana não fazia ideia de como era possível esconder um cofre ali, mas tampouco duvidava dos recursos de Argento para fazer acontecer.

Todo vislumbre do futuro costumava deixar um rastro de silêncio, um momento cheio de possibilidades girando ao redor da escolha. Embora Albion não tivesse perguntado sobre um acontecimento, aquela revelação moldaria os passos seguintes de todos eles. Por isso, e por toda a expectativa antes daquele encontro, pareceu decepcionante quando os vampiros trocaram um olhar curto e se colocaram de pé ao mesmo tempo. Não houve nenhum drama ou ameaça, apenas a conclusão de um negócio.

— Armando mantém um esconderijo na casa de bombas do aqueduto de Averrio, onde alguns caçadores mais novos o encontram e seguem suas ordens. É lá que você vai encontrá-lo. Toda quarta-feira à noite ele se reúne com o bando que formou. —

Albion abotoou o terno. — No final das contas, ele não é tão corajoso quanto você, mas tem a própria conspiração contra o velho. — Algum filho de Coeur não tem? — perguntou Diana.

Eles saíram sem dizer mais nada.

⁘)🌒●🌘(⁘

Reuniram-se no balcão do Manolita, cada um com sua bebida de preferência.

— Sabe, cunhada, seus irmãos me assustam um pouco. Não sei como você sobreviveu esse tempo todo. — Heitor virou uma cerveja. — Na verdade, agora que tô pensando... Como é que vocês não se mataram anos atrás?

— Quanto mais irmãos vivos, menor a probabilidade de sermos o filho que a maldição irá tomar no lugar de Argento se ele for atacado. Depois que Albion foi transformado, ficamos apenas três. Se nos matássemos, seríamos menos ainda. Mas, agora que Albion não pode mais ser atingido pela maldição, ele não se importa com quantas vidas extras o velho tem. E acho que Armando deve pensar a mesma coisa que eu... que qualquer tomada de poder passa por se livrar dos irmãos. Não há como evitar riscos indefinidamente. — Diana brincou com a azeitona no fundo da taça, tentando organizar os pensamentos.

— A hora de atacar é agora — disse Heitor.

Edgar era o único de pé, com as costas apoiadas no balcão enquanto observava o salão de braços cruzados. Parecia alheio à conversa, mas àquela altura Diana o conhecia bem o bastante para saber que nenhuma palavra lhe escaparia.

— E se for uma armadilha? — perguntou Diana.

— Tu não perguntou aí pros papéis mágicos?

— Perguntei, mas... ainda está em aberto. A única garantia é que vai ser sangrento para os dois lados. Eu preciso de mais tiragens, fazendo mais perguntas, cobrindo várias possibilidades, para ter certeza. Para isso, preciso descansar. Meu... problema... dificulta que eu leia muitas vezes seguidas. Preciso de energia.

Finalmente, Edgar reagiu e se inclinou até sussurrar em seu ouvido.

— Eu sei como te dar energia.

O arrepio desceu por Diana como um raio, até se instalar no meio das pernas. Heitor grunhiu.

— Puta merda, Ed, você sabe que eu consigo ouvir. E cheirar. Inclusive, a destilaria inteira já ouviu vocês. O mínimo é guardar essas coisas pro quarto.

— E desde quando você tem esses pudores, pivete?

Dividida entre o embaraço e a graça, Diana fingiu ajustar a gravata do marido, mesmo sabendo que não havia necessidade. O beijo no carro, e todos os beijos e toques anteriores, se fizeram lembrar, como se todo o episódio com Albion tivesse sido apenas uma pausa. Aquele lobisomem ainda destruiria completamente sua capacidade de raciocinar.

— E por que você está tão tranquilo, marido?

— Teu irmão sanguessuga acabou de nos entregar o último que falta. Aí vamos poder nos mover pra capturar o velho.

— Você não ouviu a parte que o baralho avisou que vai ser sangrento? — perguntou Heitor.

— Mais cedo ou mais tarde, ia ter que acontecer. A gente não vai conquistar nada fugindo do confronto. Chega uma hora que o movimento precisa ser feito, e é melhor derramar sangue enquanto o filho da puta primogênito está isolado com uns poucos caçadores do que quando ele está com toda a força de Coeur. Assim, também não corremos o risco de matar o velho sem querer. Eu prefiro não ter que testar se nossa imunidade a maldições curou Diana ou não.

Ao mesmo tempo, naquele tipo de movimento sintonizado sem combinação, cada um pegou sua bebida e deu um gole.

— Nós vamos interrogar o baralho até esgotar todas as possibilidades, e vamos escolher o ângulo de ataque. Se Diana não receber nenhum aviso sobre a morte de nenhum de vocês três, já vou me dar por satisfeito.

Diana não achou aquelas palavras convincentes, mas guardou o pensamento. Tudo estava se agitando. Os fios que se conectavam ao futuro almejado se tensionavam e relaxavam tão rápido que nem mesmo o baralho dava conta de acompanhar. Sabia que isso podia acontecer, quando chegasse perto do fim, que teria alguns pontos cegos pelo caminho. Restava apenas confiar que o plano do Lobo era o caminho com maior chance de sucesso.

— Quarta-feira... Em dois dias, vamos nos livrar do último filho da puta — disse Edgar.

AQUEDUTO

Deixar Diana dormindo na cama se tornava cada vez mais difícil.

Tentava sempre se levantar antes dela, passar o pó de fada, se fosse necessário, e dar espaço. Acordar juntos trazia o aspecto doméstico de uma rotina, e ficar vendo o sol traçar os contornos do corpo nu o fazia parecer demais o idiota apaixonado que era, vivendo um suposto casamento de conveniência com a merda da realidade entre eles na cama.

Na madrugada de quarta-feira, Edgar se inclinou sobre o pescoço dela e inspirou fundo. O cheiro de problema ainda estava ali, com novas notas e a marca inconfundível da matilha. No escuro, enquanto ela dormia, dava até para fingir que, quando acordasse, Diana se viraria e o procuraria — acontecia em algumas noites, depois do sexo, quando ela estava exausta demais para se conter. O cachorro burro que abanava o rabo para ela estava convencido de que a frequência dessas ocorrências estava aumentando, que os limites impostos estavam ruindo aos poucos, uma lambida por vez.

Mas Edgar não podia se dar ao luxo de ser esse cachorro. Não enquanto não estivesse tudo garantido. Não quando estava prestes a fazer o movimento mais ambicioso da matilha até então.

No andar debaixo, encontrou Mimi com uma xícara de chá, inclinada sobre os esquemas arquitetônicos do Aqueduto de Averrio, que eles haviam roubado no dia anterior e passado boa parte da noite estudando. Era uma obra relativamente nova na cidade, o orgulho do prefeito de três mandatos atrás, por ter terminado a obra começada cem anos antes, erguida em grande parte com o trabalho de monstros acorrentados por caçadores.

— Vai adiantar eu falar que isso é uma loucura? — perguntou Mimi, deixando uma xícara de chá na frente dele.

— Quando foi que eu consegui te impedir de falar alguma coisa?

— Nunca, mas antes você ouvia. Agora... — Ela se inclinou sobre a cabeça dele, farejou o ar e rosnou. — Aposto que esses ouvidos estão mais atentos aos ruídos lá de cima do que aqui embaixo, nessa mesa chique e feia que vocês trouxeram por causa dela.

— Até parece que você não tá gostando de tudo mais confortável. De ter voltado pra casa.

— Não parece mais minha casa. Ela tá em todos os cantos. Nesse monte de tralha de decoração, naquelas garrafas de vinho fedido que vocês passaram a manter no bar, nas roupas que Melina tem usado, tentando se parecer mais com ela...

— Nos moleques andando sempre de barriga cheia, em carros novos e com armas boas pra se defenderem. Nos equipamentos novos pra cachaçaria. Na bota mais confortável de Raul. Ano que vem, Melina vai pra uma escola boa. Não era isso que você queria? Vocês?

Mimi se sentou e agarrou a xícara.

— A Lua sabe que sua mãe queria tudo isso. Eu sempre só quis garantir que vocês todos continuassem vivos. Foi Elena que trouxe ambição de coisas maiores.

— É o que acontece quando as madames vêm viver na sarjeta por causa de um vira-lata.

— O que acontece é que elas morrem. Não sabem viver essa vida, não aguentam as guerras longas. Você tá preparado pro que vai acontecer quando não tiver mais o pai dela pra derrotar? Ou você não pensou nisso ainda? Porque eu vou te dizer: só tem duas possibilidades. Se vocês ganharem, ela vai se isolar na parte alta e na administração da fábrica e sair atrás de um brinquedo novo pra manipular. Se vocês perderem... só podemos torcer por uma morte rápida.

Não eram cenários impossíveis, mas Edgar não precisava considerá-los. Não ainda.

— Te incomoda tanto assim não ser a loba da matilha?

— Eu não tenho mais idade pra isso, cederia o lugar de bom grado... Se fosse pra uma loba de verdade. Pra alguém que eu pudesse ter certeza de que vai se colocar na reta por você, como a sua mãe fez, quando foi preciso. Aquela garota mimada nem sabe o que ser a loba da matilha significa, sabe?

Diana tinha feito o dever de casa antes de ir atrás de um noivo lobisomem, mas a maior parte do conhecimento derivava do que ela sabia sobre as alcateias. Todo alfa de alcateia tinha uma loba, e só os dois procriavam para a família — se a loba morresse, o alfa arranjava uma nova. Se o alfa morresse, um novo par passava a procriar. As matilhas não tinham aquela restrição, não importava quem era filho de quem; importava quem mordia mais forte — mas, numa raça com tão poucas fêmeas, a loba continuava tendo um papel reverenciado.

Sua avó era a loba Lacarez quando Edgar nasceu, já velha e cansada e de mal com a vida. Então, com o traste do pai os abandonando, Elena assumira o posto. Mimi cedera o lugar porque também amava Elena mais do que tudo; se rendera ao charme da madame da parte alta que o irmão inútil não tinha sabido valorizar. Não era algo de que se falasse abertamente, mas todos sabiam. Por isso, Edgar sabia também que todo aquele incômodo da tia vinha de medos mais enraizados. Não havia um único Lacarez que não fosse um idiota apaixonado, a não ser talvez por Heitor, que fizera de sua missão pessoal ser a pessoa por quem os outros se apaixonavam como idiotas. Traumas de perdas e abandonos atravessando gerações; aquela era a grande herança da matilha que ele estava disposto a mudar.

Como se convocado pelo devaneio sobre a pouca sorte no amor que a família tinha, Guido entrou pela porta da rua. Heitor apareceu logo depois, também vindo da rua, arrastando o paletó no chão e a camisa meio aberta.

— Vadiando por aí no meio de uma guerra? — disse Mimi entredentes. — Nenhum de vocês têm juízo?

— Não é culpa minha se as paredes dessa casa são finas e eu escuto tudo. Edgar já se arrumou na vida, outros de nós precisam ir à caça pra esvaziar a virilha.

— Pela Lua, eu não aguento vocês.

Os três irmãos se entreolharam. Heitor debochado, Guido deprimido, Edgar resignado. Foi nesse momento que as palavras saíram. Não planejava pedir permissão, já estava decidido, mas era justo avisar.

— Eu quero me casar com Diana de novo. Sob a Lua, como um lobisomem deve fazer.

A declaração sugou todo o ar da sala. E claro que a loba velha foi a primeira a reagir.

—Você vira burro na lua cheia por acaso?! — vociferou Mimi, e, depois de um olhar na direção da escada, baixou a voz. — Diana não se importa com você! Garras afiadas e uma reputação a ser temida, isso é tudo que você representa pra ela.

—Não importa.

Mimi fez uma expressão chocada, como se tivesse levado um tapa na cara. Heitor levantou a cabeça, os olhos arregalados, como se fosse uma grande descoberta. E Guido, com olhos inchados e a mente enevoada, foi quem lhe ofereceu compreensão — um viciado entendia outro.

Edgar permaneceu largado na poltrona, afundando no cheiro dela ainda agarrado no fundo da garganta; não havia mais retorno possível. O lobo uivava por ela, como ansiava pela lua cheia, e o homem se via despedaçado sem a mulher que lhe juntara as duas metades e não recuara do monstro completo. E não importava que ela não se sentisse da mesma maneira, ele só precisava de um rastro para seguir, uma promessa de um pouco de carne no final da trilha.

— Por quê? — perguntou Heitor numa voz baixa, com muito mais curiosidade do que reprovação.

— Porque... ela é a minha lua.

Admitir em voz alta tornou a realidade mais pesada. Ele encarou Mimi, que era a única que o encarava como se não conhecesse mais o sobrinho.

—Você disse que ela não era e nunca seria uma loba, e é verdade. Ela é muito mais perigosa. Não consigo me livrar do que carrego no peito, como não consigo me livrar da Lua. Eu não saberia o que fazer nem mesmo se ela pudesse me libertar.

— Puta merda. — Heitor tirou um charuto do bolso e o acendeu. —Você tem que casar logo, antes que comece a recitar poesia.

— Eu não acredito! Estou cercada de lobos bobões! — Mimi jogou os braços para cima. — Já esqueceu a história de Xavier Lacarez?

— Mas ele não tentou se casar com ela, tentou? Não pediu à Lua que abençoasse a união. Mas, se nós nos casarmos pelos rituais lupinos, ela vai estar unida por magia também à matilha e não só a mim. Isso vai tornar a vida dela entre nós mais segura. E será meu aniversário, eu vou estar mais forte e mais controlado.

— Isso não muda nada, ela ainda vai parecer uma presa ao lobo. Você pode matar ela! E, depois desse feitiço que vocês fizeram, talvez mate a si mesmo!

Havia essa possibilidade, no entanto, depois de conviver com Diana, parecia impossível que ela não conseguisse dar conta da fera. Na primeira lua cheia em que tinha ido atrás dela, ele se lembrava de estar alucinado até encontrá-la, e depois tudo se acalmou. No dia seguinte, pegara fogo de novo. Na lua cheia de aniversário, Diana seria capaz de colocar uma coleira nele e levá-lo para passear. A tia provavelmente não gostaria dessa resposta.

— E desde quando você se preocupa com ela?

— Me preocupo com o que vai acontecer com você e com essa matilha se der tudo errado. — Mimi apertou os olhos, deu mais alguns passos agitados pela sala. — De qualquer forma, você tá supondo que ela vai aceitar se amarrar ainda mais a um monstro. Já pensou no que vai fazer quando ela recusar?

Nada. Não haveria nada a fazer a não ser continuar vivendo como estava, se contentando com qualquer migalha, como o bom vira-lata que era. Outra resposta que a tia não receberia bem, por isso ele ficou quieto.

— Se serve de alguma coisa... — Guido o encarou, balançando a cabeça quase como em aprovação. — Eu acho que você tá certo. Ela é tua fêmea.

A loba velha apertou os olhos e inspirou fundo.

— Está bem, então, já que vocês todos enlouqueceram... Vamos fingir que tudo isso não é a maior burrada que essa matilha já viu. Me contem o plano, pra eu saber exatamente qual vai ser a hora certa de dizer que eu avisei. — Mimi ficou em pé, com as mãos na cintura. — E, se faltar água pro meu banho por causa dessa merda, juro que eu mesma vou castrar vocês três! Que ideia de jerico lutar no aqueduto!

— Aposto que aquele engomadinho de merda se achou muito inteligente por fazer um esconderijo ali — murmurou Guido. — Vou gostar de meter um tiro bem na cabeça dele.

— Tiro? — perguntou Mimi.

— A ideia é simples — disse Edgar, tentando convencer a si mesmo. — Diana vai até lá e vai atrair o filho da puta pra fora. Guido e Heitor vão estar lá no alto, nos trilhos dos arcos, com os rapazes e nossas metralhadoras roubadas da fábrica. O alvo é Armando de Coeur, mas qualquer caçador que a gente conseguir abater é lucro. Eu vou estar escondido na rua, com o resto da matilha, para atirar de baixo. Você, Raul e mais alguns vão ficar aqui, protegendo o coração do território.

Mimi tamborilou os dedos na cintura e balançou a cabeça.

— Não pode ser tão simples assim.

— A gente passou o dia inteiro perguntando pro baralho. As cartas falaram que esse é o plano com a maior chance de sucesso — disse Heitor.

— As cartas falaram, as cartas falaram... O que foi que essa mulher fez com vocês? — Mimi esfregou o rosto.

— Com a gente, nada, mas com Ed... — Guido então riu. Um som seco, sem humor. Então ele se levantou e arrastou os pés para a escada. Quando os sons dos passos se isolaram atrás de uma porta no andar de cima, os três se entreolharam.

— Ele tá assim desde que soube que Carmen tá prenha? — perguntou Mimi.

— Ele nunca se recuperou de verdade da traição dela — disse Heitor.

Ter oferecido o mundo a uma loba quando era mais novo e sido trocado por um alfa de alcateia já teria sido ruim o suficiente, mas ter sido trocado pelo avô Montalves era outro nível de merda. Antes de se ver lambendo o chão que Diana pisava, Edgar não entendia como um lutador como o irmão podia ter chegado em tal estado. Sentia apenas uma raiva estranha e mal direcionada por não conseguir tirar Guido daquela fossa mais funda do que a baía, vivendo apenas de ressaca em ressaca.

— Não levem ele hoje. Deixem ele aqui, guardando a destilaria comigo.

— A idade tá te amolecendo, Mimi, se você acha mesmo que é isso que ele quer ou precisa. Ver eu e Heitor indo pra guerra enquanto fica pra trás, como se fosse um cachorro castrado? Guido não precisa de mais motivos pra sentir que não tem mais nada pra fazer na vida. Ele vai ser mais útil lá do que aqui.

Mimi apertou os lábios, cruzou os braços.

— Você sabe que depois eu vou dizer que avisei. E não só sobre essa idiotice de hoje.

— Nunca esperei nada menos de você, tia.

Diana saiu do carro e encarou a lua crescente já quase pela metade. Ninguém falava sobre isso, não precisava; a ansiedade com a chegada iminente da lua cheia era palpável entre eles toda noite. Se conseguissem derrubar o último irmão, talvez até fosse possível capturar Argento antes da semana seguinte.

Eles estacionaram muitas ruas antes, ainda no bairro portuário, para fazer o resto do caminho a pé e não alertar ninguém. Àquela hora, a outra metade da matilha estava fazendo o mesmo vindo de cima, do centro de Averrio. Caminhar foi bom, ajudou a dissipar um pouco do próprio nervosismo.

No meio da matilha, cercada por diversos lobisomens armados e ao lado de Edgar, não deveria haver motivos para medo. Nem tinha certeza se era isso que a corroía, ou se era algo mais visceral. Expectativa por estar tão perto. Receio pelas incertezas. Ansiedade por conta dos lobos agitados ao redor. O baralho havia sido pouco claro, dando respostas contraditórias entre as leituras; quanto mais se aproximavam do final daquela guerra, maior era a imprevisibilidade. O futuro mudava a cada esquina, a cada movimento de uma das muitas peças envolvidas na dança. A única certeza que Diana tinha conseguido extrair fora nas leituras privadas, que fazia no banheiro quando Edgar não estava no quarto para farejar a magia azeda. "Confie no Lobo" era a grande sabedoria que o oráculo sempre tinha a lhe oferecer, não importava a direção dos acontecimentos.

Aquilo tudo era um grande problema; ela ainda não sabia lidar com ser protegida e confiar o próprio destino às garras daquele lobisomem que parecia bom demais para ser verdade. Mesmo a presença de Diana ali havia sido motivo de grande debate. Nenhum deles queria permitir, mas a cada tiragem de cartas feita para traçar o plano, sempre voltavam para a indicação de que ela deveria enfrentar o irmão para aumentar as chances de sucesso. Sentia que estavam tateando o futuro por um labirinto, prestes a se cortarem com os espinhos a qualquer momento.

Os arcos de pedra do aqueduto surgiram ao dobrarem a rua suavemente inclinada. A iluminação pública não alcançava a parte de cima, onde passava o trilho do bonde durante o dia, então

Diana precisou observar o acenar de cabeças dos machos para confirmar que a matilha já estava se posicionando lá no alto também. Não tinha mais volta — já não tinha desde que ela invadira a cachaçaria.

Um roçar de dedos a sobressaltou; mesmo através das luvas, os contornos da mão de Edgar já lhe eram tão familiares que ela sentiu o toque como se fosse por dentro. Os lobisomens se espalharam silenciosamente pela rua, sumindo nos becos e deixando os dois sozinhos sob um poste. Quase uma cena daqueles filmes que as moças despreocupadas da elite de Averrio passavam as tardes assistindo.

Ele a tocou no rosto. As demonstrações públicas vinham se tornando cada vez mais comuns, mais familiares. Custou cada fibra de seu corpo não se inclinar para a carícia. Não podia enfrentar Armando toda derretida e molenga. O coração traidor não se importou com a ordem e acelerou, como o órgão estúpido que era, e claro que o marido ouviu. A mão dele deslizou por sua bochecha e pescoço, até parar no colo, sobre o vestido, pressionando o pingente de prata através do tecido.

— Suas armas? — perguntou ele.

— Na bolsa e num coldre sob a saia.

— Se eles...

— Edgar. Eu sei me virar.

— Mas ainda carrega as cicatrizes de quando não sabia, e isso tem um peso.

Ela sorriu e deu de ombros. Não tinha mais palavras para explicar a ele como sua vida tinha sido. Não precisava. Edgar a lia com uma clareza cada vez maior. *Confie no lobo.*

— Hoje é a última vez que você vai precisar lidar com ele. Não vou sair daqui sem a cabeça do desgraçado. E não vou deixar ele encostar um dedo em você. — Edgar segurou seu rosto com as duas mãos e se inclinou para sussurrar contra seus lábios. — Acredita nisso?

Talvez fosse uma grande tola, carente e ingênua, mas acreditava. Tinha medo de que, se respondesse com palavras, dissesse mais do que deveria, revelasse uma verdade que já não conseguia mais esconder nem de si mesma. Então concordou com a cabeça e ficou na ponta dos pés para fechar o caminho para um beijo, o puxando pelas lapelas, completando a cena do filme romântico que nunca seria exibido no cinema para boas moças — a grande revelação do final sendo que a mocinha era o verdadeiro monstro da história.

— Quando voltarmos pra casa, tenho uma pergunta para te fazer — sussurrou ele.

—Vamos nos apressar, então.

Ela deixou Edgar sob o poste e seguiu em frente, tentando reter qualquer força que o gosto remanescente dele na boca lhe dava. Não era nada de novo. Armando sempre fora o pior de todos, e todas as vezes que o velho mandara que ela fosse chamar o irmão em algum canto da casa, ela fizera aquele mesmo ritual de caminhar se preparando para o pior — algumas vezes, ele a ignorava, e a punição vinha do pai, por ter sido incapaz de trazê-lo. Outras vezes, Diana desviava de algum objeto cortante por poucos centímetros, ou não desviava, e assim aprendera a sempre levar pó de fada. Com o tempo, aprendera a empunhar as máscaras que causavam as reações menos explosivas, a se fazer de cabeça oca e insolente, nem presa nem ameaça.

Naquela noite, não precisaria mais de fingimento. Se tudo que fora feito até então não havia mostrado aos de Coeur que tipo de pessoa ela era, poderia pelo menos permitir a Armando ter aquele vislumbre da verdadeira Diana, logo antes de morrer pelas armas que ele mesmo projetara.

A casa de bombas do aqueduto ficava na base direita, incrustada ao pé de um morro arborizado atrás do bairro vermelho. Conhecendo os métodos de Coeur, ela já devia ter passado por diversos pontos de armadilhas invisíveis, que teriam delatado ao irmão a presença de qualquer criatura não humana. Diana não conseguia distinguir nenhum barulho vindo lá de dentro a não ser o ruído de maquinário puxando água do subsolo, mas, por baixo da porta, via a luz acesa e sombras de passos.

Caminhou até lá com o passo mais decidido que conseguiu e bateu na porta com força e urgência.

— Armando! Armando! Me deixe entrar!

Bateu mais.

— Armando!

Nada. Nenhum som, nenhum movimento que conseguisse perceber.

— Sou eu, Diana.

Não deveria ficar surpresa com a falta de pressa do maldito em lhe atender, ele nunca tinha se apressado antes.

— Eu vim me entregar.

Por fim, a porta se abriu. Não era Armando, e sim um rapaz jovem. Um dos caçadores que serviam ao clã de Coeur, sem laços de sangue.

— Como é que você sabe desse lugar? — perguntou o garoto, apontando a arma para ela.

Diana sorriu, tentando crescer no salto.

— Armando não é tão inteligente quanto faz parecer e não guarda segredos tão bem assim. Agora chame ele, depressa. Não temos tempo.

— E cadê os seus cachorros vira-latas?

— Se você não chamar meu irmão agora, os cachorros vão chegar.

— O que você quer comigo, Diana?

A voz de Armando a alcançou por trás, vinda do outro lado da rua. O irmão saiu das sombras e caminhou até o meio da rua, mas não se aproximou mais. Seria o momento perfeito, um ângulo limpo para um tiro lá de cima.

Ela contou os segundos, mas nada aconteceu. Por instinto, sentiu o próprio corpo se retesando enquanto buscava alternativas para prolongar a conversa. As palavras sempre tinham sido sua maior defesa contra a força bruta, ainda que não contra a dor.

— Quero conversar com você com calma, sem todo o circo dessa guerra ridícula — disse ela, se controlando para não olhar para cima.

Depois dos dias vivendo com a matilha, Diana tinha maior ciência do que nunca das próprias fragilidades, dos instintos limitados. Não fazia ideia do que estava acontecendo nas sombras, nenhum som era alto suficiente para seus ouvidos fracos, e seus olhos não enxergavam além da luz do poste.

— Não tenho nada para conversar com você.

— Nem sobre nosso irmão?

— Não há nada que você possa dizer que amenize sua culpa na morte de Augusto.

— Não estou falando dele. Quem você acha que me disse onde te encontrar?

A isca foi tentadora e causou um espasmo no rosto eternamente tenso de Armando, que deu mais alguns passos, ainda na zona ideal para ser metralhado. Normalmente, não era preciso muito para extrair alguma reação explosiva dele quando se tratava de Albion, nem que a raiva fosse diretamente descontada nela — por isso, o silêncio e a frieza de Armando dispararam todo tipo de alerta.

Depois de mais alguns passos, Armando parou e sorriu. Nada de tiros, nenhum mísero ruído na brisa morna vinda do porto.

Ele tinha uma expressão cruel, sádica — um monstro pior do que ela e todos os outros na escuridão.

— O que foi, Diana? Esperando alguma coisa acontecer? — A satisfação na voz dele soava ainda mais sombria sob a iluminação fraca. Então Armando se virou para cima do aqueduto.

— Acho que ela está esperando que os animais façam alguma coisa, pai.

O medo gelado escorreu pela sua cabeça, o coração batendo forte. Ela fechou os olhos e suspirou. O baralho havia dito que seria sangrento. *Confie no lobo.* E, no momento, não havia mesmo mais nada que pudesse fazer.

Lá em cima, veio caminhando Argento de Coeur, acompanhado de caçadores e lobisomens Montalves, apontando armas para onde deviam estar escondidos Guido e Heitor.

19

QUEDA

Puta merda.
Puta merda.
Puta merda.

Os rapazes da matilha se voltaram para ele, esperando instruções. Edgar congelou, incapaz de dar qualquer ordem. Seu mundo inteiro estava sob o cano de uma arma, Diana na mira de Armando, na rua, e Guido e Heitor na mira de Argento e Diego, no alto do aqueduto.

— Chefe, como é que eles conseguiram disfarçar o cheiro? — perguntou Tino, um dos meninos mais jovens recrutados depois da última lua cheia.

Ele não fazia ideia; alguma artimanha de caçador, com os milhares de equipamentos e truques acumulados com séculos de matança. Não se importava com como tinham deixado escapar o filho da puta no aqueduto, nem mesmo com a nojeira dos Montalves estarem se aliando com os de Coeur. Escória era escória e, se a alcateia ainda não sabia disso, não seria ele a ensinar, quando tinha questões mais urgentes a resolver.

Com o lobo fincando garras e dentes nos órgãos internos, a um passo de se transformar parcialmente por puro pavor, ele assistiu Armando levantar um braço e apontar uma arma para Diana. Observou os canos de espingardas cercarem os irmãos e outros cinco lobisomens da matilha sobre os arcos centrais no aqueduto. Os caçadores e os Montalves carregavam lanternas, e cada um deles seria fácil de abater daquela distância, mas um tiro centímetros para o lado poderia atingir Argento de Coeur, e então tudo estaria perdido.

Não importava que ela acreditasse estar imune — ele não correria o risco de ver a maldição tocar Diana.

— Chefe?

Edgar rosnou baixinho para o garoto. Se o grupo que estava no nível da rua ainda não havia sido cercado, então talvez ainda não tivessem sido descobertos. Havia uma chance, ainda que pequena. Poderia atirar em Armando dali, tinha ângulo. A reação seria perder Guido e Heitor. Uma escolha impossível.

Inspirou fundo, tentando captar as emoções de Diana no meio daquela confusão.

Havia medo, um pouco. Já sabia reconhecer a cadência do coração dela no meio de outros cem, e ele batia forte e rápido, enquanto seu rosto mantinha a impassividade de sempre. A conexão mágica que tinham seguia tranquila. Sua mulher fria e controlada, mesmo diante das piores catástrofes.

— Oi, papai. — Diana sorriu para cima. — Como vão as coisas? O estoque da fábrica deve estar uma bagunça sem mim. Que tal negociarmos um retorno?

— Negociar? Você não se cansa de falar absurdos? — Armando fechou a distância e agarrou Diana pelo cotovelo, pressionando o cano da arma na cabeça dela.

O lobo quase saiu. O rosnar dos lobisomens da matilha lá em cima dizia o quanto estavam todos conectados àquela mulher no meio da rua, ameaçada pela família de sangue, esperando que a família de casamento a salvasse.

Mas Diana riu.

Maluca.

Ela gargalhou. A melhor atriz de toda Averrio. Os lobos que não estavam acostumados com ela se remexeram, surpresos.

— O que você vai fazer com essa arma, meu querido irmão brutamontes? Me matar? Bem na frente de papai? Ele tem tantos filhos assim, que pode se dar ao luxo de... me perder?

Armando congelou. Argento também. O segredo da maldição de Coeur não deveria ser compartilhado com os outros humanos presentes naquele espetáculo, e Diana estava jogando com isso. Tentando comprar tempo.

A mulher mais louca e inteligente de Averrio é minha. E ele não estava disposto a perdê-la. Precisava se manter no controle do cachorro desesperado para salvar a dona, e de fato salvá-la. Observou os arredores, correndo pelas dezenas de planos descartados nos últimos dias, tentando encontrar uma saída, tentando aproveitar o tempo que Diana estava ganhando.

Com um estalo da língua, chamou a atenção dos rapazes que estavam com ele. Havia outros espalhados mais além, em outras ruas, mas não teria como alcançá-los sem delatar sua posição, então precisaria se virar com os poucos que tinha à disposição. Indicou com a cabeça o alto do morro onde o aqueduto começava e o bonde atravessava um túnel — o único ponto de onde teriam a vantagem do terreno para atirar em todos de cima.

Eles se moveram em silêncio, uma caçada que não se parecia em nada com uma. Quanto mais se concentrava em não fazer nenhum ruído, mais os ouvidos também se prendiam ao som da conversa na rua.

— Me diga, Armando, você não quer mesmo saber como eu cheguei aqui? Ou talvez vocês não queiram que os novos amigos lupinos de papai saibam sobre o lado renegado da família. — A voz de Diana o alcançou enquanto o calçamento dava lugar à terra e o caminho ficava cada vez mais íngreme. Poderia caminhar centenas de quilômetros e ainda teria ouvidos apenas para ela, esperando uma ordem, o menor comando, para mandar tudo pelos ares e correr ao seu resgate. —Você não sente saudades dele, papai?

Edgar não soube dizer o que estava acontecendo, de quem era a pulsação acelerada e abafada, e não podia se virar para ver, então se contentou com as vozes diminuindo, se apegando à certeza de que podia reverter aquela situação.

— Eu sinto — disse ela, a voz tão firme como se fosse a pessoa apontando armas. — Albion era o mais forte dos seus três filhos de verdade, como o senhor sempre disse, e, pelo jeito, o mais inteligente de nós quatro. Augusto... era só um rapaz mimado, não era? Vocês sempre souberam que ele seria o primeiro a cair.

— Pare de bobagens, Diana. Seu cachorro não pode te salvar.

A voz de Argento de Coeur veio abafada pelas últimas construções, pelos barracos de madeira e pelas primeiras folhas da mata. No caminho, Edgar viu humanos e faunos espiando pelas frestas de janelas, fechando as cortinas. Na última casa, um fauno velho, daqueles com o chifre serrado de quem ainda tinha servido aos caçadores, apontou o caminho de uma trilha que desaparecia morro acima. Ele não teve tempo de agradecer, mas mandaria entregar um carregamento de qualquer coisa preciosa ali depois. Só seguiu em frente. Entre as árvores, o lobo ganhava mais força, se incomodava mais com as roupas. Se fosse lua cheia, não haveria sobreviventes.

— Salvar? Papai, eu que vim aqui tentar salvar você. Tantos filhos horríveis que o senhor tem...

Ele detectou um gemido de dor na entonação da voz dela, e os pelos começaram a crescer. Continuou escalando. Procurou o cheiro de Guido e Heitor na mistura que vinha de longe e encontrou os dois estressados e atentos, os corações batendo cada vez mais rápido. O irmão mais velho estaria quase se transformando, se o conhecia, e Edgar precisava acabar com tudo antes que ele perdesse o controle.

— Chega de brincadeiras, Diana — disse Armando.

Já estava alto demais para ouvir tudo com clareza, até mesmo a resposta dela. Apressou-se, tentando não fazer barulho. Entre os Montalves havia lobos experientes demais, que saberiam os sinais a procurar, que saberiam que Edgar jamais deixaria a esposa desprotegida.

Quando finalmente alcançaram um ponto alto o suficiente, com linha de tiro para os homens sobre o aqueduto, ele ouvia apenas murmúrios. Diego segurava um rifle de longo alcance, apontado para a cabeça de Heitor, e lobos engomados mais jovens faziam o mesmo com Guido e os outros rapazes. Imbecis. Não sabiam que deviam ter contido o mais velho primeiro; ele não cairia com poucas balas de prata.

Argento estava parado na beirada da estrutura, uma mão na cintura e a outra segurando o rifle de longo alcance apoiado sobre o ombro, cercado de caçadores mais novos. A cena talvez fosse impressionante para jovens com pouca experiência, mas para Edgar parecia apenas uma displicência decepcionante. O orgulho dos homens civilizados era ostentar que não precisavam estar sempre prontos para se defenderem — não era assim que se sobrevivia por mais tempo, não nas ruas de Averrio. A verdade era que tinha criado outra imagem dele. O grande patriarca de Coeur era só um velho arrogante, certo demais do próprio poder sobre a prole e os demais. Não tinha previsto a traição da filha bastarda, por mais que tivesse dedicado a vida toda a se proteger dos próprios filhos. O tempo todo, Diana estivera certa: caso se livrassem dos irmãos dela primeiro, o caminho estaria livre para alcançar o pai.

Armando falava, segurando Diana e torcendo o braço dela atrás das costas, a arma apontada para sua cabeça. Edgar não achava que o idiota teria coragem de matá-la na frente de Argento, mas não podia arriscar. Ele tinha que morrer primeiro. Edgar estendeu a mão, e um dos garotos lhe entregou a espingarda de mais longo alcance que tinham. Sinalizou para que os outros mirassem nos lobos Montalves, que precisavam morrer tão logo ele atirasse em Armando.

Ele mirou com cuidado. Não era um lobo devoto, mas rogou à Lua mesmo assim. Tinha a mira boa e uma mulher que poderia muito bem ser um demônio. Contou os segundos, esperando que o filho da puta do irmão dela gesticulasse o suficiente para se afastar um pouco de Diana.

Então, um movimento do outro lado do aqueduto chamou sua atenção. Sombras se movendo, muito mais velozes do que de humanos. Num instante, caçadores e Montalves dominavam os trilhos sobre os arcos. No outro, vampiros os derrubaram e Albion surgiu por entre todos, cercando Argento, e ergueu o velho pelo colarinho.

Edgar não conseguiu ouvir o que o filho murmurou para o pai — registrou apenas o sorriso de satisfação no rosto do sanguessuga logo antes de jogar o velho para uma queda que com certeza o mataria.

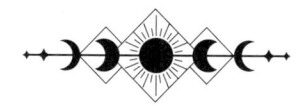

Tanto Diana quanto Armando se calaram ao mesmo tempo ao entenderem o que estava prestes a acontecer. Ninguém ouviu o que Albion disse, e talvez nunca soubessem. Todos que tinham o menor conhecimento daquele drama familiar sabiam o que ia acontecer, antes mesmo de ele abrir as mãos.

Para dar crédito a Argento, o caçador mais letal e experiente de Vera Cruz, o velho teve a presença de espírito de se virar no meio da queda, mirar e atirar. Albion já não estava mais lá, claro, porque era o filho que superava o pai em vida ou em morte. A bala atingiu a cabeça de um dos jovens tolos que se inclinou, tentando alcançar o patriarca enquanto o de Coeur vampiro desaparecia na noite junto de suas crias.

Houve um único segundo de pânico compartilhado em que Diana e Armando se encararam durante a queda interminável. O tempo se arrastou naqueles últimos instantes, antes que forças mais poderosas do que qualquer um ali entrassem em ação. O entendimento escorreu entre eles como um temporal de verão, inescapável e degradante.

Ela tentou se desvencilhar, mas ele a segurou mais forte. Centenas de tiragens de cartas e releituras do grimório de Gisele passaram por sua cabeça num borrão — não havia mais nada a fazer. Só lhe restava esperar que o feitiço do matrimônio lhe concedesse a imunidade para não ser tocada pela maldição quando o sortilégio saísse à procura de um sacrifício.

Assistiram ao pai cair de costas no chão, a cabeça batendo no paralelepípedo e quicando com brusquidão. O som meio seco e abafado, o sangue espirrando atrás da cabeça. Então um instante suspenso no tempo, um momento insuportável de terror e esperança de que nada fosse acontecer.

E aí maldição de Gisele se fez visível até para olhos humanos. O vazio de Diana, a fonte de todo aquele poder maligno, urrou de fome e anseio ao surgir em uma coluna de neblina cinzenta do centro do cadáver. A magia subiu e se espalhou em muitas direções, procurando, buscando pelos trilhos e ao redor das colunas dos arcos do aqueduto, ignorando caçadores e lobisomens. Já tinham passado pela experiência na morte de Albion. Espalhados pela estrada mal iluminada, rodeados por colinas, a fumaça se dividira e engolira todos os filhos e possuíra seus corpos até escolher um.

Diana se obrigou a manter os olhos abertos; queria ver a maldição ignorá-la.

Não foi o que aconteceu.

Diana e Armando foram envolvidos num turbilhão, isolados do resto do mundo, enquanto a maldição se infiltrava por nariz, ouvidos e boca. O vazio lutou contra a própria magia revertida contra ele, tentou reter e se preencher com o poder roubado, como se tivesse qualquer chance contra o feitiço de Gisele. Diana perdeu noção do tempo, fechou os olhos contra aquele ataque, tentando se soltar de Armando, que a segurava cada vez mais apertado.

Preso na garganta, um único nome entalado. Não adiantaria nada chamar por ele. Se Edgar não tinha vindo a seu socorro antes, não seria capaz de lutar contra a magia agora.

Então, a maldição escolheu.

A magia abandonou o corpo de Diana e ergueu Armando no ar de repente, tão forte que ele a soltou, a deixou cair tropeçando nos próprios pés até estar no chão, se arrastando para longe, como se ainda houvesse chance de tudo mudar, de ser a vez dela.

A neblina turbulenta ergueu Armando à altura do aqueduto, deixou que ele se debatesse no ar por um tempo. Diana piscou, tentando se convencer de que não estava vendo o sorriso de Gisele nos contornos da magia. Sob os olhos petrificados de todos, caçadores e lobisomens, o poder da maldição sumiu sem aviso e deixou o corpo do primogênito de Coeur cair.

Ele despencou com um último grito desesperado — os meninos de Coeur haviam sido treinados para nunca gritar, mas Armando jamais fora a joia da família, nem em vida nem em morte.

Caiu ao lado do corpo do pai, com os mesmos movimentos, o mesmo espirro de sangue da cabeça rachada.

 Uma parte masoquista de Diana queria parar e assistir, contemplar o erro que havia cometido, mas outra parte mais racional e fria — aquela que a vinha mantendo viva desde sempre — não deixou que ficasse parada. Continuou se arrastando, sem postura nem refinamento. Precisava apenas se esconder enquanto os caçadores estavam distraídos pelo espetáculo, pensaria sobre tudo aquilo depois.

 Alcançou as sombras de um beco a tempo de ver o pai se sentar, sacudir a cabeça e depois alongar o pescoço, como se estivesse acordando de uma soneca.

LOBA

O caos explodiu quando o velho se levantou e ordenou aos caçadores que se colocassem em movimento. O lobo de Edgar entrou em erupção em resposta, e as pernas e braços cresceram, rasgando as roupas... e disparando a arma que segurava. Não viu onde o tiro pegou, só percebeu a mata se tornando um borrão ao se lançar numa corrida desesperada morro abaixo.

—Vão ajudar Guido e Heitor!

Os outros lobisomens da matilha seguiram as ordens de imediato, um ar selvagem também tomando conta dos olhares deles. Algumas coisas eram compartilhadas entre lobos próximos, principalmente quando havia companheiros em risco. Edgar correu primeiro com as pernas, depois de quatro, deixando o lobo assumir, mesmo que não tivesse forças para trocar de pele completamente. Alcançou a rua e começou a farejar desesperadamente atrás dela.

Fodam-se as estratégias e os movimentos calculados.
Diana estava em algum lugar nas sombras, prestes a ser

levada embora, e isso ele não podia permitir. Uivou, avisando sua posição, esperando que ela entendesse que não estava sozinha, que ele tinha quebrado uma promessa feita naquela noite, e isso não se repetiria nunca mais.

Guido e Heitor uivaram em resposta, cresceram de tamanho, mesmo que com uma selvageria menor. Um a um, os lobos da matilha uivaram, se soltando das amarras. Edgar uivou de novo, uma única ordem no som agourento — o velho e Diana eram intocáveis, mas todo o resto podia ser despedaçado. Alguns se voltaram contra os Montalves, outros contra os caçadores, e tiros e ganidos preencheram a noite de Averrio enquanto ele procurava a única pessoa que importava.

Um tiro acertou de raspão a parede de um prédio, perto demais. Não importava. O cheiro de Diana estava ali no meio da confusão, muito mais perto do fedor de Coeur do que dele. Um caçador apareceu em cima de um telhado e atirou de novo. Edgar avançou num salto e deu um golpe de garras afiadas no moleque arrogante o suficiente para se colocar entre um lobisomem adulto e sua fêmea.

Ele a encontrou escondida em um beco, puxando a arma do coldre escondido na perna. Estava com a respiração ofegante, o coração disparado e a testa franzida, encostada na parede, carregando balas de verbena na arma. Edgar não lhe deu tempo de continuar com qualquer consideração atravessando aquela mente maluca e estranha, só a tomou nos braços e abafou o grito surpreso pressionando a cabeça dela contra seu peito.

— Sou eu — sussurrou ele. — Sou eu.

Houve um instante de paralisia em que Diana não fez nada, logo antes de o abraçar de volta, apertado. O tremor nos braços e nas mãos dela diziam o quanto estava abalada. A maldição quase a tinha levado, e Edgar se transformou mais um pouco só de pensar na possibilidade. Não haveria descanso até que queimasse o sangue de Coeur, junto com Averrio inteira. Não havia civilidade possível num mundo sem ela.

Edgar a pegou no colo e saiu correndo, procurando vielas escuras, contornando a confusão do aqueduto, até chegar a um dos carros deixados escondidos para a fuga da matilha. Pousou Diana no banco do motorista, mas não a soltou, enfiando o rosto-meio-focinho no pescoço dela, se certificando de que estava viva. Não sabia dizer de qual deles era o coração batendo furioso.

— Não funcionou... Eu não... — Ela respirou fundo para forçar as palavras a saírem. — Eu estava errada.

— Não vamos pensar nisso agora. Você precisa voltar pra destilaria. Mimi vai te proteger.

— E você?

— Eu vou reunir alguns dos meninos e tentar capturar teu pai, antes que Albion chegue nele de novo. Essa é a nossa chance de acabar com isso de uma vez por todas.

Ao longe, uivos e rosnados e tiros. Logo depois, um apito longo, indicando que a polícia havia sido alertada. Diana cravou as mãos no pescoço dele, forçando-o a olhar para ela.

— Não. As nossas forças estão divididas por causa dos Montalves!

— Guido e Heitor vão cuidar deles, e não temos escolha. Albion sumiu e já matou seu pai uma vez. Talvez ainda tente fazer isso de novo, e agora só falta uma vida pro velho. Volta pra cachaçaria. Mimi vai acionar os protocolos de emergência, cobrar algumas alianças que nos devem favores, e ninguém que não seja um dos nossos vai entrar na destilaria.

— Mas...

— Nada de *mas*, sua mulher teimosa!

— Mas eu quero meu marido de volta num pedaço só, seu cachorro insolente. É pedir demais?

Um rosnado meio riso abriu caminho pela garganta dele. O lobo cresceu de tamanho, brigou para se libertar daquela prisão de carne, saltando de uma emoção para outra rápido demais para fazer qualquer sentido. Quase a perdera, precisava dela naquele mesmo instante, ao mesmo tempo que precisava destruir toda aquela gente.

—Você não percebeu ainda que pode me pedir qualquer coisa e eu dou?

Lentamente, tão controlado quanto conseguia no entre-estado, ele afastou a gola do vestido dela para o lado até expor o ombro e mordeu. Sem tirar sangue, apenas para marcar, para se tranquilizar. O descompasso do coração de Diana mudou em resposta e os dedos dela se enroscaram na pelagem crescendo no pescoço dele.

—Vou ficar esperando.

Diana acelerou pelas ruas do porto, fazendo curvas fechadas, sem se importar com o que aparecia no caminho — latas de lixo, caixotes vazios de alguma feira terminada, buracos. Se fosse rápida o suficiente, talvez conseguisse deixar o pavor para trás. Havia errado na leitura, deixado algum detalhe escapar. O feitiço de casamento com o lobo deveria tê-la deixado imune. Não fazia sentido, o oráculo nunca errava tanto… o problema só podia estar nela própria.

Não era uma caçadora para lutar — Argento havia feito questão de mantê-la à parte daquele mundo. Não era bruxa para amaldiçoar — Gisele tinha drenado tudo de melhor dela. Não era nem uma cartomante competente, pelo jeito. Não era útil para a matilha, para Edgar e os meninos.

Você não serviria para nenhuma dessas coisas, sussurrou a voz que lembrava a da mãe, com o contorno debochado do timbre de Albion. *Você é uma rata, fugindo para o buraco onde feras maiores podem protegê-la.* Apertou o volante, guardou o grito, forçou as lágrimas de volta para dentro. Ratos eram sobreviventes, ratos eram os verdadeiros donos da cidade.

Foi obrigada a desacelerar dentro do bairro, onde a matilha tinha subido várias barreiras para dificultar o trânsito de veículos e evitar ataques do tipo bater e correr. Vultos nas sombras se moveram e saíram do caminho, reconhecendo quem vinha. Nos últimos dias, a guerra havia criado na cidade um fenômeno comum nos campos; criaturas mais fracas e solitárias passaram a se refugiar na destilaria, o único território de Averrio onde caçador nenhum pisava. Ao menos isso Diana tinha conseguido fazer; uma afronta ao poder dos de Coeur, ainda que pequena. Assim que desceu do carro, contudo, percebeu algo errado.

Não tinha os sentidos aguçados como os daquelas criaturas nas sombras. O vazio dentro dela rugiu um alerta, ou talvez fosse o pânico residual do que tinha acabado de viver. Deu alguns passos, e achou o som dos saltos nos paralelepípedos enlameados alto demais. Olhou ao redor, tentando perscrutar a escuridão e o silêncio.

Nunca havia silêncio na destilaria. Mesmo madrugada adentro, canções bêbadas despontavam aqui e ali nos botecos, nos meios-fios, pontuadas de vez em quando por um samba de verdade.

Ela parou entre as duas hastes de metal que a matilha havia fincado no chão, observando as luzes apagadas do bar da cachaçaria, da casa em cima. Mimi não teria ido dormir enquanto os meninos não voltassem e, com certeza, teria ouvido o carro se aproximando. Com a boca seca, inspirando fundo, Diana procurou de novo a arma no coldre embaixo da saia. Era a arma com balas de verbena e poderia fazer estrago em qualquer um, mesmo que não matasse.

O ataque veio silencioso e repentino. Compacto.

Uma bola de pelos a atingiu na barriga e a jogou contra a parede mais próxima, expulsando o ar de seus pulmões. A arma caiu no chão, fora de vista, e os vultos sumiram.

Diana precisou de alguns instantes para entender que não estava sendo mordida nem arranhada, apenas agarrada com muita força por uma coisa peluda e desgrenhada. Forçou os olhos na iluminação fraca e viu pelos castanhos, em forma de ninho de passarinho.

— Melina? — sussurrou.

A coisa tremeu, se embolou mais.

Tateando, Diana encontrou pedaços de roupa rasgados e um pelo cheio de nós cobrindo bracinhos magricelas. Foi subindo até achar a cabecinha que tentava se esconder em suas roupas. Com firmeza, e com um toque mais gentil do que se acreditava capaz, forçou a menina a olhar para ela.

Melina estava naquele entre-estado dos lobisomens, reagindo a instintos fortes. Era a primeira vez que se dava conta de que medo também podia fazer isso. Era a primeira vez que encarava uma criança tão assustada e reativa quanto ela própria tinha sido. Engoliu em seco, amarga com as memórias do passado e o presente.

— Me conte o que aconteceu.

Lágrimas enchiam aqueles olhos de pupilas grandes demais de predadores adaptados para enxergar no escuro, mas a teimosia brigava com o medo ali. *Boa garota, é assim que se sobrevive.*

— Quem atacou?

— Mon... Montalves — sussurrou ela, a voz rouca. — Um grupo de lobos atraiu Raul para longe, e duas fêmeas atacaram Mimi. Pegaram ela lá nos fundos.

Montalves, claro. Por isso estavam no aqueduto, para conter a matilha enquanto atacavam o território Lacarez, para cobrarem a vida de Mimi. Outro erro que cometera ao interpretar as cartas, e aquele custaria caro à matilha se ela não agisse rápido. Diana pensou nos meninos lá fora, brigando com lobos e caçadores, e talvez com vampiros e a polícia, e em Melina sozinha no escuro, esperando que algum adulto voltasse para ajudar Mimi.

— Ela ainda está viva?

Melina balançou a cabeça informando que sim, embora o olhar delatasse o medo de que talvez já fosse tarde.

— Mimi me mandou fugir, mas eu não sabia pra onde ir. O rastro de Raul tá perdido saindo do bairro, e eu não sabia se... se eles... se você...

As palavras morreram quando ela escondeu o rosto de novo, um focinho pequeno se enfiando entre suas roupas, fungando enquanto um coraçãozinho batia rápido demais. O gesto a levou de volta a Edgar, que costumava fazer o mesmo em seu pescoço, que tinha deixado uma mordida no ombro latejando com a lembrança de que, fosse como fosse, apesar de todas as tentativas de Argento e de Gisele de a tornarem uma pária, havia um lugar no mundo para Diana.

Não sabia como consolar Melina, não sabia o que fazer com aquele inchaço no peito, nem se sofria pela garotinha sem mãe agarrando suas roupas ou pela menina abandonada dentro do próprio vazio sem magia. Mas havia algumas outras coisas que Diana sabia fazer bem.

Fez um carinho desajeitado na cabeça de Melina e de novo fez com que a menina a encarasse.

—Você sabe onde ficam as pistolas de longo alcance?

Melina fez que sim.

— E as granadas?

Sim de novo.

— Ótimo.

Diana tirou as luvas das mãos e as calçou em Melina, dando nós nos punhos, para que não ficassem frouxas, então puxou do bolso do vestido um cartucho de balas de prata, uma das coisas que sempre carregava para emergências.

— Cuidado para não se queimar. Carregue as armas e leve lá para cima, junto com as bombas. Tem uma abertura no teto da destilaria que você consegue alcançar, se sair por uma das janelas da casa. Eles já te ensinaram a atirar?

— Não.

— Bom, algumas coisas aprendemos melhor na hora mesmo. Quando você me ouvir dizer "calma, senhoritas", vai puxar o pino e jogar as granadas do lado de fora da destilaria. Tenta mirar em alguma lata de lixo, pra fazer muito barulho. — Com um impulso, Diana se levantou e a puxou junto. A transformação começava a retroceder, e Melina a fitava mais como se ela fosse louca do que com medo. — Depois, você vai esperar na abertura e vai atirar nelas ao meu sinal. Entendeu?

— Mas... a gente não pode.

— A gente não pode se dar ao luxo de esperar a matilha voltar. Não há tempo a perder, vamos.

— Mas você... você é só...

— O que o meu cheiro diz, Melina?

Ela parou, num sobressalto, e farejou o ar.

— Que você é mulher de Edgar.

— E o cheiro não mente. Vou resolver isso, mas preciso da sua ajuda. São duas fêmeas Montalves contra duas fêmeas Lacarez. Pode dar conta?

Não era uma pergunta justa para uma criança apavorada. Não era também o pior que a vida podia fazer com uma menina.

Pelo menos ela não estaria sozinha e teria a chance de se livrar de alguns monstros da infância antes de crescer.

Você é maluca e só procura problemas. A voz em sua cabeça tinha o tom rouco e rosnado de Edgar, exasperado com ela por estar mais uma vez andando direto para o perigo. Quando viu Melina em posição, Diana inspirou fundo e marchou, fazendo o salto ressoar no chão de pedra — tinha escolhido o sapato perfeito para a ocasião.

Quase nunca entrava no galpão da destilaria. O primeiro setor, sempre protegido do sol, era um espaço fresco e úmido, onde enormes barris de pinga se estendiam num labirinto alcóolico — aquele era o território de Raul, e o lobo rabugento não ia muito com a cara dela. No anexo seguinte, viu luz saindo da porta aberta da sala dos alambiques. Um rastro de sangue apontava o caminho por onde tinham arrastado Mimi até lá. Isso solidificou aquela raiva apertando-lhe o peito. Descobriu-se tão possessiva daquele pedacinho de mundo quanto furiosa pelo estado de Melina. A territorialidade constante da matilha se infiltrou por Diana e deu força aos seus passos ecoando no galpão.

Queria ser ouvida, queria que soubessem que uma fêmea tinha chegado para lidar com elas.

Marchou de forma cadenciada e parou logo antes de cruzar a porta. Então ouviu um grunhido longo e frustrado.

— O que você pensa que tá fazendo, garota? Vai embora daqui agora! Se acontece alguma coisa com você, Edgar vai buscar minha alma lá nos campos lunares, só pra brigar que eu deixei as cadelas te pegarem!

Diana riu, fingindo aquele humor irreverente que irritava qualquer um. Usou o som da própria gargalhada para disfarçar o ruído dos objetos que conferia no bolso — uma arma pequena com balas de prata, um espelhinho com pó, preparado especialmente para sua maquiagem, o vidrinho de batom, um cotoco de charuto e um isqueiro.

— Mimi, querida, não precisa fazer tanto drama. Elas não farão nada comigo, sabem que não podem.

Entrou, se aproveitando do choque que a declaração causaria, nem que fosse pelo abuso. A velha estava amarrada a um dos alambiques, com os braços abertos e a pele com cortes queimados por prata. O rosto dela trazia marcas de garras e uma expressão de choque que causou um sorriso verdadeiro em Diana. Empunhou-o contra as duas lobas paradas, de pernas abertas, prontas para atacar.

Eram duas mulheres de cabelos penteados de forma impecável, duas damas perfeitamente civilizadas, olhando com nojo para ela. Nada de novo sob o sol — ou sob a lua. Uma tinha cabelos loiros e trançados; a outra escondia os fios curtos sob um chapéu redondo.

— As senhoritas não farão nada comigo, porque os Montalves se venderam aos de Coeur, e elas sabem que eu sou intocável. Ordens do próprio Argento de Coeur.

As duas se entreolharam. Mimi estreitou os olhos, duvidando. Diana caminhou até o canto, onde ficavam as canecas de prova penduradas, e fez um teatro de tirar uma dose do alambique mais próximo e provar. O líquido desceu quente e doce demais. Ela lambeu os lábios e olhou para as lobas, que a observavam.

Não devia haver ordem nenhuma do alfa sobre não a atacar, e não importava. A declaração tinha bastado para contê-las, porque ninguém nunca sabia o que fazer com uma mulher louca, até que fosse tarde demais.

— Em nome dessa... cortesia... de eu estar intocável pelos Montalves, vou devolver o favor. Vou deixar essas duas vadias saírem ilesas desse arremedo de invasão ao território Lacarez, se saírem agora. Não vou oferecer de novo.

Após uma paralisia momentânea, elas riram. Um som contido, quase educado, como as boas meninas da elite de Averrio costumavam ser educadas a rir. Então se aproximaram, os sorrisos se tornando predatórios.

— Quem você pensa que é, bastarda, para fazer ameaças aqui? Não é nem caçadora nem bruxa, todo mundo sabe. É no máximo a prostituta de luxo de Edgar. — A loba de chapéu sorriu, mostrando os dentes.

Diana esperou, com o sorriso no rosto, e deixou que se aproximassem mais.

— Eu sou um pouco mais do que isso... e as senhoritas sabem.

— Não é a mesma coisa — disse a outra, farejando o ar. — Você não é loba, nunca será, e por isso sua união com o vira-lata é só um... truque.

— Estou curiosa. O que isso importa a vocês? — Diana inclinou a cabeça, tateando por suposições para comprar um pouco mais de tempo e tirá-las de perto de Mimi.

A loira rosnou.

— Estou me cansando de você, bastarda. Já faz dias que não se fala em outra coisa nessa cidade. Diana de Coeur e Edgar Lacarez para lá e para cá, ousados isso, expansão aquilo... Perigo para as alcateias... E ainda tiveram a audácia de trazer a cachorra velha de volta, desrespeitando um acordo que durava há anos. Não aguento mais ouvir sobre vocês como se fossem qualquer coisa melhor do que animais de sarjeta com o olho grande demais.

— Calma, senhoritas. Vou acabar com o sofrimento de vocês em instantes.

Um olhar debochado foi trocado e a loba de chapéu puxou uma adaga de prata do bolso. Diana encheu mais uma caneca de cachaça, esperando, tentando fingir que elas não podiam ouvir seu coração. Atrás delas, Mimi tinha os olhos arregalados e balançava a cabeça em negativa. Diana piscou um olho para a velha. A explosão do lado de fora veio alta e bem a tempo, próxima. *Boa garota.*

As lobas rosnaram para Diana, mas a sequência de novas explosões em diferentes pontos trouxe um novo tipo de brilho ao olhar delas. As duas se viraram para a saída, claro, porque não consideravam que a mulher humana, suja e amarrotada, fosse uma ameaça verdadeira. Então Diana se aproveitou disso para virar a cachaça no chão em um arco ao redor de si mesma, depois puxou o isqueiro e o espelhinho do bolso.

— Não sei que truque foi esse. Não tem ninguém além da filhote fujona lá fora — disse uma delas.

— Só uma bastarda de caçadores fingindo que sabe o que faz — completou a outra.

— Ah, queridas... — Diana lhes deu as costas, como se não se importasse com a nova aproximação delas. Abriu o espelhinho e fingiu conferir a maquiagem enquanto o usava para acompanhar o avanço das duas. A única vantagem de ser tão obviamente uma presa era poder contar com o ataque do predador. — Ninguém nunca ensinou a vocês o ditado "finja até que seja verdade"?

Não podia se dar ao luxo de esperar o posicionamento perfeito. Assim que a primeira delas deu um passo sobre a cachaça, Diana acendeu o isqueiro e o deixou cair. O fogo pegou de imediato; não um grande incêndio, como a matilha estava acostumada a causar, nem serviria de escudo por muito tempo, mas foi o suficiente para surpreendê-las. Virou-se de novo para as lobas, segurando a base do espelhinho na altura da boca, e soprou o mais forte que conseguiu.

O pó de prata voou, leve e faceiro, refletindo de muitas direções o brilho alaranjado dos alambiques de cobre iluminados pelas lâmpadas amarelas e cobrindo os rostos confusos. Um espetáculo para quem podia assistir sem nenhuma consequência. Os rosnados de susto com o fogo se tornaram urros furiosos quando a prata atingiu seus olhos e foi inalada por narinas despreparadas.

— Agora! — gritou Diana.

A mira de Melina era péssima, mas o barulho dos tiros pelo menos ajudou a desnortear as lobas com visão e olfato queimados. Uma bala acertou o ombro da de chapéu, que caiu com um ganido vergonhoso. A loira avançou, as mãos já transformadas em garras perfurando as luvas antes delicadas, e agarrou o braço de Diana, mesmo de olhos fechados.

Caíram as duas, a loba impulsionada pela fúria da dor, tentando desferir golpes e arranhar qualquer coisa ao alcance.

— Melina, não atira mais! — gritou Mimi de algum lugar.

Tentando sair debaixo da loba, já esquecida do medo e tentando apenas sobreviver, Diana procurou a arma no bolso. Um golpe a acertou no rosto, as unhas cortando sua bochecha numa explosão de dor.

— DIANA!

O grito de Melina e os uivos desesperados de Mimi a alcançaram, de alguma forma, a impelindo a continuar lutando. Não era uma caçadora, não era uma bruxa, não era nada a não ser uma sobrevivente. A morte já tinha batido à sua porta naquela noite, e ela não pretendia deixá-la entrar tão cedo. Debateu-se com tudo que tinha, com qualquer força que seu frágil corpo humano possuía, e acertou um chute em alguma parte do monstro disposto a exterminá-la. A loba ganiu, surpresa.

Nessa brecha, Diana alcançou a arma no bolso e atirou. Mais um ganido. Mais um tiro. A fêmea caiu sobre Diana, arfando, ainda tentando lutar. Atirou de novo e de novo, até quando não era mais preciso, até se sentir segura para empurrar o corpo e se libertar.

Forçou-se a ficar de pé. Não enxergava direito do olho esquerdo, e a dor no rosto estava quase insuportável. O corpo todo doía do ataque, o ar faltava, mas a fúria transbordava. Encontrou a outra loba arfando, deitada de costas no chão, segurando o ombro atingido.

Diana se aproximou com calma, porque precisava se manter firme, e porque não teria o mesmo efeito se cambaleasse até ela. Queria — necessitava — que o cheiro de medo ficasse impregnado na cadela, para que, quando encontrassem o corpo, eles soubessem. Cega e respirando com dificuldades, a loba tentou se arrastar para longe. Diana deixou. Permitiu que ela passasse os últimos minutos de vida rastejando pelo chão sujo onde os Lacarez pisavam todos os dias, até encontrar a base quente de um alambique e não ter mais para onde fugir.

— Vou mandar entregar seus corpos impregnados com o meu cheiro para dar um recado. É como vocês dizem, não é? O cheiro não mente.

Ela mirou a arma no coração e atirou.

As balas, claro, tinham acabado. O clique seco de um tambor de revólver vazio zombou de seus ouvidos.

Mimi grunhiu atrás dela.

— Jura, garota? Gastou todos os tiros na outra?

Com um suspiro, Diana jogou a arma de lado e sorriu para a loba velha.

— Não tem problema, Mimi. Eu já disse isso tantas vezes e você ainda não acredita, mas sou uma pessoa de muitos recursos.

Diana fechou a distância até a fêmea caída, sentindo um prazer mesquinho de ver a postura amedrontada, e pisou no ombro baleado. Ela urrou e ganiu e chorou, ficando imóvel, assustada demais para reagir à humilhação. Não havia necessidade de prolongar o sofrimento dela, Diana poderia acabar com aquilo rápido, não fosse pela coisa viscosa e sombria se erguendo dentro do vazio de magia — mais do que um entendimento, uma certeza. Não era nem caçadora nem bruxa.

— É uma coisa terrível, não é, querida? Descobrir tarde demais que você não é grande o suficiente para brigar com o monstro mais perigoso do beco?

Colocou então o salto sobre o peito da loba e observou o movimento fraco de pulmões cheios de pó de prata.

— E você nem tinha nada a ver comigo, não é? Eu nunca teria sabido da sua existência se não tivesse invadido o *meu* território e derramado sangue da minha... Mimi. Hoje, os Montalves vão perder duas fêmeas, porque foram idiotas demais de pensar que não havia uma loba na matilha Lacarez. — A cada palavra, ela aumentou a força da pisada, empurrando a ponta do salto sobre o coração da loba. — Entre garras e maldições, eu sou a pior criatura que poderia ter cruzado o seu caminho.

Com um pisão final, usando suas últimas forças, Diana fez o salto com ponta e haste de prata perfurar o tecido e o peito, abrindo caminho até o coração.

A quietude da morte tomou conta da sala. Apenas os alambiques falavam.

Com um suspiro, Diana levantou a perna. O sapato tinha ficado preso, mas ela não encontrou disposição para arrancá-lo de volta, então se contentou em tirar o outro e caminhar descalça.

— Salto Amaretto número 10 — disse ela, mostrando o sapato em sua mão para Mimi antes de jogá-lo no chão e começar a desamarrar a velha. — Vai da festa à defesa de territórios. Vou arrumar um pra você.

— Garota... Você é completamente descompensada.

Diana riu, finalmente sentindo a fraqueza e a tontura de tudo que havia acontecido nas últimas horas. Soltou Mimi e se permitiu desabar, deslizando contra a parede mais próxima até cair sentada no chão. Melina chegou pela porta da frente, ainda carregando a arma grande demais para suas mãozinhas. Ela parou, olhando de uma para a outra. Ficaram as três em silêncio, se encarando.

Não foi desconfortável, a não ser pelo corpo moído e a bochecha sangrando.

— Melina... — começou Mimi, a voz baixa. — Seja uma boa garota e traga o pó de fada e uma dose da cachaça especial pra gente. Acho que precisamos.

Ela terminou a frase olhando para Diana, quase uma pergunta.

— Isso — concordou ela, com um suspiro. — E vamos deixar os machos limparem essa bagunça.

21

MORDIDA

O céu acinzentado de antes da aurora trouxe Raul e dois rapazes de volta. O velho encontrou as três no chão — Diana e Mimi ainda na mesma posição e Melina deitada com a cabeça no colo de Diana. Ele coçou a cabeça e encarou a mais velha, esperando por alguma explicação que fizesse sentido, que explicasse os cheiros e a loba de alcateia com um sapato fincado no peito.

— Temos alguns cadáveres pra desovar. — Mimi deu de ombros e estendeu uma mão, pedindo ajuda para se levantar.

— Nós trouxemos alguns também...

Assim tão próximos, as semelhanças ficavam óbvias; o arco da sobrancelha e a mesma ruga no meio da testa. Dois dos irmãos Lacarez da geração anterior, cansados e um pouco menos desconfiados, se viraram para ela, confusos. Raul se abaixou para pegar Melina no colo e precisou soltar a mão da menina agarrada à barra da saia de Diana.

— Ela foi muito corajosa — sussurrou Diana. — E precisa aprender a atirar.

O velho bufou, encarando a menina e depois Mimi. A loba acenou com a cabeça, concordando.

Diana continuou sentada entre os alambiques, esperando. Havia lugares melhores para fazer isso, mais confortáveis, que não passariam a ideia de que a noite a desestabilizara. Se tivesse certeza de que não desmontaria assim que colocasse o pé para fora da destilaria, talvez saísse. Se não achasse que seria muito patético se enrolar na cama procurando o cheiro de Edgar enquanto ele não voltava, talvez encontrasse disposição para se erguer. Na dúvida, preferiu manter a aparência de mulher controlada, ainda que acabada.

Os rapazes da matilha foram chegando em grupos; alguns vieram e levaram os corpos, dirigindo a ela olhares sérios e acenos de cabeça respeitosos. Guido e Heitor chegaram juntos, brilhando com pó de fada em vários pontos e com as roupas retalhadas, mas inteiros. Pelo olhar, já tinham ouvido a história.

— Diana... você tá horrível — disse Guido.

— Bom, você devia ver o estado das outras. — Ela piscou um olho, depois girou a mão para indicar os alambiques. — Se tiver alguma coisa quebrada, não é culpa minha.

Os dois riram um pouco, cansados demais também, e se apoiaram na parede ao lado dela, observando o local todo sujo de sangue e a marca de cachaça queimada no chão. Naquela sala, nunca fumavam, para não interferir no sabor da aguardente, então Heitor se contentou em apenas mascar o charuto.

— Cunhada, eu já vi você fazer umas coisas bem loucas, mas essa...

— Essa nunca vai ser esquecida — completou Guido, a voz murmurada reverberando nos alambiques.

— Perdemos muita gente? — perguntou ela depois de um tempo.

— Alguns dos rapazes... mas abatemos mais. Montalves e caçadores, e até alguns vampiros.

— E meu marido?

— Não quis desistir da perseguição. A gente se separou, mas alguns dos rapazes viram ele indo na direção do alto.

Não falaram mais nada. Só restava esperar e contar os minutos.

Em algum momento da madrugada, a espiral de todas as mortes e quase mortes se transformou num burburinho indistinto em sua mente, a própria fragilidade tão escancarada que já não havia como ignorá-la. O pó de fada tinha dado um jeito nas feridas, como sempre, deixando apenas a fraqueza interna para lidar. Ao mesmo tempo que se descobrira forte o suficiente para dar conta de duas lobas, também fora obrigada a aceitar o enorme ponto fraco instalado dentro do peito.

Um pouco de luz do dia entrava pela porta, vinda em faixas estreitas da sala dos barris, quando os meninos se agitaram, reagindo a algo invisível a seus sentidos humanos. Guido bateu suavemente com o nó dos dedos na cabeça dela, e Heitor piscou um olho antes de os dois saírem, e Diana esperou, tentando se levantar para que ele não a visse naquele estado tão deplorável.

Edgar parou na porta quando ela ainda estava se apoiando contra a parede, remoendo a coisa indistinta que apertava o nó em seu peito. Medo, preocupação, vergonha... orgulho e possessividade e fome... e aquela coisa que não tinha coragem de nomear. Fitaram um ao outro pelo tempo de algumas batidas de coração, e, num piscar de olhos, ele estava lá, invadindo seu espaço e sua boca.

Foi um beijo com gosto de selvageria. Carne, sangue, charuto. Aqueles estavam se tornando seus sabores favoritos. Diana se deixou ser arrebatada por um momento, antes de beijá-lo de volta, antes de ser a primeira a cravar as unhas no pescoço dele e extrair um rosnado do lobo bem do fundo da garganta.

— Eu te mando... pra casa... pra você ficar segura. E você... puta merda, Diana. Você não consegue em hipótese alguma não se jogar numa situação perigosa?

— A possibilidade de me livrar de Mimi foi bastante tentadora, confesso.

Ele rosnou e riu ao mesmo tempo, enfiando o rosto no pescoço dela e inspirando fundo. Quando soltou o ar, saiu trêmulo e quase ofegante. Edgar deixou um beijo ali, na junção da clavícula com o pescoço, depois chegou para o lado, onde a marca de mordida ainda pulsava — o único lugar onde Diana não tinha passado o pó de fada. A constatação o fez parar, aquecendo a pele sensível com o hálito por um longo tempo, até ele deixar um beijo suave bem no centro da mordida. E outro, e mais outro.

— Se eu tivesse chegado aqui pra te encontrar... Se você tivesse...

O tremor era visível nas mãos dele agarrando sua cintura e nas palavras. Diana escondeu o rosto no pescoço de Edgar também, correu os dedos pelos cabelos e pela mandíbula dele, sentiu na palma da mão o lobo querendo sair. Invejou-o por um momento, por ter tudo aquilo à flor da pele, por ser capaz de admitir a preocupação em voz alta quando ela nem sabia por onde começar.

— Bom... pelo menos você seria um viúvo rico — brincou ela, franzindo a testa ao ouvir a fraqueza na própria voz.

— Foda-se o dinheiro, Diana! E os Montalves, e a parte alta, e essa merda de cidade toda!

Ele se afastou bruscamente, as pupilas se contraindo e dilatando rápido, revelando e escondendo o lobo. Não era o entre-

-estado. Edgar oscilava, furioso e apavorado, enquanto a encarava com dor e com fome, como se nem soubesse mais se podia se transformar.

— Foda-se tudo — continuou ele, ofegando. — Eu falhei hoje de todas as formas possíveis. Deixei o desgraçado do seu irmão encostar em você enquanto o outro passava a perna na gente. Quase te perdi por isso. Não consegui capturar o filho da puta do teu pai, nem aquele defunto maldito. Quase perdi meus irmãos também. A única coisa que me manteve em pé até agora de manhã foi a promessa que eu fiz de voltar inteiro, e você... quase...

Não era bem uma acusação, mas a atingiu como se fosse. Diana não tinha pretensão nenhuma de ser nobre, e a verdade era que mesmo suas motivações na noite anterior tinham sido egoístas. Tinha feito tudo aquilo porque detestava que mexessem com suas coisas, e tinha feito por ele, e para merecer aquele brilho no olhar com que Edgar a encarava quando estava impressionado por ela.

— Eu protegi o que é meu. E sei que eu não sou... o ideal. Eu *sei* que eu não sou nada além de um pacote frágil de maldições, remendado com rancores familiares e batom vermelho. Os Mistérios sabem, e a Lua também deve saber, que você merecia uma loba de verdade. Talvez um dia você se arrependa desse acordo, talvez um dia você se canse de estar atrelado a uma humana, e talvez um dia queira... — A garganta dela se fechou, um pouco de medo e um pouco de raiva entalando aquela oferta de quase um mês atrás, que não era mais capaz de fazer. — Mas hoje... esse território é meu. Sou egoísta a esse ponto. Meu. Foi invadido, e eu defendi, com minhas próprias garras. Vou fazer de novo, se for preciso, e você não pode tirar isso de mim.

— Eu não quero tirar nada de você, sua maluca, é o contrário! Eu quero te dar a porra do mundo todo, e, se eu não puder te dar, então eu vou destruir, pra ninguém mais ter. Eu quero despedaçar cada criatura que já te olhou do jeito errado, queimar aquelas mansões todas, fazer teu pai engolir toda merda que ele já fez com você. Diana... — Ele suspirou, cansado. O lobo espiava pelo olhar de lua cheia, frustrado. Talvez até um pouco desesperado. — Casa comigo.

— O quê?

— Casa. Comigo.

— Nós já somos casados.

— Agora de verdade, sem cartório, sem sacerdotisa... sem condições. Sob a Lua, como uma loba.

Sem palavras, o coração martelando, Diana considerou que talvez estivesse bêbada por ter respirado o ar dos alambiques a noite toda. Ou entorpecida por algo muito pior, que pulsava cada vez mais rápido em suas veias quanto mais Edgar se aproximava de novo, invadindo seu espaço. Ele deve ter lido a dúvida em seus olhos, porque rosnou e apoiou as mãos em garras na parede, a prendendo ali.

— Você é. Não precisa dos pelos e dos dentes, nem da transformação. É uma loba, a loba dessa família. Eu sei que eu não tô fazendo sentido nenhum, mas esse é o estado em que você me deixa. Quero te matar por ter se colocado em perigo, e quero me jogar aos seus pés por ter feito o que fez essa noite. Você correu pela matilha com esses saltos absurdos e... deixa agora a matilha correr por você, de verdade. Não por causa do acordo que a gente fez antes de a gente... acontecer. Deixa meus irmãos serem os seus irmãos, Mimi tentar te corrigir, como a tia velha que ela é, e deixa Melina te imitar, porque cada dia mais ela presta atenção em você. Ensina pra ela boas maneiras enquanto ela te ensina a uivar por ajuda, em vez de fazer tudo sozinha. Deixa eu te... —

Ele se interrompeu de repente, mantendo Diana na expectativa das palavras seguintes.

Edgar inspirou fundo e apoiou a testa na dela. A proximidade da lua cheia vibrava na aura do lobo aparecendo em vislumbres.

— Deixa eu amar você, e deixa eu te provar que isso é possível.

Diana sacudiu a cabeça, porque, de todos os mundos e fundos que ele poderia prometer, aquilo nunca parecera ao alcance. Se antes estava com medo, agora o pavor havia se instalado, e não tinha onde se esconder. Estava encurralada, prestes a cair naquela armadilha tão doce.

— Isso não existe, não para mim.

— Parece que eu me importo? Foda-se, é como as coisas são. É como você me faz sentir, e, se eu não puder colocar isso pra fora, talvez eu arranque meu coração do peito na próxima lua cheia, só pra te mostrar o que você faz. Talvez um homem de verdade soubesse como demonstrar de um jeito mais apropriado, mas eu sou um monstro cada dia mais faminto pelo seu sorriso convencido e pelo sabor da sua pele, pela sua raiva do mundo e pelo som do seu salto pisando em cima dos outros. Eu poderia te devorar inteira e não ficaria satisfeito. Poderia devorar a mim mesmo, e minha carne dilacerada continuaria ansiando pela sua. É bem verdade que eu não sei o que fazer com isso tudo, a Lua sabe que eu não tenho flores pra oferecer, mas o que eu tenho é seu. Minhas garras são suas para usar, minha matilha e minha família são suas para você se abrigar. Você sempre sabe de tudo e não percebeu ainda essa verdade? Você pode fazer o que quiser comigo, e o que sobrar ainda vai ser seu. Mas eu *preciso* que você esteja viva, nem que seja pra me mandar embora com o rabo entre as pernas.

A cada palavra, Diana se viu perdendo e recuperando o fôlego. A cada palavra, foi sugada mais fundo para aquele abismo onde havia apenas os dois; se esqueceu de onde estavam e deixou de se importar com todo o resto. Edgar arfava, como se tivesse precisado correr atrás dela. Só podia ser uma armadilha, e ali constava a prova irrefutável de que ela não era uma caçadora, porque correria direto para a boca da fera.

Devagar, tocou o rosto dele, e tanto homem quanto lobo mergulharam na palma de sua mão, pedindo por mais, inalando fundo. Queria acariciá-lo e queria fincar as unhas naquela face perfeita, apenas para lembrá-lo de que ela era uma pessoa horrível. Dar uma última chance para que ele escapasse, antes que o egoísmo dela vencesse e se agarrasse à oferta. Parecia ambição demais, até para Diana, querer vingança e amor servidos no mesmo prato, entregues pelo destino no corpo do mesmo monstro. Uma mulher mais nobre teria avisado, mas ela não era nada disso.

— Me pergunte de novo — sussurrou ela, a voz rouca e os lábios trêmulos. Recusava-se a chorar, a estragar aquele momento perfeito com a própria fraqueza.

— Diana de Coeur... casa comigo?

— Lacarez. Você tem que me chamar de Lacarez.

Edgar desmoronou em seus braços, logo antes de atacá-la de novo. O beijo veio voraz e a levou embora em um turbilhão de línguas e dentes que alongavam em tamanho. Completamente pressionada entre a parede e o corpo quente dele, Diana não precisava mais se segurar em pé nem manter postura nenhuma. O desejo crescente, intensificado pelo medo da noite e pelo novo horizonte nascendo com aquele pedido, tornou seus movimentos descontrolados e desesperados.

Empurrou o que restava do paletó dele, puxou os retalhos de roupa que tinham sobrevivido às lutas e quase transformações.

Impaciente, puxou os botões da camisa e com satisfação ouviu o tecido esgarçar. Sorriu no beijo.

— Você não é o único que sabe rasgar roupas.

Uma gargalhada baixa vibrou o pomo da garganta dele. Edgar os descolou da parede, o suficiente para ter espaço para agarrar o tecido do vestido dela por trás e puxar, dilacerando a peça em duas metades. Ele se afastou, se livrou das próprias roupas, e então parou, observando.

A sensação de ser devorada com os olhos disparou arrepios por todo seu corpo, até o tremor se concentrar no ponto entre as coxas, pulsando cada vez mais úmido. Diana o admirou de volta, se lembrando daquela primeira manhã no quarto, quando Edgar não estava nem perto de perder o controle, por mais que tivesse dito que sim. Naquela manhã, tinham cruzado uma linha, a primeira de muitas até o momento em que se encontravam.

Devagar, ela puxou o cordão com o pingente de prata do pescoço e o deixou cair no chão, se sentindo incendiar ainda mais sob o olhar atento dele. A transformação continuava oscilando, e não era como das outras vezes, com o lobo lutando para sair, quase como se pudesse rasgar o homem por dentro. Nem o homem estava lutando para contê-lo. Havia indícios, os pelos maiores, os dentes e as garras, a expressão lupina.

— O que você tá pensando nessa cabecinha estranha? — Ele a segurou pela cintura, prendendo o membro duro entre os corpos. — Não é hora de pensar.

Ela passou os dedos pelas sobrancelhas dele, pelos trechos da pele onde os ossos pareciam estar no meio do caminho da transformação.

— Esse entre-estado parece diferente... Não sou mais presa o suficiente para trazer o lobo para fora? — Ela sorriu, enrolando alguns pelos mais longos entre os dedos. Então ondulou a cintura, provocando toda aquela extensão rígida.

Com um rosnar suave, um pouco mais do corpo mudou, cresceu — inclusive as partes mais interessantes. As mãos de Edgar subiram por suas costas, até se enroscarem em seus cabelos. Com um puxão firme, ele a obrigou a expor a garganta. Seus lábios rachados foram até logo abaixo do ouvido, onde deixaram um beijo, mordiscaram a ponta da orelha.

— O lobo não sabe o que fazer. Você deixou a pobre criatura completamente perdida.

Os beijos desceram pelo pescoço dela, intercalando com um arranhar de dentes que fez Diana tremer de expectativa. Segurou-se nele, nos pelos, na sensação do calor escaldante, no som de satisfação que ele fazia quando provava da pele dela.

— E o que eu posso fazer... para aliviar esse... sofrimento? — perguntou, a voz rouca vacilando quando Edgar voltou para aquele ponto no ombro.

Ele traçou com a língua a marca da mordida. Diana sentiu o percurso como se fosse no meio das pernas. Talvez fosse magia, o vínculo matrimonial que já tinham e o que iam ter. Talvez fosse só que ela estava rendida e ligada ao lobo, tão perdida quanto o cachorro.

Uma das mãos dele abandonou seus cabelos e desceu entre os corpos, provocando a pele com a ponta das garras. Brincou com o contorno dos seios, passeando em círculos cada vez menores, se aproximando devagar, até parar bem perto dos mamilos. Diana gemeu de frustração, cravou as unhas nos ombros dele e ganhou um rosnado no pé do ouvido, que reverberou por todos os seus ossos e foi parar no ventre. Insolente, Edgar continuou a tortura no outro seio e tomou de volta sua boca num beijo exigente.

Quando já estava sem a menor noção de si, o polegar áspero dele encontrou o bico de seu seio e o pressionou em círculos. Ela gemeu de novo, abriu as pernas para se encaixar na coxa dele, desesperada por fricção em outras partes do corpo, e combinou a ondulação da cintura com os movimentos do polegar dele. Em seus braços, Edgar cresceu mais um pouco, os ombros ficando mais largos. De repente, ele parou.

— Edgar...

— Você tem que parar com isso — disse ele, beliscando o mamilo para enfatizar.

Em seguida, lambeu para aliviar a ponta sensível. Diana se sentiu desfazer um pouco, à mercê da língua brincando com o mamilo duro. Ele prendeu o mamilo com a ponta dos dentes antes de falar, a voz já alterada pelo entre-estado.

— Tem muitas coisas que eu quero fazer com você.

Lentamente, ele trocou um seio pelo outro e a apoiou na parede de novo. A sensação da aspereza úmida dos tijolos contra a rigidez quente do lobisomem trouxe Diana para o momento, a fez perceber onde estavam e que qualquer um poderia entrar a qualquer momento. As mãos e a língua de Edgar fizeram com que não se importasse. Ele lhe dava prazer exatamente onde ela havia matado as lobas, e isso, mais do que tudo, parecia marcar aquele território como deles.

Os lábios de Edgar deixaram um rastro molhado subindo, alcançando de novo a mordida do ombro, ao mesmo tempo em que uma mão desceu até achar sua abertura. Ele lambeu a mordida de um lado a outro, devagar, e um dedo abriu caminho pela umidade entre os pelos de Diana. O gemido dessa vez foi mais alto e mais longo.

— Gosto quando você não fica quieta.

— Eu não... aaahhh...

Não conseguia. Não tinha controle da própria voz quando Edgar a fazia se sentir como o centro do universo, quando ele encontrava o próprio centro dela e a tocava naquele ponto onde se concentrava seu prazer.

— Gosto quando você fica impaciente.

Ela estava se esfregando na mão de Edgar tanto quanto ele a tocava. Os lábios e a língua dele brincavam com a mordida, e os dedos, ao redor do clitóris, os movimentos sempre espelhados. As duas regiões pareciam conectadas, duas pontas de um fio que ele enrolava e esticava e entoava, extraindo sons cada vez mais curtos e sem fôlego.

— Ed... Edgar...

— Gosto quando você chama o meu nome.

O coração martelava no peito, como se fosse abrir caminho e saltar para fora. Diana desceu as mãos pelo corpo dele, querendo mais, querendo dar um pouco do que estava recebendo antes que estivesse à beira demais do precipício. Agarrou o membro dele, bombeou para cima e para baixo, mas não conseguiu ir muito longe.

Edgar a forçou a tirar a mão e a prendeu contra a parede, entrelaçando seus dedos bem apertados enquanto aumentava o ritmo. Ele trabalhou em círculos, ainda provocando, contornando cada vez mais rápido o lugar exato onde ela o queria, até Diana perder o controle do corpo e da voz, até ele finalmente pressionar o centro de seu prazer e empurrá-la do precipício. Ela mais do que caiu, pulou, se jogou nos braços do lobisomem enquanto ele a pressionava até o último espasmo e gemido.

Ofegando, Diana deixou a cabeça pender contra a parede e se virou para vê-lo dar um último beijo na marca da mordida.

A região agora estava vermelha, algumas veias visíveis por entre as marcas dos dentes. Edgar a encarou de volta, com um sorriso quase perverso. Com a mão livre, Diana puxou o rosto dele para mais perto, para um beijo em que fez questão de morder seu lábio.

—Você não respondeu minha pergunta... O que eu posso fazer por esse pobre cachorro desesperado?

O lobo piscou no olhar faminto dele.

— Alimentar... é sempre um bom começo.

Com a mente ainda enevoada pelo desejo momentaneamente saciado, Diana demorou para entender o que ele queria dizer, até Edgar começar a deslizar para baixo. Ele beijou sua clavícula, traçou com a língua o comprimento do osso, depois voltou para os seios, chupando um enquanto apertava o outro, e continuou com um rastro de beijos para baixo. Brincou com a língua no umbigo dela, mais do que sugestivo — o tempo todo com o olhar firme no de Diana. Um aviso tanto quanto um pedido.

Ele a queria. Esse único pensamento se instalou na mente dela, pela primeira vez compreendido. Por algum motivo incompreensível, Edgar a desejava com uma intensidade que ela não sabia que podia existir.

Quando ele ficou de joelhos e apoiou uma perna dela em seu ombro, a abrindo, Diana se agarrou nas reentrâncias dos tijolos. Se estivera saciada alguns segundos atrás, não estava mais. Parecia impossível ficar satisfeita dele.

Edgar aproximou o rosto e inspirou. Fundo. Fechou os olhos. Mais traços de lobo ficaram visíveis — ela não se cansava de ver acontecer. Não se cansava de saber que tinha o poder de trazer a fera para a superfície, tão poderosa quanto a Lua, e, se isso fosse arrogância demais, não se importava. A coisa mais importante do mundo, naquele instante, era o focinho roçando a parte interna de sua coxa, aumentando a expectativa. Ela sabia o que estava por vir.

A mordida foi exatamente no mesmo lugar onde a primeira tinha sido e a trouxe de volta como se o pó de fada jamais tivesse curado a marca — uma maquiagem, tanto quanto o batom vermelho ou as luvas, escondendo a verdade pulsante da carne. A dor de estar refém das presas dele não era nada comparada ao prazer crescendo de novo, tão perto dali, e ganhou novos contornos quando o polegar áspero de Edgar voltou para sua abertura, fazendo novas carícias.

Diana o agarrou pelos cabelos e pelo ombro, mas não o puxou para soltar a mordida. Queria apenas marcá-lo tanto quanto estava sendo marcada e foi recompensada quando ele substituiu a mão pela boca. Ele a devorou com vontade, com todas as partes que tinha à disposição, sempre a encarando com o lobo no olhar. A fera tomava cada vez mais espaço, mais do corpo e mais dela. A língua a penetrou enquanto o focinho se esfregava no monte logo acima da abertura, os dentes roçando em toda a pele, as garras se fincando nas coxas. Os movimentos lentos e torturantes tinham ficado para trás. Edgar era apenas voracidade, sorvendo tudo dela e, de alguma forma, fazendo Diana se sentir cada vez mais cheia, preenchida por aquele sentimento pegajoso e furioso crescendo do ventre e se espalhando pelo corpo todo até não caber mais nela e transbordar num orgasmo repentino.

Mal ouviu o próprio grito de alívio. Ele não lhe deu tempo.

Edgar ficou de pé, a erguendo pela cintura, e a penetrou de uma só vez, como ela gostava. Deslizou para dentro em meio à saliva e aos fluidos escorrendo de Diana, sugado para o vazio que já não era mais tão oco assim. Ela arqueou as costas e envolveu a cintura dele com as pernas. Edgar já estava tão grande que ela não alcançava a volta toda. A pelagem mais espessa estava úmida do suor misturado dos dois, as orelhas dele muito mais pontudas, alguns ossos estalando.

— Você é só minha, Diana Lacarez — disse Edgar, a voz grave e rouca, cravando mais as unhas na cintura dela enquanto deslizava um pouco para fora, apenas o suficiente para fazê-la gemer de frustração pela perda. Então se enfiou todo de volta, passando a língua pelo bico dos seios dela e arranhando os dentes na carne macia em volta.

A cada estocada, ele vinha mais forte, ia mais fundo, abrindo caminho por corpo e alma de Diana, destruindo os limites entre eles.

— Só... minha... — Edgar enfiou o focinho no pescoço dela, lambeu e mordiscou a pele ali também. — E você estava errada... naquele dia...

Segurando-se nos ombros dele, sentindo toda a tensão e desespero do lobo na superfície da pele, Diana tentou se agarrar às palavras antes que ficasse completamente perdida no prazer de senti-lo crescendo cada vez mais dentro de si. Já nem sentia a dor e a ardência das mordidas e arranhões, já nem sabia mais se aquilo era diferente de todas as outras sensações a arrastando de novo para o abismo esfomeado daquele amor que não conseguia mais negar.

— Eu já era seu... muito antes de estar aqui dentro.

Todo o sentimento de posse voltou, toda a necessidade de marcar território que a movera ao longo daquela noite dominou seu raciocínio enquanto Edgar a tomava contra a parede, cada vez mais forte. Enfiou o rosto sob o dele, procurou a garganta exposta e o mordeu de volta. Quando fizera isso da primeira vez, não sabia de nada, só tinha parecido certo — naquele momento, era uma necessidade, tanto quanto respirar, tanto quanto senti-lo. Precisava tê-lo.

Cravou os dentes na garganta dele, e isso os impeliu de vez para além de todo o controle. Os quadris se chocando, unhas e garras deixando marcas, até o rosnado profundo de Edgar se mesclar aos seus gemidos, e Diana gritar o nome dele até não ter mais voz nem consciência.

Abraçados no chão, as roupas fazendo as vezes de lençol, Diana se permitiu fingir que não existia mais nada no mundo, a não ser a mão dele deslizando por suas costas num carinho preguiçoso.

— Acho que sei por que o feitiço da bruxa não funcionou — disse ele. A voz reverberou entre o gotejar dos alambiques.

— A maldição de Gisele talvez seja forte demais para...

— Somos imunes a maldições por uma bênção da Lua. — Edgar não deixou que ela terminasse a frase. Puxou o rosto de Diana para cima, para que ela visse o quanto estava sério. — Nos casamos pelos Mistérios, mas a Lua não aceitou o nosso laço. Acho que é por isso que você não foi curada.

— É por isso que você quer se casar sob a Lua?

— Quero me casar sob a Lua para que você esteja também conectada à matilha, para estar mais segura entre tantos lobos e não duvidar que é uma de nós. Quero me casar sob a Lua porque não consigo contemplar uma vida sem estar conectado a você de todas as formas. Mas... se a Lua abençoar o laço, talvez você receba a imunidade. Você disse que leu nas cartas que um casamento com um lobo seria a sua salvação.

— Se você não percebeu ainda, eu errei bastante nas últimas leituras.

— O oráculo avisou que seria sangrento, e foi. E, de uma forma ou de outra, você garantiu a segurança de Mimi. Todo o resto... foram degraus numa escada.

Ela suspirou, pensando em tudo que havia estudado sobre as maldições e feitiços de Gisele, repassando as conversas com Albion e com a Tríade.

— Eu não sei. Talvez exista uma forma de curar a maldição, mas começo a pensar que eu entendi tudo errado.

— Não tem nada mais certo na minha vida do que isso, hoje. As matilhas não são como as alcateias. Os laços que unem as matilhas podem até ter núcleos familiares, mas eles são fortes porque são uma escolha. Lobos que se escolhem sob a bênção da Lua. Você me escolheu e eu escolhi você.

Escolhas. Havia poder nisso. *Sangue ofertado é mais poderoso do que sangue arrancado*, sussurrou a voz de Gisele.

— Como é o ritual dos lobos?

— Também tem troca de sangue, nosso e da matilha, para que você esteja conectada a todos, não só a mim. E eu vou estar transformado. Mimi acha que é perigoso demais para você, mas essa próxima lua é a nossa melhor chance de fazer isso com menos riscos.

— Por quê?

— Quando nosso aniversário coincide com a lua cheia, ficamos mais fortes, mais controlados. É o mais próximo que um lobisomem chega de unir homem e lobo em mente e corpo. — Edgar inspirou fundo, o corpo enrijeceu. — Mas, se você não quiser correr o risco, nós podemos... pensar em outro arranjo.

Então Diana riu, ainda desacreditada que aquele monstro era tão dela que temia não lhe pertencer. Descendo a mão pelo abdômen tenso dele, distribuiu beijos no peito e no pescoço, até sentir o membro de Edgar enrijecendo de novo. As unhas nos dedos que acariciavam suas costas voltaram a crescer. Com um movimento brusco, ela o montou, e Edgar se sentou, procurando sua boca para um beijo.

— Eu já aceitei, não pode mais retirar a oferta.

— Você é uma mulher louca e problemática.

— E você é meu. Não vou te ter pela metade.

FUTURO

Na manhã da primeira lua cheia do mês, na manhã do aniversário de Edgar, os carros pararam ao longo da entrada do armazém das armas desviadas, o lugar mais seguro para Diana ficar enquanto a matilha estivesse fora para a lua cheia. Não havia muito serviço ali desde o casamento, já que ela não podia mais trabalhar na fábrica, mas o local ainda servia de refúgio para as pessoas que tinham ido trabalhar para ela.

Janine e Gianni a esperavam no portão. A governanta apertava as mãos, ansiosa, ainda desconfortável com tantos lobisomens. O motorista logo levou Guido e Heitor para os fundos, onde havia um último carregamento separado.

— Não gosto que essa seja sua única proteção na minha ausência. Para as próximas luas cheias, vamos preparar outros arranjos.

— Edgar... Gianni e Janine estão comigo há muito tempo, e o armazém tem quase tantas proteções mágicas quanto a mansão tinha. — Diana puxou a mão que batia nervosa no volante e a apertou entre as suas. — E você vai estar de volta dentro de algumas horas.

— Vou. Vou acompanhar a transformação da matilha na praia, começar o ritual com eles, e então eu venho para concluir com você. Mas depois de amanhã... ele pode tentar te levar de volta.

— Depois de amanhã, saberemos mais do que sabemos hoje. E lembre que ele não vai me matar.

— Existem coisas piores do que a morte.

— Como tentar convencer meu marido a não ficar tão estressado e sombrio no dia do nosso terceiro casamento?

Com um grunhido, Edgar a puxou do banco do carona para o colo dele e enfiou o rosto no pescoço dela.

— Eu vou precisar aprender a sobreviver a isso todo mês. — Ele deixou um beijo onde a pulsação de Diana acelerava. — Não quer dizer que vou gostar.

— Vai ser mais fácil depois que capturarmos o velho.

Puxando a boina dele para trás, Diana lhe acariciou o rosto, seguindo as linhas que já conhecia de cor, onde a transformação puxava a mudança na face. O lobo a encarava de volta, sério e faminto na mesma medida.

— Depois dessa noite, tudo vai ficar mais fácil — disse ele. — Sob a Lua, o vínculo familiar com a matilha vai se estender até você, e você vai estar sempre comigo, de alguma forma. Vai ficar mais protegida, de outros monstros e de nós.

— Depois dessa noite, vamos nos livrar de todos os nossos inimigos, e sua única preocupação durante a lua cheia vai ser voltar para casa com energia o suficiente para matar a saudade.

Ele grunhiu de novo, com uma entonação já familiar que tocava algum ponto dentro dela. Diana se inclinou para um beijo, sendo imediatamente consumida. Aquele futuro almejado de repente estava tão próximo que ela quase conseguia tocá-lo.

Diana observou da janela os carros partirem, ouvindo Janine organizar o quarto improvisado atrás de si. O armazém tinha sido preparado para servir de abrigo de emergência desde o início, só nunca tinha imaginado que o momento de usá-lo viria carregado de desejo e ansiedade por outras coisas que não o objetivo principal de vingança.

Havia se visto naquele mesmo local diversas vezes, encarando o horizonte, onde as chaminés da zona industrial de Averrio denunciavam a posição da fábrica, tão perto de ser sua. Na sua fantasia, estaria repassando as mortes triunfais de cada um dos irmãos, e não pensando na vida barulhenta dos lobisomens de quem já começava a sentir falta. Estaria sentindo satisfação, não empolgação. Frieza, em vez do coração palpitando por conta da lerdeza do sol em ceder o lugar para a lua.

— Eu não vejo a hora disso tudo acabar — murmurou Janine. — Aqui não é ruim, mas eu prefiro viver na cidade.

— E o que vai fazer depois? — perguntou Diana, se obrigando a dar as costas para a janela, a parar de expressar toda aquela ridiculice transbordante por estar apaixonada pelo marido. — Vai se aposentar ou vai continuar trabalhando para mim?

— Ora... — A governanta parou e pensou. — Se me permite, senhora... a ideia de trabalhar para um bando de lobisomens arruaceiros não é nada atraente.

Diana riu, tomando um lugar à mesa de dois lugares que havia no quarto.

— Sua lealdade será recompensada, Janine. Vai poder viver confortavelmente onde quiser, sem nunca mais precisar servir ninguém.

— Fico aliv... quer dizer... feliz. Muito feliz, senhora. Não é que a senhora não tenha sido boa patroa, mas... estou cansada. E tenho medo de ser pega no fogo cruzado...

— Que fogo cruzado, Janine?

Anos servindo ao clã de caçadores mais cruel da cidade haviam conferido um forte controle de expressões a uma senhorinha que tinha idade para ser sua avó. Janine apenas sorriu, polida, e deu de ombros.

— Bem... A senhora não vai parar. Nem depois.

Não houve nada que indicasse algo errado. Nenhum suspiro, nenhum retorcer de mãos, nem mesmo uma tentativa de evitar seu olhar. Décadas de treinamento autoimposto para não reagir diante de alguém numa posição hierárquica superior. Diana reconheceu o comportamento; era como os empregados da casa agiam com seu pai, e isso despertou nela uma desconfiança incômoda, no canto mais profundo de seu vazio.

Diana tamborilou na mesa, observando a governanta que havia lhe dado comida escondido quando ela estava sendo punida e remendado as feridas quando Gisele não estava por perto para impedir que os meninos a maltratassem. Se não fosse por Janine, Diana poderia ter se tornado uma adulta muito mais quebrada e maltratada, menos forte, talvez até mais amarga do que já era. Fortalecer a filha bastarda em que todos queriam pisar talvez tivesse sido a vingança daquela senhorinha inocente contra os patrões.

— Você está certa, imagino. Sempre vai haver alguém com quem acertar contas. A traição é uma moeda de troca tão barata.

Mais uma vez, Janine não esboçou nenhuma reação forte. Concordou com a cabeça. Diana encarou o chá deixado sobre a mesa, os doces favoritos enfileirados. A governanta também.

— Não se preocupe, Janine. — Ela sorriu, estendendo a mão para a xícara. — Sua aposentadoria está garantida. Quando tudo acabar, os advogados vão procurar todos vocês diretamente. Nem mesmo vai precisar se despedir de mim, se não quiser.

— Obrigada, senhora.

— Isso é tudo.

Ela não esperou para ver se Diana beberia o chá, só foi embora sem nenhum sinal de ansiedade. A governanta perfeita, como sempre devia ter parecido a Argento de Coeur. Diana virou a bebida pela janela assim que se viu sozinha e puxou o baralho, se agarrando ao instinto desenvolvido ao longo dos anos.

A incerteza sobre ter lido errado ainda a corroía por dentro. As cartas se agarravam aos dedos dela, pegajosas com os fios do destino escapando em muitas direções, respondendo ao receio de Diana. Mas não era hora de se desesperar, de questionar a única fagulha de magia que tinha.

Chegamos até aqui. Não é um erro de interpretação que vai estragar tudo. Me diga se Janine vai me trair.

Embaralhou com urgência, deixando as cartas seguirem o caminho que preferiam, a guiando por uma leitura cega, sem pergunta. Fechou os olhos, tentando enxergar dentro do vazio, despertar a clareza crua das verdades difíceis, encontrar o fio certo — o fio longo e preto, como o pelo do Lobo que a levaria até o fim.

A porta se abriu, mas Diana não se virou para ver.

— Senhora.

— Agora não, Gianni.

— Agora, sim. Eu sinto muito, a senhora devia ter tomado o chá.

Ela deixou as cartas caírem e se espalharem sobre a mesa ao se sobressaltar com o som de uma pistola sendo armada. Todas, menos uma, estavam viradas para baixo. Quase no centro perfeito, levemente inclinado para o lado, o Rei de Escudo a observava por trás da égide.

Diana se permitiu um único suspiro derrotado antes de vestir a velha máscara de novo, mesmo que não funcionasse com o motorista.

— Pretende me matar, Gianni? — Sorriu para ele, cruzando as pernas. — Não vou ser muito útil para o velho se estiver morta.

— Um tiro na perna vai ter o mesmo efeito, e depois o senhor Argento pode usar pó de fada.

— Entendi.

— Vamos logo, por favor. E deixa o baralho.

Ela atravessou o galpão ainda sob a mira. Como tantas vezes antes, entrou em modo de sobrevivência, se preparando para o pior. Não havia feito as perguntas certas para o baralho antes, ficara distraída demais pelo lobo, e por isso pagaria caro, se não ficasse alerta.

O trajeto de carro foi longo e silencioso, e ela se dedicou a prestar atenção no caminho. Não se surpreendeu ao tomarem a estrada para o Parque Monumental. Se havia um cofre lá, devia haver também uma cabana de caça pelas redondezas.

— Ele pegou minha neta. Eu não tive escolha.

Ela encarou Gianni pelo retrovisor. Tinha empurrado qualquer ressentimento para o fundo do vazio sem fim e encontrou em si apenas curiosidade e indiferença — a máscara muitas vezes começava a usá-la, e não o contrário.

— E por que você acha que eu quero saber disso? Foi tudo você, não foi? Quem passou a informação do ataque no aqueduto, quem informou aos Montalves sobre Mimi.

— Senhora... Eu não quero que pense... Não é pessoal. A senhora sempre foi a melhor deles.

— É aí que você se engana. Mas você não precisa se preocupar, não vou me vingar de você. Se o velho não te matar para aparar as pontas soltas, vai ser com o meu marido que você terá de lidar. E com ele não haverá negociação.

Não houve mais tentativa de conversa ou pedidos de desculpas desajeitados. Diana observou o motorista se encolher dentro do próprio medo, agarrando o volante e acelerando, e se voltou para dentro em busca das poucas armas que tinha. Tudo que precisava era se manter viva e esperta até Edgar chegar.

A praia ainda era apenas da matilha Lacarez; outras matilhas e lobisomens solitários só chegariam mais tarde. Eles começaram com o pôr do sol, quando a Lua ainda não tinha domínio absoluto do céu. Mimi conduziu os ritos, de pé e de frente para Edgar no centro do círculo formado pelos membros agregados da matilha. Ao lado dele estavam Guido e Heitor, seus padrinhos e parte da própria carne. Raul segurava Melina no colo, logo atrás de Mimi.

— Essa noite os nossos aumentam — disse a velha, bem menos contrariada do que tentava fazer parecer.

Os outros repetiram.

— Essa noite, todos os rastros se cruzam sob a Lua Cheia. Nós oferecemos nosso sangue em troca de um novo.

Guido abriu uma garrafa de Cachaça Afiada já pela metade, furou o dedo com as próprias garras e pingou uma gota de sangue ali dentro. Heitor repetiu o gesto e passou para Raul, que fez o mesmo e ajudou Melina a contribuir. Mimi veio por último.

A cada nova gota, a cor amendoada da cachaça se tornava mais avermelhada.

Edgar deu o primeiro gole.

— Eu recebo o sangue da minha família, para oferecer em troca de um novo. Para unir rastros e cheiros, para fortalecer um único coração batendo em dois corpos, para guardar e proteger em todas as luas.

A garrafa passou de mão em mão até que todos da matilha tivessem tomado um gole. Mimi acenou com a cabeça. O sol estava quase sumindo no horizonte, as cores da noite ganhando novos contornos com todo aquele sangue misturado reagindo ao fortalecer do luar. Todos já davam sinais da transformação prestes a começar.

— Que a sua parceira corra ao seu lado por todas as luas, que o seu laço dê voltas para sempre se reencontrarem, que o rastro dos nossos nunca se perca.

Seus irmãos puxaram a sinfonia, uma homenagem ao novo membro da família e uma convocação. Um a um, os rapazes uivaram, as gargantas de homem já com a voz lupina rasgando as entranhas. As vozes de Raul, Mimi e Melina se juntaram, até que Edgar não conseguisse ouvir nada além da própria família. Faltava uma voz, um coração, mas isso logo se resolveria.

Edgar uivou em resposta, uivou para avisar que estava indo.

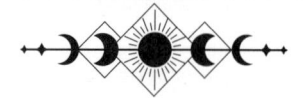

⸻

Não chegava a ser uma mansão, tampouco era uma cabana simples, como as que os caçadores usavam de entreposto no campo. Era um chalé de dois andares, largo, rústico — com todas as defesas sobrenaturais possíveis. Assim que viu a construção, um calafrio se espalhou pelo corpo como num aviso de mau agouro.

O chalé ficava no meio de uma clareira escondida por árvores densas. Ela e Gianni precisaram percorrer o último trecho andando, e caçadores trabalhando para o clã de Coeur acompanharam o transporte da filha rebelde do chefe. Diana reparou que, se não havia respeito no olhar deles, finalmente alcançara a segunda melhor opção: medo. Os que haviam crescido junto de seus irmãos tinham se acostumado a olhar para ela de cima, vendo a rata que Albion gostava de chutar. De repente, encaravam a última de Coeur viva além do velho, e nem isso ela era mais.

Diana Lacarez. Loba de matilha. Por algum motivo, preciosa demais para que Argento mandasse matá-la.

— Aí está você.

Argento estava parado junto a uma janela comprida, com vista para a lateral do chalé, uma espingarda na mão. A brisa entrava com os cheiros da mata, sem ajudar muito a refrescar o ambiente. Ela sorriu para ele como teria sorrido para Albion, sem forçar nada da ingenuidade que costumava empunhar.

— Olá, papai.

— Gosto mais dessa versão de você. Fica mais parecida com ela.

Diana não precisava de nomes para saber, não precisava nem do gesto com a mão indicando um quadro na parede nos fundos da sala de jantar. Gisele a encarava da pintura. Tinha sido retratada em sua pose mais característica: de pé, recostada em alguma coisa, com os braços meio cruzados e uma mão segurando um cigarro de fumaça azulada. Os cabelos escuros impecáveis emolduravam o queixo erguido, o sorriso convencido, os olhos com um fundo de brilho vermelho de magia e loucura.

Ela engoliu em seco, tentando não se mostrar afetada enquanto encarava a imagem. Ao seu redor, envelopes e objetos passaram de mão em mão. Argento dispensou Gianni, falando qualquer coisa sobre onde estava a menina. Passos se afastaram, portas foram batidas.

Ele mantinha um quadro dela na parede, aos olhos dos outros filhos. Não fora varrido junto de todos os vestígios de Gisele na mansão. Ao lado, um grande armário de madeira escura e um abajur de chão reforçavam o tamanho quase em escala real da pintura.

— Foi uma pena eu ter precisado... Bem, você sabe. É uma garota esperta, mais até do que eu imaginava, visto que estamos nessa situação ridícula.

O velho deixou a arma ao lado da janela aberta e pegou uma taça em cada mão, lhe oferecendo uma.

— Não está envenenado. Você sabe disso, menina.

Diana aceitou o vinho, mas não bebeu. Olhou ao redor e se descobriu sozinha com ele; mesmo depois de tanto tempo, ainda era subestimada. Encarou o quadro de novo, odiando a mãe por ter dado aquele poder a ele, a segurança de poder beber ao lado de um inimigo, sabendo que não ia morrer.

— Eu prefiro pular as amenidades se você vai só me drogar e me manter presa pelo resto da vida, já que sou sua última filha.

—Vocês, crianças, fizeram uma bagunça danada, e agora aqui estamos. Realmente, minha única herdeira *válida* é você. Jamais pensei que isso fosse acontecer, mas confesso que me diverti um pouco com esses jogos sangrentos que você começou. Mostra que, bem ou mal, o sangue de Coeur corre forte nas suas veias. Quase me arrependo de não ter te treinado como caçadora.

A sequência de frases atingiu Diana como pingos de chuva grossos, empenhados em desarrumar cabelos e maquiagem. Havia muitas afirmações ali que não faziam o menor sentido, mas se apegou a uma única palavra.

— O que quer dizer com *válida*? Há outros?

— Bom, esse traste não pode fazer muita coisa. Eu o capturei naquela mesma noite no aqueduto. O tolo pensou que estava montando uma armadilha para você. Achou que poderia me vencer no meu próprio jogo.

Argento atravessou a sala a passos rápidos, a bota batendo no piso de madeira, e abriu a porta do armário. De dentro, despencou Albion.

Ele estava amarrado pelos pés e pelas mãos, amordaçado. Olheiras e covas profundas marcavam seu rosto; os cabelos estavam ressecados e a magreza exagerada, realçada pelas roupas largas — o envenenamento por verbena parecia bem adiantado.

— O problema de Albion é que ele sempre foi confiante demais. — O velho o cutucou com a bota, para que ficasse com o rosto para cima. Os olhos brilhavam, o único sinal de vida e ódio dentro da criatura patética a que ele tinha sido reduzido. — Ele e o novo mascote queriam reverter o vampirismo, imagino que você sabia disso também. Tentaram invadir o cofre atrás da relíquia que tornaria isso possível.

— Sabia, e avisei que sozinho ele não ia conseguir. — A mentira saiu fácil; aquilo fazia sentido com os indícios das cartas.

Diana se aproximou devagar, controlando a respiração, se agarrando à máscara de indiferença com todas as forças, e virou a taça de vinho sobre a cabeça do irmão. Albion não reagiu, o que amenizou um pouco a sensação de triunfo — não era presa dela, e sim do pai. A gargalhada seca de Argento ocupou a sala.

— Viu? Você é realmente muito parecida com sua mãe. Me preocupo com o que isso pode significar para o futuro da fábrica, mas, até eu estar morto, podemos dar um jeito na sua loucura... Arrumar um bom marido para você, um marido de verdade, que te coloque nos trilhos.

Ela não mordeu a isca. Em vez disso, procurou pela sala até encontrar a garrafa de vinho e foi se servir de mais, dando as costas ao pai e ao irmão.

— Se você sempre teve a relíquia que poderia curá-lo, por que não fez isso? Albion sempre foi o seu favorito. — Quando Argento não respondeu, ela se virou e sorriu. — Então ele estava certo. A maldição não pode mais tocá-lo... porque ele já foi sacrificado uma vez.

— Os poderes de sua mãe tinham limites.

— Você quer dizer que ela impôs limites para tentar controlar você. E se ele voltasse a ser humano...

— Poderia herdar a fábrica, sim.

— E poderia matar você sem nenhuma consequência.

O pai meneou a cabeça, sem se comprometer com uma resposta. Ela observou a forma como Argento circulou Albion. Por que seu irmão ainda estava ali?

— Então você quer me convencer de que sou sua herdeira? A fábrica será minha?

— Parabéns, menina, você não me deu outra escolha. Achei que fosse burra, mas estava errado. Agora, vou pagar por isso vendo uma bastarda sem treinamento herdando a fábrica em vez de um dos meus filhos de verdade. É como as coisas são. Você sabe que eu não choro por leite derramado. Minha prioridade é arrumar essa bagunça para que o nome de Coeur não seja jogado na lama.

— É verdade. Você nunca perdeu muito tempo se lamentando pelas poucas coisas que não podia controlar. Mas não acredito que me fará sua herdeira assim tão fácil. Vai tentar me moldar, como fez com eles.

— Eu vou tentar, sim. Mas preciso de uma pessoa forte e sem medo de fazer alguns trabalhos sujos para garantir a herança da família, e você demonstrou ser tudo isso.

— Hm.
— Diana, *acabou*. Você venceu todos os seus irmãos, conseguiu o que queria, a fábrica vai ser sua. Só tem que esperar o meu tempo passar. Trabalhe comigo, se livre daquele cachorro e fique com o maior império de caça de Vera Cruz.

Ela tamborilou os dedos na taça, tentando se enredar no ar de loucura e mistério que Gisele carregava logo antes de fazer declarações chocantes.

— Me prove, então.
— Como é, menina? — O velho riu. — Eu acho que você não entendeu como as coisas vão funcionar. Herdeira não significa que você pode exigir nada.

Ela deu de ombros e sorriu de volta.

— Tudo bem, então. Me dê as costas e veja o que eu vou fazer com sua preciosa fábrica na primeira oportunidade.
— Você não seria...
— Louca? — Ela riu. — Tem um bocado de gente em Averrio que pode te dizer o contrário. Eu seria, sim. Se não posso ter certeza de que a fábrica vai ser minha de verdade, então ninguém mais vai ter posse dela. E o nome de Coeur? Por que eu me importaria com um amontoado de letras que nunca me trouxe nada a não ser problemas? Então, veja só, é assim que vai funcionar: se vai me nomear sua herdeira, vai fazer isso em público, reconhecendo minha autonomia, e vai me dar poderes reais de administração. Se não está pronto para me tratar como trataria um dos filhos de verdade, pode me prender numa cela qualquer ou esperar o meu golpe.

Argento balançou a cabeça devagar, tomou um gole do vinho.

— E como eu poderia provar?
— Mate Albion. — Diana se aproximou mais, fazendo o salto estalar na madeira. Pose também era força, outro truque vindo

direto da cartela de Gisele. —Você quer me provar que está encarando isso tudo da forma mais prática possível? Que realmente aceitou que sua bastarda é a herdeira? Então mate, de uma vez por todas, o seu favorito. Pra que correr o risco de ele se curar e te matar?

Lentamente, ela se inclinou contra o armário, emulando a posição de Gisele no quadro.

— Extermine Albion de Coeur. Ele não é nada além de um vampiro, não é? Você mesmo disse, quando aconteceu... Monstros não são seus filhos.

— Por que você mesma não faz isso?

— Eu não preciso provar meu ódio por ninguém, papai. Já você... precisa me dar um bom motivo para não começar a traçar um novo plano.

As últimas semanas com a matilha haviam lhe proporcionado uma nova perspectiva sobre o velho. A situação reforçava a imagem. Argento de Coeur era um homem cruel, sim, e paranoico também — tinha motivo para ser. Mais do que temer uma traição dos filhos, contudo, ele temia não ser capaz de sobreviver a eles. Havia recorrido a uma bruxa para amarrar tudo, para não ter que se preocupar em estar constantemente sendo passado para trás, para transformar suas crias em pequenas peças no tabuleiro e poder continuar jogando como queria. No final das contas, as únicas criaturas que ele realmente respeitava eram os monstros a que se dedicava a caçar, e Diana havia se tornado um. Albion também, mas agora se encontrava derrotado, à mercê das duas piores pessoas da família.

O silêncio se estendeu. Diana contou os segundos. Minutos. Quando achou que ele recuaria, Argento repousou a taça de vinho numa mesinha lateral, puxou uma estaca de dentro do paletó e a fincou no peito de Albion. O filho favorito, talvez até o monstro favorito, fechou os olhos no último segundo antes de sua face enganadoramente humana se desfazer em cinzas até sobrar apenas a versão ressecada de um morcego quase do tamanho de uma pessoa. Não houve hesitação nos gestos, nem antes nem depois, quando o velho se ergueu e abriu as mãos, como se perguntasse se ela estava satisfeita.

Diana concordou com a cabeça devagar. Mais do que satisfeita, tanto quanto podia ficar. Argento deu um longo gole no vinho e suspirou.

— Sempre achei que você fosse mais como a sua mãe. Eu devia ter visto o quanto você, na verdade, é como eu. — Ele se aproximou. — Um brinde à próxima herdeira de Coeur.

Com um sorriso de lado, Diana bateu a taça na dele e por fim bebeu. Engoliu o amargor daquela última safra de familiares mortos e apreciou o sabor da vingança. Agora só precisava esperar; as coisas estavam longe de acontecer conforme o planejado, porém, mais cedo ou mais tarde, o marido viria a seu resgate.

23

SANGUE

Edgar encontrou o armazém com os portões abertos, nenhum automóvel estacionado e as luzes apagadas, como nunca tinha visto. Todo eriçado, se deixando guiar pelos instintos mais aguçados, seguiu de quatro pelos fundos do terreno e entrou silenciosamente no galpão.

Havia cheiro de pólvora, madeira, verbena e até um pouco de mata-cão, de tempos quando lobisomens não operavam ali. Suor, mijo, fezes, ratos. Faunos e humanos. Medo. Pressa.

Diana.

O luar entrava pela janela, iluminando a mesa com as cartas espalhadas, viradas para baixo — exceto uma. O fiapo de magia azeda, já tão familiar, pulsava com algo de diferente. O baralho emanava uma energia que o deixava com os pelos em pé e a cauda espichada. Podia ser um aviso ou uma última previsão.

Farejou a mesa, deixando o cheiro do baralho o envenenar com ódio. O objeto era tão impregnado com Diana que ele fechou os olhos, quase conseguindo imaginá-la bem ali, exigindo retribuição. Farejou todo o quarto improvisado, se demorando na cadeira onde a esposa estivera sentada e rosnando ao detectar os outros únicos dois odores a estarem ali.

O motorista e a governanta.

Humanos. Criaturas nojentas e imprestáveis, mesquinhas e covardes. Algum dia, talvez em alguma outra lua cheia, caçaria aqueles nomes. Lembraria-se dos cheiros, seguiria os rastros, aterrorizaria os pobres coitados e garantiria que soubessem o motivo de morrerem dilacerados por lobisomens.

Encarou o Rei de Escudo sobre a mesa. A única pessoa que desejava matar e não podia. Aos poucos, a realidade da situação se assentou e desceu pela garganta como um pedaço grande demais engolido na ansiedade da caçada.

Numa outra lua, a fera teria saído desembestada seguindo o rastro. Durante o dia, o homem teria acendido um charuto e queimado todas as fibras do corpo em estratégias elaboradas. O lobisomem completo estava em algum lugar no meio dos dois, contraindo as garras, ansioso por dilacerar o humano responsável, raciocinando como prosseguir. Mais imóvel do que uma besta selvagem era capaz de ficar, maior e mais sombrio do que o terno o deixaria parecer.

Poderia esperar o dia. Poderia até esperar uma semana. O velho não mataria a única vida reserva que tinha.

O fluxo de pensamentos lupinos, em imagens e cheiros e sons, reagiu contra aquela possibilidade. A mulher enroscada com ele na cama, o perfume, o sabor na língua, a certeza no olhar. Seria impossível esperar, e não haveria nada a ganhar com isso.

Num único movimento, Edgar saltou pela janela, caiu de pé na grama e uivou para a lua. Deixou o urro agudo crescer na garganta, se alongar e reverberar por tanto tempo quanto o ar nos pulmões permitiu.

Argento de Coeur podia ser uma lenda em Vera Cruz, mas a caça ainda era, e sempre seria, o primeiro instinto dos monstros predadores. Naquela noite, Edgar por acaso era o mais perigoso deles e tinha o sangue de toda uma matilha vibrando dentro de si para convocar.

Discutiram negócios, claro, porque Argento queria saber como tinha ficado a fábrica durante o seu cruzeiro. Repassaram os últimos números, quais classes de armas estavam em maior demanda pela força policial e a possibilidade de criar uma linha feminina, voltada para as boas damas de Averrio. A carcaça de Albion, ainda caída ali perto, testemunhou a conversa de tom calmo e prático, oferecendo um único conselho a Diana. Não baixar a guarda. Em hipótese alguma.

Engajaram no teatro de pai e filha em sintonia, ambos atores e espectadores curiosos pelo desfecho, atuando como se sempre tivesse sido assim. Como se nunca tivesse havido irmãos preferidos ou torturas nada secretas na garotinha filha da bruxa. Como se ele a tivesse preparado a vida toda para aquele momento — e, de certa forma, tinha.

O quadro na parede também oferecia alguns conselhos. Podia imaginar Gisele abordando Argento, o mais novo de três irmãos criados por um velho com fama de truculento, apelando para a ambição de um jovem amargurado com a vida.

— Sente falta dela? — perguntou Argento, apontando a pintura com a taça. — Gisele nunca foi muito maternal com você.

Diana não se permitiu reagir. Já havia entregado demais observando o quadro.

— Não posso sentir falta do que nunca tive, mas queria entender algumas escolhas dela.

— Você talvez a encare com olhos da infância, quando ela parecia invencível, mas havia... falhas. As bruxas gostam de pensar que podem manipular a magia, e não podem.

— Não estava falando de magia, embora isso também me incomode. Eu li todos os livros dela, conversei com a Tríade. Nada me trouxe uma resposta clara, mas me recuso a acreditar que ela faria um feitiço que não pudesse ser desfeito, caso os interesses dela mudassem.

Encarando a carcaça do morcego, Diana se lembrou da conversa com Albion no cassino.

Um espinho insistente crescia no vazio — havia algo que não estava percebendo sobre a maldição. Aquele pedaço sombrio dentro de si vinha se remexendo desde a noite no aqueduto, e a sensação piorou quando entrara no chalé. Inquieto, reagindo a tudo, a mantendo alerta — só não sabia a quê, ainda.

— Não existe solução. Em sinal de boa fé, vou confessar que Gisele até pensava que havia, sim, uma saída, mas eu sei que não é possível.

— Porque entende mais de magia do que ela?

— Porque conheço meu sangue. Nenhum de vocês teria o que é preciso.

— Então por que não me conta que saída é essa?

O silêncio foi resposta o suficiente e disparou um arrepio. As bruxas tinham negado e não arriscariam mentir sob os ouvidos dos Mistérios apenas para enganar Diana, o que queria dizer que elas também acreditavam não ser possível romper a maldição. Ignorou o quadro enquanto repassava cada interação com Gisele, buscando qualquer pista ou indício. Se houvesse como contornar a maldição, como matá-lo, ela seria livre de verdade. Não teria que se preocupar com cativeiro ou que alguém pudesse usar o pai para atingi-la.

Pelo canto do olho, percebeu um movimento nas sombras dentro do chalé. O velho não aparentou perceber, então Diana se conteve para não alertá-lo, o coração disparando. Um novo arrepio desceu pelo pescoço, e o vazio de magia se agitou quase como se estivesse faminto.

Poderia ser Edgar, mas não achava que ele teria conseguido entrar no chalé sem ser visto. As mordidas que ele lhe dera estavam todas cicatrizadas, pulsavam sob a pele num ritmo diferente, acelerado — na cadência do coração de um lobisomem no entre-estado. Talvez o vínculo pelos Mistérios os conectasse daquela forma, talvez isso bastasse até a próxima lua cheia, se não conseguissem se unir naquela.

A sombra se moveu de novo. Rápida e indistinta. Algo caiu no interior do chalé e, dessa vez, Argento reagiu.

— Eu já volto.

Ele pegou uma arma e saiu pelo corredor, acendendo luzes por onde passava. Diana olhou ao redor, reparando na ausência de outros caçadores dentro de casa. Pela janela, via alguns passando na linha de árvores. Nenhum uivo, nenhum sobressalto na mata.

Os passos de Argento marcaram seu deslocamento pelo interior do chalé, realçaram o movimento indistinto das sombras. Com um arrepio, o borrão de uma imagem atingiu Diana e a assolou por dentro. Garras de uma pata de pelo escuro descendo num golpe, sangue, uma cabeça com cabelos brancos voando.

O vazio se calou de repente com o passar da visão; por um instante insuportavelmente curto, havia se sentido preenchido antes de se tornar vácuo de novo. Diana se segurou nos braços da cadeira, forçando o ar a entrar e sair em cadência controlada. Não podia baixar a guarda, não podia se distrair. Não era uma vidente de verdade, por mais certa que tivesse sido a sensação. *De onde veio a magia para ver isso?*

Quando Argento voltou, estava pálido — o único indício de alteração. Os dois fingiram estar bem, e os dois aceitaram acreditar que nada de estranho havia acabado de acontecer.

— Venha comigo. Vou te mostrar uma coisa.

Ele a conduziu para fora do chalé, seguindo para uma trilha estreita pela mata. Antes de se embrenhar atrás dele, Diana tremeu de repente e se virou para trás. A silhueta familiar de uma mulher se insinuou através da janela e, no piscar de olhos seguinte, já não estava mais lá.

Argento não levava lanterna, então Diana prosseguiu devagar atrás dele, escolhendo onde pisar com os sapatos nada adequados para um caminho de terra batida. A lua a poupava da escuridão completa e permitia vislumbres dos caçadores do clã os acompanhando, espalhados. Havia poucos, muito menos do que ela esperaria.

É uma armadilha, sussurrou a voz com tons de Gisele e Edgar, mas Diana nem precisava do aviso. Argento de Coeur não colocaria o pé para fora de casa na primeira noite de lua cheia se não tivesse certeza de uma captura.

Leve ele para longe daqui. Por favor, pegou-se pedindo à Lua, que não costumava sorrir para quem nascia sob os Mistérios, mas que Diana sentia lhe ser mais favorável mesmo assim. Era óbvio que os caçadores estavam apostando que Edgar iria atrás dela. Uma semana atrás, talvez ela tivesse rido da ingenuidade deles. No entanto, agora também se consumia com a certeza de que o marido chegaria, mais cedo ou mais tarde. O fato a enchia de euforia e apreensão. Tudo ficava mais difícil quando se importava com alguém.

O caminho se abriu numa clareira bem maior e conhecida. Durante o dia, ficava cheia de turistas e pessoas a passeio para ver a estátua da fonte. Postes de luz facilitaram enxergar os arredores, a iluminação tornando o monumento ainda mais sombrio. Com as asas fechadas, apoiado sobre um joelho, o nefilim sorria para cima, na direção do homem. Servil e doce. O fauno tinha chifres pequenos demais, mantinha um casco erguido e tocava uma flauta, como se estivesse dançando e fazendo música com os olhos fechados. Despreocupado e inocente. O vampiro parecia humano, apenas as presas alongadas à mostra. Em comparação, o lobisomem se erguia nas patas traseiras, com as garras dianteiras contraídas, o pelo eriçado e o peito inflado num uivo eternizado em pedra.

Diana entendia o ódio que Edgar sentia pelo lugar e, apesar de a mesma repulsa ter se instalado em seu âmago, ao olhar para a estátua, só conseguiu pensar nele e na ansiedade para estarem reunidos logo. O vazio escancarado, que vinha sendo alimentado pelas atenções do lobisomem, por aquele sentimento viscoso e viciante, urrava de fome e saudade.

— Temos um cofre aqui embaixo — disse Argento, parando ao lado da fonte.

— Eu sei.

Argento franziu a testa, Diana sorriu. Aquela informação não era exatamente mérito dos próprios esforços, mas não havia mais ninguém que pudesse revelar aquele fato.

— Espere aqui — disse ele, levantando uma grade do chão para descer uma escada de pedra até o subterrâneo.

Diana contou as respirações, buscando ideias que pudessem virar bons planos e ser facilmente executadas. O Parque Monumental ficava numa elevação a oeste do centro de Averrio; as árvores davam a ilusão de distância da vida urbana, os sons do mar não chegavam ali, onde o murmúrio constante da fonte ocupava o silêncio da natureza noturna. Tinha sido inteligente usar o lugar para um esconderijo, ainda que aquilo indicasse muito mais o alcance do velho do que astúcia propriamente dita.

A voz de Gisele se infiltrou em seus ouvidos, sussurrada e raivosa. *Sangue dado é muito mais poderoso do que sangue arrancado. Abre caminhos, costura vínculos.* Diana piscou ao sussurrar da voz familiar e pensou ter visto a mesma silhueta de mulher descendo a escada sob a fonte.

Um som agudo ecoou de repente, vindo da mata. Um apito de caçador, entoando as notas de Coeur, avisando que alguém voltava com uma captura. Ela se virou a tempo de vê-los deixando a linha das árvores: dez rapazes e moças, confiantes demais na própria habilidade de caçadores, cercando um lobisomem enorme de pelo escuro.

Traziam Edgar acorrentado pelo pescoço, fumaça emanando de onde a prata queimava a pele, enquanto ele vinha arrastando as patas, de quatro, com o rabo entre as pernas. O retrato do lobo subjugado. Alguma coisa dentro dela urrou com aquela cena absolutamente errada; queria correr e arrancar tudo dele, mas precisava manter o controle. Obrigou-se a observar sem demonstrar nada, a ser uma predadora fria procurando por qualquer indício de que nem tudo estava perdido... Então viu. O brilho inteligente naquele olhar que tinha se acostumado a encarar.

Espero que você tenha um plano melhor do que isso, seu lobo insano.

— Ah, bem na hora. — A voz de Argento soou um pouco sem fôlego.

Diana o ouviu se aproximar, sem coragem de quebrar o contato visual com Edgar, temendo que alguém pudesse atirar nele, caso lhes desse as costas. Observou os dez fantoches de Coeur, rostos novos, recém-recrutados para lutar a guerra que ela mesma começara — jamais teriam sido capazes de capturá--lo. Devia haver mais caçadores na mata, protegendo o perímetro. Devia haver mais lobisomens também. Diana repassou as armas que seguravam e os tipos de corrente, identificou o rapaz com a chave da coleira e se conteve para não saltar sobre ele.

O momento era muito pior do que aquele na cachaçaria, em que se enchera de um ódio frio pela invasão ao território, em que se fizera inteira para proteger novas partes de si que nem sabia que tinha até então. A cada segundo observando Edgar subjugado — *por causa dela* —, Diana sentia cordas arrebentando, o coração batendo mais forte, o vazio se rebelando e regurgitando tudo que ela havia feito questão de manter afastado para não nublar o julgamento.

O grupo parou próximo da fonte. Alguns passos e Diana estaria nos braços do marido. A prata na coleira o machucava; um lobisomem em estado normal estaria se debatendo. Como ninguém havia reparado?

A fraqueza dos caçadores é a própria arrogância, sussurrou a voz de Gisele. Arrogância. Prepotência. Ela arrancaria os sorrisos confiantes dos rostos jovens com as próprias unhas assim que tivesse a chance.

— Tenho um presente para você, minha filha. Minha única filha, minha herdeira.

Argento se colocou na frente dela e lhe mostrou um rifle de repetição feito de metal e madeira, escurecido pelo tempo. Diana sabia o que era. Tinha visto algumas poucas vezes, em vislumbres roubados das tradições a que não tinha permissão para assistir.

— O rifle Rochelle original, passado de um líder do clã para o próximo, desde o estabelecimento dos de Coeur como o maior clã de caça de Vera Cruz — disse Argento, um pouco de reverência tingindo suas palavras.

Deveriam estar se casando, não vivendo aquele teatro estendido por tempo demais. Ela sentiu o olhar de Edgar, atento, concentrado. Não sabia se era pela lua de aniversário, ou se o feitiço de casamento pelos Mistérios emprestava a ele um pouco mais de racionalidade. Quase se ressentiu dele por conseguir ficar tão tranquilo enquanto era ferido pela prata e se encontrava completamente à mercê de correntes e armas.

— Eu sei. — Diana se obrigou a dizer, o tom calmo escondendo toda a tempestade rugindo dentro dela.

—Vejo que você sabe muitas coisas... Sabe o que vem a seguir?

O pior era que ela sabia.

Argento se voltou para Edgar e apontou a arma para a cabeça dele. Daquela distância, seria impossível errar, mesmo com uma arma velha. Os minutos se arrastaram. Nem lobisomem nem humanos reagiram. Então o velho se virou e ofereceu a arma a ela.

— Você me fez matar meu filho favorito para provar que estou comprometido em fazer de você minha herdeira. Agora, é sua vez de me provar que isso tudo foi só um chilique infantil para chamar minha atenção e me fazer cuidar de você direito, como eu devia ter feito todos esses anos. — Argento sorriu. Continuava pálido, o olhar de vez em quando se desviando para algo atrás dela, mas seguia firme. — Se livre do vira-lata, depois vamos encontrar um marido de verdade para cuidar da fábrica com você.

Um passo em falso e tudo estaria perdido. Então Diana se forçou a ser exatamente o que todos diziam que era. Uma mulher louca e problemática.

Suspirou dramaticamente.

— Meio velha e acabada... — Ela sorriu para o velho e pegou o rifle sem vacilar, então girou a arma nas mãos, fingindo inspecioná-la sem estar muito impressionada. — Mas vai ter que servir, não é?

Ergueu e mirou.

— Logo se vê que você não aprendeu a atirar direito — disse o velho.

Era a mesma voz que ele usava quando criticava Armando ou sugeria algo a Augusto e Albion. Seria comovente o esforço de educação tardia, se Diana já não estivesse completamente dominada pela fúria. Pelo canto do olho, teve a impressão de ver o lobisomem fazendo que não com a cabeça. Internamente, imaginou Gisele dizendo o contrário.

— Eu atiro bem o suficiente — respondeu, piscando um olho para o velho antes de se voltar para o marido.

Você disse que era meu para eu fazer o que quisesse. Me perdoe por estragar seus planos, mas estou cansada. Esperava que ele compreendesse.

Encarou Edgar, o olhar inteligente dele devolvendo o mesmo ódio. Por baixo de todo o turbilhão consumindo o vazio, por baixo das batidas do próprio coração, Diana sentia a mordida pulsando, ouvia outro coração acelerado.

Deveriam estar se casando.

De repente, um tiro distante ecoou na mata. E mais um. Depois silêncio. Então um uivo longo, que ela tinha quase certeza ser de Guido. Uma coisa redonda voou por cima da estátua da fonte e caiu entre eles, agitando os moleques que seguravam as correntes. A cabeça rolou até parar aos pés de Argento. Gianni.

O pai cuspiu no que sobrou do motorista e o chutou para longe.

— Ande logo com isso, menina. E ajeite a postura, ou não vai conseguir acertar o coração.

Ela ajeitou a postura e atirou. O caçador do lado direito de Edgar caiu, aquele que tinha as chaves.

— Ops! Desculpe, papai, acho que é essa arma velha.

Atirou de novo e fez tombar a menina assustada que segurava a corrente da pata direita. Edgar uivou e se sacudiu, resistindo à prata e derrubando os outros caçadores, puxando um pela corrente e abrindo uma garganta com as garras. Pessoas armadas vieram correndo da mata, mais caçadores, e fecharam um círculo ao redor deles, logo antes de vários lobisomens surgirem.

Edgar rosnou e eles avançaram.

A matilha toda havia vindo, até Mimi e Melina. O lindo cenário do parque monumental se transformou no caos de caçadores perdendo a vantagem das armas de longo alcance, tendo que se virar em lutas corpo a corpo contra garras e dentes. Diana correu sem olhar para trás, atirando em mais alguns ao redor de Edgar até acabarem as balas. Então jogou a arma no chão e se juntou ao cadáver do rapaz com as chaves, no chão. Estava marginalmente ciente de tiros passando de raspão, mas não se importava — tinha um único foco.

O marido a protegeu com o corpo e conteve um ganido com um novo tiro de raspão.

— Não atirem nela, seus idiotas! Cuidem do resto da matilha, que da minha filha cuido eu.

Diana libertou Edgar da prata bem a tempo de ele a pegar no colo e saltar para o lado; um tiro acertou uma de suas patas traseiras e os dois rolaram pela grama ensanguentada, com Diana o tempo todo protegida pelo corpo enorme do lobisomem. Argento apontava a arma que tinha trazido do chalé e se aproximou alguns passos.

— Você acha mesmo que vai ganhar, menina? Acha que, se um desses cães vadios me pegar, você vai sobreviver? Vai ser estraçalhada no meu lugar.

Edgar rosnou, a empurrando para trás de si. O chão ao redor era uma bagunça de corpos e correntes de prata. Urros e ganidos e gritos de dor preenchiam o resto do espaço — aqueles caçadores não eram muito bons; não haviam passado pelo treinamento para não gritar. Havia lobos caídos também, mas ela se forçou a não pensar neles por enquanto.

— Eu já ganhei, papai. — Ela ficou de pé, saindo de trás do marido. — Ganhei no momento em que você decidiu me subestimar. Seus peões estão morrendo um a um, e meus cães vadios são exatamente isso, *meus*. A fraqueza dos caçadores é a própria arrogância, e o tempo de vocês já passou.

Algo como um tremor balançou a arma de Argento, e por trás dele a silhueta de mulher passou num borrão, sumindo logo em seguida.

— Não sei que magia é essa que você colocou no seu cachorro para que ficasse tão quieto e obediente, mas vou descobrir depois. Vou arrancar o couro dele e fazer um belo tapete. Vou desfilar a cabeça como um prêmio por toda Averrio e lembrar à cidade por que não devemos tratar essas bestas como gente.

Edgar rosnou, se erguendo mesmo com a pata machucada. Diana não sabia qual era o plano dele para conter o velho nem sabia se havia algo planejado de fato. Podiam dizimar todo o clã, mas não podiam matá-lo; ainda não fazia ideia de qual poderia ser a brecha na maldição de Gisele nem do que seria capaz de fazer. A única coisa que sabia, sem a menor sombra de dúvidas, era que Argento atiraria.

A silhueta da mulher piscou de novo, tão próxima que atravessou Diana. Uma nova visão a atingiu num arroubo de fôlego, preenchendo o vazio, repentina e em tons de sépia, como sempre tinha imaginado que as videntes de verdade as recebiam. Argento atiraria primeiro no chão, próximo da pata, para que Edgar tentasse correr, e, quando ele estivesse onde o queria, atiraria no coração. Seria tudo muito rápido, muito certeiro, muito sangrento.

A cena veio e passou num piscar de olhos. Quando voltou a si, o velho já estava posicionando a arma exatamente como previra. Passado, presente e futuro no mesmo instante. Então Diana reagiu. Pensamentos e planos elaborados a abandonaram, o desespero do vazio pela magia perdida nem mesmo a incomodou — tudo se resumiu à única ação que podia tomar naqueles poucos segundos.

A vida tinha provado que ela era capaz de tolerar muitas coisas, mas, naquele momento, decidiu onde ficava o limite. Entendeu que não havia vivido até entrar no bar da cachaçaria, que não tinha respirado de verdade até rolar no chão da destilaria e ofegar o nome dele. Não viveria sem Edgar, não se contentaria em não ter tudo.

Ela pegou a corrente no chão e usou a queimadura da prata para distraí-lo de seu próximo movimento, ao mesmo tempo em que o primeiro tiro pegava na perna de Diana, humana e frágil, mas indiferente a balas de prata. Antes que se permitisse registrar a dor, pulou na frente do lobo e recebeu o segundo disparo.

A bala poderia ter atravessado o vazio, e ela não saberia. O mundo se resumiu ao urro furioso de Edgar.

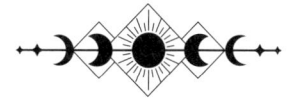

※

Diana tombou na grama. Toda luta na clareira se interrompeu.

Houve apenas um único instante de silêncio antes do fiapo de magia azeda se transformar num furacão.

A mesma coluna de fumaça que se fizera presente no aqueduto subiu do corpo dela, saindo bem do ponto onde a bala lhe havia perfurado a barriga, logo abaixo do coração. A fumaça cresceu e cresceu, se tornando mais espessa, densa, uma nuvem de tempestade com raios e trovões. Caçadores e lobisomens recuaram de medo, mas Edgar se aproximou para observar. Ao contrário daquele dia no aqueduto, a magia não saiu em busca de ninguém; abandonava o corpo dela e se concentrava num único ponto.

Por trás do turbilhão, ele viu a expressão apavorada de Argento de Coeur e entendeu o que estava acontecendo. De alguma forma, a maldição havia sido quebrada. Edgar correu até fechar a distância entre eles e arrancou a arma da mão do velho com uma patada, então o ergueu no ar, farejando o cheiro de medo. Estava longe de ser o suficiente.

Cravou as garras na bochecha de Argento e o obrigou a olhar para a nuvem da maldição. Deixou que se debatesse, saboreando o pavor no suor, sentindo prazer no mijo manchando as calças de caçador — um homem comum, que morreria sem nenhuma dignidade, como todos os outros, como o motorista tinha morrido, e como morreria qualquer pessoa que ousasse feri-la. Ao redor, a matilha voltou à matança.

Quando já não havia mais nada saindo do corpo dela, a magia explodiu. A fumaça azeda se espalhou por todos os cantos da clareira, varreu corpos caídos e rachou a maldita estátua da fonte, até se dispersar completamente. Havia muitos sabores no ar. Fúria, ressentimento, sangue, vingança, ruína. Edgar conhecia aquilo tudo, se deixou levar por todos eles.

Jogou o velho na fonte, mas não lhe permitiu nem mesmo um único segundo de esperança de escapar ou mesmo de morrer de uma forma tão tranquila como por afogamento. Saltou atrás dele e o ergueu no ar mais uma vez, uivando. Queria poder falar, fazer um grande discurso, explicar exatamente como destruiria tudo que tivesse o nome de Coeur e dedicaria o resto de seus dias a se vingar por Diana. Na falta dessa possibilidade, empalou Argento de Coeur na cauda da estátua do lobisomem e, com um golpe das garras, arrancou sua cabeça.

O resto da matilha uivou, vivendo o triunfo que Edgar não conseguia sentir. Não havia tempo a perder.

Ofegante, resistindo à tentação de arrancar o próprio coração do peito, voltou até ela, se inclinando para farejar a ferida. A respiração de Diana estava fraca, mas o sorriso insuportável continuava intacto, o que tornava tudo pior. Ela estendeu a mão, tremendo, e ele enfiou o focinho nela.

— Você... precisa saber... Foi por você. Não faria isso por mais ninguém. É novo... amar alguém... Acho que não sei como fazer isso direito. Sinto muito... que isso é tudo... que eu tinha para te dar. Não. *Não não não não não não.* Ele se recusava. Não precisava daquele presente. E, no desespero, diante do enorme abismo de uma vida inteira sem ela, decidiu cobrar algumas dívidas.

Rasgou a roupa dela para revelar a ferida, lambeu a pele ensanguentada, conversando com a Lua — pedindo, implorando. Seria um lobisomem casado ou não seria nada mais. Lambeu o ferimento, engoliu o sangue e, em seguida, mordeu a própria pata com vontade e deixou o sangue verter dentro da boca de Diana. Ela engasgou, então Edgar lhe tapou a boca para que engolisse tudo. Diana não pronunciaria as palavras, mas o que mais a Lua poderia querer além de um sacrifício, de um voto feito com ações?

Ele uivou, rogando e lamentando e implorando. Ouviu os uivos em resposta, a família aceitando mais um membro, a convocando para se erguer e correr ao lado deles. Apertou a mulher contra o peito, os cabelos pretos e os pelos se misturando, as manchas de sangue já indistinguíveis. Pressionou contra seu coração que tentava bater pelos dois aquela criatura impossível, unida a ele por magia e por escolha, por vida e por morte. Fechou os olhos, se erguendo. Não havia tempo. Precisava levá-la dali.

Mancando, Edgar deu os primeiros passos, então um fio tênue, quase como um fiapo de magia azeda, se infiltrou por suas narinas.

A Lua aceitava o laço.

O coração humano deu um solavanco, de repente surpreendido pelo puxão do coração da fera, que pulsava furioso e apavorado. No laço familiar da matilha, havia uma sobrevida, havia força a ser emprestada. Edgar daria toda a energia que tinha, teria até trocado a própria vida pela dela — se não fosse ambicioso demais para não desejar uma vida inteira com a mulher que amava, se não estivesse disposto a mantê-la consigo a qualquer custo.

Fincou uma garra na pata ferida e arrancou a bala de prata dali; não podia ser atrasado pela própria fraqueza. Abandonou o parque correndo o mais rápido que pôde, ao som do fim da guerra entre a matilha e os caçadores. Os uivos de Heitor e Guido encheram seus ouvidos, deram-lhe forças para continuar, para agarrar Diana mais forte, protegendo seu corpo e puxando aquele fiapo de conexão.

A matilha era mais forte quando lutava por um membro ferido. Edgar se fazia mais forte por ela. Mais lobo, mais homem, mais fera e mais razão. Saltou da colina do parque e avançou pela cidade sem se preocupar de chamar atenção, de ser visto — que os cidadãos de Averrio testemunhassem o monstro que estaria à solta, se não conseguisse salvá-la.

Invadiu o Bairro Vermelho, as narinas ardendo com tantas poções e feitiços, a pelagem se arrepiando ao quebrar as primeiras barreiras mágicas. Escondeu Diana tanto quanto possível da magia escarlate que espiralava pelas ruas vazias, do poder das bruxas que o perseguia, tentando impedir seu progresso.

Ao longe, a silhueta de uma mulher caminhava pelo meio da rua principal, conduzindo-o até a praça com as duas casas. Não parecia uma bruxa, não estava vestida como uma, mas por onde ela passava um vácuo de magia se abria, facilitando o caminho.

Em seus braços, Diana tremia, a respiração se tornando cada vez mais fraca. Ele puxou o laço de novo.

Você é minha. Não pode ir embora assim. Não pode se sacrificar como se a minha vida valesse mais do que a sua.

A casa da Tríade tinha mais barreiras do que qualquer outra. A mulher estranha não estava mais à vista, e não importava. Edgar se jogou contra as portas imaculadas, lutou contra a magia que o empurrava. Sentiu-se crescer de tamanho; não havia mais transformação a mudar suas feições, apenas o vislumbre do futuro sem Diana e o desespero que vinha com essa escuridão desconhecida. Empurrou e empurrou, bateu a cabeça contra a porta, usando os ombros para que nada a atingisse.

Na praça, algumas bruxas começaram a aparecer, os olhos brilhando de vermelho e as mãos estalando com a magia pronta para atacar. Edgar uivou e continuou. Talvez estivesse longe demais para pedir reforços, mas, naquela noite, o sangue Lacarez pulsava forte pelos rituais. Buscou os irmãos dentro de si — Heitor e sua incapacidade de largar um osso; Guido esmurrando oponentes já caídos. Eram três, sempre. O inteligente, o charmoso e o bonito.

Com o som do rachar da madeira, ele renovou os esforços. Então, de repente, a porta se abriu, e um feitiço vermelho brilhante os jogou longe. Edgar só teve tempo de se virar para amortecer a queda para Diana.

Reconheceu a Filha e a Avó, cada uma com uma mão erguida. Entre elas, vinha uma terceira mulher com um véu vermelho cobrindo o rosto. As três avançaram, a magia dos Mistérios se acumulando ao redor delas. Ele rosnou com frustração, odiando não ter a voz para cobrar o que lhe era devido.

Um pelo de lobo curado por uma vida.

— O lobo vem coletar. Vocês devem a ele.

Ele não viu quem falou, não reconheceu a voz sussurrada que parecia vir de trás e de cima e dos lados. Distante e próxima ao mesmo tempo. Estranha e familiar.

— O acordo é para salvar a vida dele — disse a Avó.

— A vida dele é dela — disse a voz desconhecida. — Ela ofereceu o próprio sangue para poupar o dele. Um sacrifício verdadeiro cura uma maldição e costura outro vínculo indissolúvel. Vocês respeitarão isso, ainda que não respeitem a união sob a Lua. Sangue é sangue, suas mulheres detestáveis. Vocês previram isso muitos anos atrás, e agora farão a vontade dos Mistérios.

As três trocaram olhares insatisfeitos, e as bruxas ao redor da praça se agitaram.

— O fantasma fala a verdade... — disse a Filha.

Sincronizadas, as mulheres se viraram uma para a outra. Não houve sussurros que Edgar pudesse ouvir, mas o cheiro forte de magia que as tornava uma única entidade denunciou a conversa secreta. Os segundos se arrastaram, marcados pelo coração cada vez mais fraco de Diana.

Como uma, elas baixaram os braços. Como uma, se voltaram para dentro da casa, deixando a porta aberta.

— Vai logo, cachorro. E faça a vida dela valer a pena — sussurrou a voz, sumindo a cada palavra.

Diana acordou com calor, apertada por braços humanos.

As roupas ásperas de sangue seco arranhavam sua pele, e um coração batia acelerado sob a palma de sua mão. Um ponto dolorido logo abaixo de suas costelas avisava que nada daquilo devia estar certo. O gosto de sangue enchia sua boca, e algo novo vibrava dentro do vazio. Não era magia; era algo que se agitava e eriçava. Parecia uma matilha de cães arruaceiros correndo pela praia.

Abriu os olhos para encontrar a tatuagem do peito de Edgar. Observou os arredores, tentando não se mexer muito naquele abraço protetor. Reconheceu o chão de madeira e a claridade tingida suavemente de vermelho, o cheiro de poções permeando o ar.

— Marido... Por que estamos deitados no chão da casa da Tríade?

Ele suspirou e a apertou mais forte logo antes de enfiar o rosto em seu pescoço.

— Porque você é uma mulher louca e problemática. E porque qualquer vida que me resta é sua.

EPÍLOGO

Todas as almas humanas da parte alta de Averrio seguravam a respiração, incapazes de se mover diante do futuro incerto da fábrica de Coeur. Um dia, havia uma família de caçadores no comando do fornecimento de armas, e, no outro, não havia nada. Ao longo de semanas, as fornalhas foram se apagando, o ruído da linha de montagem silenciando, e o desaparecimento de Argento de Coeur se tornando mais nítido.

Até que chegaram os convites para o funeral.

As mansões do alto despertaram uma manhã com o envelope marfim na caixa de correspondência, e os jornais notificaram os demais cidadãos. A mensagem trazia apenas uma data e um aviso: todos os homens de Coeur estavam mortos, ou assim declaravam os advogados da família.

Em nome dos costumes — e da boa fofoca, como aquele clã vinha rendendo nos últimos meses —, toda a sociedade compareceu. Os mais abastados se perguntavam o que seria dos negócios; os mais paranoicos se indagavam por que a polícia parecia não querer investigar, e os outros clãs de caçadores se insinuavam sobre a posição de poder deixada vaga. Talvez a própria administração da cidade precisasse ficar com os espólios. Ou era isso que o prefeito pensava.

Selene Veronis sabia que não seria bem assim; tivera o privilégio de ver o início de toda aquela desgraça no dia em que os lobisomens entraram no salão de chá como se o lugar fosse deles.

No dia e hora marcados, as pessoas apareceram no Cemitério das Missões, terreno histórico dos rituais funerários dos caçadores. Lá, havia quatro caixões fechados, posicionados no centro de uma cova, em vez de no topo de uma pira, como ditavam os antigos costumes.

A multidão de curiosos vestidos de preto sob o sol não carregava uma gota de pesar pelos mortos, apenas preocupação e confusão incentivadas pelos boatos escandalosos. Alcateias, nefilins, faunos e fadas também compareceram, surpreendendo e incomodando a boa sociedade. Até as bruxas haviam vindo do Bairro Vermelho. Em silêncio, as criaturas não humanas pareciam mais celebrar do que lamentar sob o olhar da elite perdida no que significava aquele momento.

Não havia ninguém para discursar, nenhum parente para lamentar. Então, o ronco dos motores quebrou a tensão no ar.

Novos e brilhantes, os automóveis pretos subiram a colina em fila. Lustrosos demais para um cortejo fúnebre, sérios demais para uma demonstração de regozijo. Um a um, os carros pararam e seus ocupantes desceram. Diana e Edgar Lacarez saltaram do primeiro, seguidos da garotinha abotoada até o pescoço e com um lenço vermelho nos cabelos bem penteados. Guido Lacarez e Heitor Lacarez, um lobo e uma loba mais velhos muito parecidos, todos os rapazes da matilha que ela já tinha visto no dia do casamento. Todos vestindo o preto viscoso de quem devorara a escuridão e não tinha mais nada a temer.

Marcharam em fila na direção dos caixões, ao som de sussurros.

Não é possível. A única viva?
Ela, não.
Lobos.
Da parte baixa!

Sussurros sem fim, especulações e fofocas que nem chegavam perto da verdade, criando novas histórias que seriam repetidas nos salões e nos restaurantes e no Manolita.

Selene apertou a bolsinha o mais forte que conseguiu. Talvez fosse a única pessoa em quilômetros que não estava com medo. Era outra coisa que batia forte no peito, uma mancha de cores indistintas, um borrão indomável se espalhando pela tela, que tornava impossível desviar o olhar.

Diana e seus cachorros vira-latas marchavam com a cabeça erguida, nenhuma emoção no rosto, e toda a liberdade do mundo a cada passo. Era óbvio que ela sobreviveria, jamais deveria ter duvidado. No paletó que ela usava sobre os ombros, brilhava um broche de prata. No lugar de um coração cravado por uma espada, uma lua crescente contava a história.

Os dois, ela e o marido, pararam no centro, com todos os outros lobos ao redor. Uma formação de dar inveja a qualquer alcateia, mais focada e mais unida do que os cortejos dos faunos, mais brilhantes que nefilins e muito mais perigosos do que as boas maneiras humanas.

Selene se viu dando um passo à frente, atraída pela visão. Sentiu a mão do pai em seu braço ao mesmo tempo em que viu a cabeça de Heitor se virar para ela e piscar um olho, com o sorriso mais cafajeste do mundo.

Diana, com delicadeza, inclinou a cabeça e cuspiu sobre o caixão mais próximo.

A plateia — pois era nisso que haviam se transformado — segurou a respiração mais uma vez. Morreriam todos sufocados, se dependesse dela.

Guido e outros lobos puxaram garrafas de cachaça do paletó e verteram a bebida sobre os caixões. Heitor acendeu o charuto, deu uma longa tragada e ofereceu o isqueiro a Diana. O gesto foi breve, sem cerimônia. Ela jogou o objeto, e a chama voou solitária por alguns segundos antes de a cova se acender em labaredas.

— Sabe o que eu acho, querido? — Diana sorriu para Edgar.

— Acho que está na hora de mudar o nome da fábrica.

Selene viu a agitação percorrer todas as fileiras. As implicações, as possibilidades... a inveja. A mesma que corroía suas veias, a mesma sentida por todas as mulheres solteiras e malcasadas de toda a parte alta ali reunidas ao verem as chamas no olhar de Edgar Lacarez para a esposa.

— Vamos fazer o que você quiser, querida.

AGRADECIMENTOS

Vou começar sendo uma pessoa emocionada e agradecer à minha editora Beatriz D'Oliveira, que não só foi paciente comigo, mas também com a história. Além de entender o que eu queria e fazer sugestões muito boas ao longo do processo de edição, também se apaixonou por Diana exatamente como ela é. Com ela, veio toda a equipe da editora Rocco e Manu Veloso, que preparou o texto com muito carinho. Todos contribuíram para a jornada deste livro.

Também deixo meus agradecimentos a Gabi Colicigno, minha agente na Magh, que aturou meus e-mails e mensagens nos finais de semana e me garantiu que nada ia dar errado todas as vezes que eu achei que as coisas iam desabar.

Pessoas de dentro e de fora da escrita contribuíram de forma significativa para que eu tivesse condições mentais e físicas de terminar esta história e também de sonhar com ela. Ana, Ariel, Fernanda, Gaby, Helô, Jana, Lina, Marina e Morana já vêm segurando minha mão há alguns anos, e a vida é bem mais legal do lado caprichete. Anna Martino, que compartilha meu apreço por lobisomens e por coisas estranhas e aleatórias, obrigada por todas as mensagens inusitadas e apoio durante o NaNoWriMo. Ana, que está lendo e está sempre apoiando, obrigada por dar uma chance aos lobisomens por mim! Carol Chiovatto, Paola Siviero, Carol Façanha, Ariani Castelo e demais colegas da escrita, que sempre mantiveram o canal aberto para eu chegar sem aviso com perguntas e dúvidas e sempre me puxaram para cima: obrigada por fazerem a comunidade de escritoras de fantasia e ficção científica um espaço acolhedor.

Meus pais queridos, Ana e Aurélio, que sempre dão um jeito de me apoiar e me jogar pra cima, vocês são parte disso também. João Marco, meu marido, que navega por todas as minhas luas cheias e novas, obrigada por sempre inflar as minhas velas e me ajudar a manter o rumo durante as tempestades.

E obrigada a você que está lendo e chegou até aqui, que deu uma chance para Diana e seus lobisomens arruaceiros e topou ler mais uma história estranha minha. Se esse é seu primeiro contato com a minha escrita, espero que tenha sido uma jornada agradável, ainda que sangrenta. Espero que possamos nos reencontrar numa próxima história.